KB016740

안녕, 내 뻐끔거리는 단어들

초판 1쇄 발행 2018년 1월 5일
7쇄 발행 2024년 12월 16일

지은이 샤론 M. 드레이퍼
옮긴이 최제니

펴낸이 고영은 박미숙
펴낸곳 뜨인돌출판(주) | 출판등록 1994.10.11.(제406-251002011000185호)
주소 10881 경기도 파주시 회동길 337-9
홈페이지 www.ddstone.com | 블로그 blog.naver.com/ddstone1994
페이스북 www.facebook.com/ddstone1994
대표전화 02-337-5252 | 팩스 031-947-5868

ISBN 978-89-5807-669-8 03840

* 본 도서는 『나의 마음을 들어 줘』(개암나무, 2011)를 재출간한 것입니다.

안녕, 내 뻐끔거리는 단어들

샤론 M. 드레이퍼 지음 | 최제니 옮김

뜨인돌

내 딸 웬디 미셸 드레이퍼에게 사랑을 담아

1.

단어들.

나는 수천 개의 단어에 둘러싸여 있다. 아니, 어쩌면 수백만 개쯤일까.

대성당. 마요네즈. 석류.

미시시피강. 나폴리 사람. 하마.

부드럽다. 무섭다. 알록달록하다.

간지럽다. 재채기하다. 바라다. 걱정하다.

단어들은 흩날리는 눈발처럼 언제나 내 주위에서 소용돌이치고 있다. 눈송이는 저마다 다르고 부드럽다. 그리고 내 손바닥에 닿기도 전에 그대로 녹아 버린다.

내 마음 깊은 곳 어딘가에는 단어들이 산더미처럼 쌓여 있다.

여러 문장과 구, 서로 연관된 생각의 산들. 기발한 표현들과 농담, 사랑의 노래.

내가 아주 어렸을 때부터, 그러니까 태어난 지 채 몇 달도 되지 않았을 때부터 단어들은 내게 달콤한 묘약과도 같았다. 나는 단어들을 레모네이드처럼 마셨다. 맛도 느낄 수 있었다. 단어들은 뒤죽박죽으로 엉킨 내 생각과 감정을 마치 눈앞에 있는 것처럼 보여 주었다.

나는 내게 끊임없이 말을 걸어 주는 엄마, 아빠 덕분에 대화의 물결 속에 잠길 수 있었다. 부모님은 어떤 때는 수다스럽게, 어떤 때는 재잘거리면서 내게 이야기를 했다. 무엇이든 입으로 소리 내어 말해 주었다. 아빠는 내게 노래를 불러 주었고, 엄마는 내 귀에 대고 엄마의 바람을 속삭였다.

엄마, 아빠가 내게 말하는 이야기를 나는 모두 빨아들였다. 그리고 머릿속에 기억해 두었다. 하나도 빠짐없이.

내가 어떻게 해서 말과 생각의 복잡한 실타래를 풀어낼 수 있게 되었는지 잘 모르겠다. 이 능력은 어느 날 느닷없이 자연스럽게 생겨난 것 같다. 세 살이 되던 해부터 내 모든 기억은 말과 단어로 정리되었다.

하지만 이 모든 일들은 내 머릿속에서만 일어났다.

나는 지금까지 한 번도 입 밖으로 소리 내어 말해 본 적이 없다. 단 한 마디도. 나는 올해로 열두 살이 되었다….

2.

나는 말을 하지 못한다. 걷지도 못한다. 혼자서는 밥을 먹을 수도, 화장실에 갈 수도 없다. 너무도 절망스럽다.

내 팔과 손은 아주 뻣뻣하다. 그래도 텔레비전을 보기 위해 리모컨 버튼 정도는 누를 수 있다. 휠체어도 탈 수 있다. 휠체어 바퀴에는 손잡이가 있어서 손잡이를 잡고 바퀴를 돌리면 된다. 하지만 숟가락이나 연필을 꽉 쥐지는 못한다. 아무리 쥐려고 애를 써도 손에서 스르르 빠져 버린다. 나는 균형 감각도 없다. 아마 나보다 달걀이 더 균형을 잘 잡을 것이다.

짧고 곱슬한 검은 머리를 질끈 동여매고 분홍색 휠체어에 앉아 있는 소녀. 아마 사람들에게는 내 모습이 그렇게 보이겠지. 분홍색 휠체어를 탄다고 좀 더 귀여워 보이지도 않는 것 같다. 분홍색이면 좀 나을 줄 알았는데 전혀 그렇지 않다.

사람들은 소녀의 갈색 눈동자에서 쉽게 감춰지지 않는 호기심을 볼 것이다. 그러나 동시에 한쪽 눈의 상태가 별로 좋지 않다는 것도 금세 알아챌 것이다.

소녀의 머리는 조금씩 흔들린다.

가끔 침을 흘리기도 한다.

초등학교 5학년이라기엔 몸집이 너무 작다.

다리는 아주 가늘다. 그야 뭐, 다리를 아예 못 쓰니까.

소녀는 제 뜻대로 몸을 움직이지 못한다. 가끔 저도 모르게 발길질을 하고, 옆에 CD 더미나 그릇, 꽃병이 있어도 아무렇게나 팔을 휘젓는다.

팔다리가 제멋대로 움직이지 못하도록 소녀 스스로 할 수 있는 일은 아무것도 없다.

사람들은 나를 볼 때 대개 불편한 내 몸을 먼저 본다. 그런 까닭에 내 멋진 미소와 깊은 보조개를 알아차리기까지는 시간이 좀 걸리기 마련이다. 내가 봐도 내 보조개는 참 괜찮은데….

나는 아주 작은 귀걸이를 하고 있다.

가끔 어떤 사람들은 별로 중요하지도 않다는 듯이 내 이름조차 묻지 않는다. 내 이름은 멜로디다.

나는 아주 어렸을 때를 기억한다. 그 시절 아빠가 캠코더로 나를 찍은 비디오가 있기 때문이다. 나는 그 비디오를 수도 없이 보았다.

나를 병원에서 집으로 데려오던 날, 엄마는 웃고 있었다. 그러나 가늘게 뜬 눈에는 근심이 스며 있었다.

나는 작은 아기 욕조 안에 누워 있었다. 팔과 다리는 무척 가늘어 보였다. 욕조에서는 물 한 방울 튀지 않았다. 아기가 손을 첨벙거리지도, 발을 차지도 않았으니까.

담요에 싸여 거실 소파 위에 누워 있는 모습도 있다. 아주 만족스러운 얼굴이다. 나는 아기 때 거의 울지 않았다. 엄마도 그건 맞는 말이라고 그랬다.

엄마는 나를 깨끗이 씻긴 후, 온몸에 로션을 골고루 발라 준 다음 부드럽게 마사지해 주었다. 아직도 그때 엄마가 내 몸에 발라 준 로션에서 나던 라벤더 향이 기억난다. 마사지가 끝나면 엄마는 큰 수건으로 나를 감쌌다. 그 수건의 한쪽 끝은 모자처럼 머리에 씌울 수 있게 되어 있었다.

아빠는 내가 밥을 먹거나 옷을 갈아입는 모습을 찍었고, 심지어 자는 모습까지도 비디오에 담았다. 아빠는 내가 자라면서 몸을 뒤집고, 어딘가에 앉고, 혼자 걷는 모습을 기대했을 것이다. 그러나 나는 그렇게 하지 못했다.

하지만 나는 모든 것을 빨아들였다. 나는 소리와 냄새와 맛을 느끼기 시작했다. 날마다 아침이면 난로에서 타닥타닥 장작 타는 소리가 생생히 들려왔다. 장작이 톡 쏘는 냄새를 내고 타오르며 집이 따뜻하게 데워졌다. 그러다 보면 이내 목구멍이 간질간질하면서 재채기가 나오려 했다.

그리고 음악이 들렸다. 내 주변에는 언제나 노래가 맴돌았다. 포근한 잠자리에서는 자장가가 들려왔고 나는 매번 그 소리와 함께 잠들었다. 음악은 나를 행복하게 해 주었다. 뭐랄까, 마치 내 인생의 배경이 음악으로 칠해지는 느낌이었다. 음악이 흐르면 소리에서 색들이 흘러나오고, 나는 그 소리에서 풍겨 오는 냄새도 맡을 수 있다.

엄마는 클래식 음악을 좋아한다. 엄마의 CD 플레이어에서는 온종일 베토벤 교향곡이 크게 울려 퍼진다. 그런 음악을 들으면 항상 밝은 파란색을 보고 있다는 느낌이 든다. 때로는 새 페인트 냄새를 맡는 기분이 들기도 한다.

아빠는 유달리 재즈를 좋아한다. 기회가 생길 때마다 아빠는 내게 윙크를 하고는 CD 플레이어에서 엄마의 모차르트 CD를 빼고 마일스 데이비스(미국의 재즈 트럼펫 연주자)나 우디 허먼(미국의 클라리넷 연주자이며 인기 있는 재즈 음악가)의 음악을 튼다. 재즈를 들으면 햇볕에 그을린 짙은 갈색이 떠오른다. 그리고 젖은 흙냄새가 난다. 엄마는 재즈를 굉장히 싫어하는데 어쩌면 그래서 아빠가 더 재즈를 트는 건지도 모른다.

"재즈를 들으면 몸이 근질근질한 것 같단 말이에요."

온 집 안에 재즈가 출렁이면 부엌에 있던 엄마는 얼굴을 찡그리며 이렇게 투덜댄다. 아빠는 엄마에게 다가가 엄마의 팔과 등을 부드럽게 어루만지며 꽉 끌어안는다. 그러면 잔뜩 일그러졌던 엄마의 얼굴이 금방 펴진다. 하지만 아빠가 방으로 들어가면 다시 클래식 음악이 흐른다.

나는 시끄럽고 기타 소리가 좋고, 슬픈 노래들이 많다는 이유로 항상 컨트리 음악(미국 농촌에서 살던 백인들의 대중음악)이 좋았다. 컨트리 음악은 레몬이다. 하지만 시지 않다. 오히려 달콤하고 짜릿하다. 레몬 케이크와 얼음이 담긴 시원한 레모네이드! 레몬! 레몬! 레몬! 나는 레몬을 사랑한다.

아주 어릴 적, 부엌에 앉아 엄마가 챙겨 주던 아침밥을 먹던 때가 기억난다. 라디오에서는 노래가 흐르고 있었는데 그 노래를 듣고 나는 소리치며 좋아했다.

그래요, 나는 노래하고 있어요.
엘비라, 엘비라.
내 마음은 불타고 있어요, 엘비라.

이랴 움 파파 움 파파, 풀을 베어요.

이랴 움 파파 움 파파, 풀을 베어요.

어떻게 나는 이 노래의 가사와 리듬을 알게 된 걸까? 음… 잘 모르겠다. 어떤 방식으로든 노래가 내 기억으로 들어온 것이 분명하다. 아마 라디오나 텔레비전 프로그램에서 들었겠지. 아무튼 그때 나는 하마터면 휠체어에서 떨어질 뻔했다. 나는 손으로 내 얼굴을 문대고 씰룩씰룩 움직이면서 라디오를 가리키려고 애썼다. 그 노래를 다시 듣고 싶었다. 그러나 엄마는 이상하다는 듯이 나를 바라보기만 했다.

생각해 보면 엄마의 반응은 이상할 게 없다. 내가 오크 리지 보이스의 노래 '엘비라'를 좋아하는 이유를 나 스스로에게도 잘 설명하지 못하는데, 어떻게 엄마라고 이해할 수 있을까? 나는 이 노래에서 흘러나오는 신선한 레몬 향이 내 마음속에 새콤한 음표를 그린다는 사실을 달리 설명할 방법이 없었다.

내가 붓을 쥘 수만 있다면…. 와, 정말 굉장한 그림이 될 거다!

그렇지만 엄마는 그냥 고개를 흔들며 내게 계속 밥을 먹여 주셨다. 엄마는 나에 관해 모르는 게 너무 많다.

나는 무엇이든 잘 잊어버리는 법이 없다. 그건 참 좋은 일이라고 생각한다. 아주 짧은 순간에 일어난 일이라도 잘 기억하는 편이다. 하지만 한편으로는 조금 불만이기도 하다. 누구와도 그 기억들을 나눌 수 없는 데다 종종 잊고 싶은 일들도 떠오르기 때문이다.

내가 바보처럼 행동했던 일들도 다 생각난다. 그런 일들이 떠오르면 마치 입천장에 오트밀 한 덩어리가 찰싹 달라붙어 좀처럼 떨어지지 않거나, 이를 닦고 입안을 잘 헹구지 않았을 때처럼 꺼림칙한 기분이 든다.

이른 아침에 맡는 커피 냄새는 쉽게 잊히지가 않는다. 물론 아침 뉴스 소리와 베이컨 냄새도.

나는 이것들을 대부분 단어로 기억한다. 나는 아주 어릴 때부터 이 세상에는 헤아릴 수 없이 많은 단어가 있다는 것을 알았다. 사람들은 아무런 노력 없이 마음껏 단어를 쓴다.

홈쇼핑 광고 모델은 이렇게 말한다.

"하나를 사시면 두 개! 두 개를 더 드립니다! 곧 마감입니다! 서두르세요."

우체부 아저씨는 이렇게 묻는다.

"안녕하세요, 브룩스 아주머니. 아이는 어때요?"

교회 성가대는 노래한다.

"할렐루야, 할렐루야, 아멘."

마트에서 일하는 점원은 이렇게 인사한다.

"저희 마트를 이용해 주셔서 고맙습니다."

사람들은 단어를 써서 자기 생각을 나타낸다. 나만 빼고. 하지만 사람들 중 대부분은 단어의 진정한 힘을 모른다. 나는 알고 있다.

생각은 단어를 필요로 한다. 단어는 소리를 필요로 한다.

나는 엄마가 머리를 감은 뒤에 나는 샴푸 냄새를 참 좋아한다.

나는 까칠하게 자란 아빠의 수염도 참 좋다.

하지만 그런 생각을 직접 말해 본 적은 한 번도 없다.

3.

나는 내가 남들과 약간 다르다는 것을 단번에 알았던 것 같다. 생각하고 기억하는 데에는 아무런 문제가 없었기에 내가 말을 못 하고 움직일 수 없다는 사실이 무척이나 당황스럽고 슬펐다. 그리고 이런 현실에 화가 났다.

아빠가 나를 위해 작은 고양이 인형을 가져온 적이 있다. 내가 아주 어렸을 때, 그러니까 채 세 살도 안 됐을 때였다. 그 고양이는 하얗고 부드러웠다. 크기도 적당해서 아기들도 포동포동하게 살진 손으로 쉽게 잡을 수 있었다. 나는 포대기에 싸여 거실에 앉아 있었다. 북슬북슬한 털로 짠 초록 양탄자가 보였고 양탄자와 잘 어울리는 소파도 눈에 들어왔다. 그것이 내 세상이었다. 엄마가 내 손에 고양이 인형을 쥐여 주었다. 절로 웃음이 나왔다.

"여기 있다, 멜로디. 아빠가 멜로디 놀라고 **예쁜 놀이**를 가져오셨네?"

어른들이 아이와 얘기할 때면 늘 그러듯이 엄마는 높은 목소리로 속삭이듯 말했다.

— '예쁜 놀이'가 뭐지? 내가 알던 말이 아냐. 이 새로운 말의 뜻을 알아야 해!

어쨌든 그 조그만 인형의 털은 부드러웠다. 느낌이 참 좋았다. 하지만 나는 그 인형을 오래 잡고 있지 못하고 금세 떨어뜨렸다. 그러자 아빠가 다시 내 손에 그 인형을 쥐여 주었다. 나는 정말 그 인형을 안고 있고 싶었지만 고양이 인형은 또다시 바닥에 떨어졌다. 나는 화가 나서 울기 시작했다.

"아가, 한 번 더 해 보렴."

아빠가 말했다. 아빠의 말에서 슬픈 기운이 잔뜩 묻어났다.

"넌 할 수 있어."

엄마, 아빠는 계속해서 내 손에 고양이 인형을 쥐여 주었다. 그러나 내 작은 손은 그때마다 그 인형을 놓쳤고, 고양이는 바닥으로 굴러떨어졌다. 그리고 나도 양탄자 위로 쓰러졌다.

내가 그 고양이 인형을 이토록 잘 기억하는 것은 그 이후로도 내게 이와 비슷한 일들이 무수히 많이 벌어졌기 때문인지도 모른다. 가까이에서 들여다본 고양이는 왠지 투박하고 못생겨 보였다. 털이 북슬북슬한 양탄자는 내가 태어나기 한참 전에 유행하던 것이 틀림없었다. 구식이었으니까. 누군가가 옮겨 주기 전까지는 그 위에 누워 꼼짝없이 기다려야 했으므로 나는 양탄자가 어떻게 짜였는지 한 올 한 올 꼼꼼히 관찰할 기회가 자주 있었다. 또 나는 스스로 몸을 뒤집지 못했기 때문에 얼굴에 두유가 흘러 신 냄새가 진동을 해도, 누군가가 문제를 해결해 주기 전까지는 가만히 있을 수밖에 없었다. 정말 짜증 나는 일이었다.

내가 아기의자에 앉지 않고 바닥에 있을 때에는 엄마, 아빠가 양옆으로 쿠션을 대서 넘어지지 않게 해 주었다.

그러면 나는 고개를 돌려 창으로 들이치는 햇빛과 그 빛 속에서 무수히 떠다니는 작은 먼지들을 바라보았다. 그리고 쿵! 대체로 머리부터 바닥에 닿으며 쓰러졌다. 내가 울거나 소리를 지르면 엄마나 아빠가 다가와서 나를 안고 달래 준 다음, 다시 푹신한 쿠션을 대어 더 균형감 있게 앉혀 놓았다. 하지만 몇 분 되지 않아 나는 또 쓰러지고는 했다.

그러면 아빠는 〈세서미 스트리트〉에 나오는 개구리처럼 팔짝팔짝 뛰거나 다른 우스꽝스러운 동작을 해 보였다. 아빠가 그러는 게 참 재미있었지만 나는 또 금방 쓰러지고 말았다. 나는 쓰러지는 것도 싫었고 또 내가 다시 쓰러지고 말 것이라는 사실을 생각하는 것도 싫었다. 하지만 어쩔 수 없었다. 나는 누군가의 도움 없이는 조금도 균형을 잡을 수 없었으니까.

그때에는 그 사실을 이해할 수 없었다. 아빠는 나를 들어 무릎 위에 앉혀 놓고 깊은 한숨을 쉬곤 하셨지만, 그런 다음에는 나를 꼭 껴안고서 내가 재미있어 할 만한 장난감이면 무엇이든 집어 들고 내가 만질 수 있게 해 주셨다. 물론 작은 고양이 인형도.

아빠는 종종 아빠만의 단어를 만들어 쓰긴 했지만 엄마가 그러는 것처럼 아기에게 쓰는 말투를 사용해서 내게 말을 하지는 않았다. 언제나 어른을 대하는 것처럼 말했다. 그렇게 말해도 내가 아빠의 말을 이해할 거라고 생각하는 것 같았다. 아빠가 옳았다.

"멜로디, 네 인생은 쉽지 않을 거야."

아빠가 조용히 말했다.

"만약 아빠가 너와 몸을 바꿀 수만 있다면 나는 두말없이 그렇게 할 거야. 너도 알지?"

나는 눈만 깜빡거릴 뿐이었다. 그러나 아빠가 무슨 말을 하는지는 다 알아들을 수 있었다. 때로는 아빠의 얼굴이 눈물로 젖기도 했다.

밤이면 아빠는 나를 데리고 밖으로 나가 밤하늘의 달과 별, 밤바람에 얽힌 이야기를 내 귓가에 속삭여 주었다.

"저 위의 별들이 반짝이는 게 다 너를 위해서라고 생각해 봐, 아가야."

아빠가 말했다.

"저기 저 반짝거리는 것 좀 봐! 바람이 느껴지니? 네 발을 간질이고 있잖아."

엄마는 낮에도 나를 담요로 꽁꽁 감싸 놓아야 한다고 우겼지만 아빠는 그 담요를 몽땅 벗기고 내가 얼굴과 다리에 햇볕의 따스함을 느끼게 해 주었다.

우리 집 베란다에는 아빠가 놓아둔 새 모이통이 있었다. 우리는 함께 앉아 새들이 차례로 모이를 먹는 모습을 물끄러미 바라보곤 했다.

"저 빨간 새가 홍관조란다."

아빠가 말했다.

"저기 저 파란 새는 큰어치라고 하지. 둘은 사이가 굉장히 나쁘단다."

그렇게 말하며 아빠는 웃었다.

아빠는 노래를 무척 많이 불러 주셨다. 아빠의 맑은 목소리는 '예스터데이'나 '아이 원 투 홀드 유어 핸드' 같은 노래와 아주 잘 어울렸다. 아빠는 비틀스를 사랑한다. 하지만 나는 아빠가 왜 그 노래들을 좋아하는지 잘 모르겠다.

나는 귀가 아주 밝은 편이다. 아빠 차가 동네 길로 접어들어 차고로 들어오는 소리부터 아빠가 주머니에서 열쇠를 찾으면서 내는 찰그랑거리는 소리까지 다 들을 수 있다. 아빠는 문을 따고 집에 들어온 뒤에 열쇠를 이층으로 올라가는 계단 밑에 던져 놓았고, 조금 뒤에는 냉장고 문이 열리는 소리가 두 번 들렸다.

처음에 아빠는 시원한 음료를 마셨을 것이다. 그리고 그다음에는 치즈를 꺼내 먹었겠지. 아빠는 치즈를 정말 좋아한다. 그런데 아빠의 소화기관에는 치즈가 그다지 반가운 손님이 아닌 모양이다. 아빠의 방귀는 소리가 엄청 크고 냄새도 아주 지독하니까. 일을 하다 말고 방귀가 뀌고 싶으면 아빠는 어떻게 할까? 그냥 참는 걸까?

아빠가 내 방에 들어오면 늘 웃음이 흘러나온다. 아빠는 침대에 걸터앉아 내게 뽀뽀를 해 준다. 아빠의 몸에서는 언제나 박하 냄새가 난다.

시간이 나면 아빠는 책을 읽어 주셨다. 쉬고 싶으실 텐데도 얼굴에 웃음을 띠며 방에 들어와 한 권이나 두 권쯤 책을 골라 놓고는 했다. 그러면 나는 직접 보고 싶은 책을 고르려다 주위를 엉망으로 만들어 놓기 일쑤였다.

아빠가 책을 읽어 주기 전부터 나는 거기에 나오는 단어들을 알고 있었는지 모른다. 아빠가 읽어 준 책은 수십 권이 넘는다. 책 속에 쓰인 단어들은 일단 내 안에 들어오면 나가지를 않았다. 내 안에 영원히 남는 것이다.

바로 이거다. 나는 쓸데없이 똑똑하다. 그리고 놀라울 정도로 기억이 정확하다. 내 머릿속에는 카메라가 있는 게 아닐까. 그래서 뭔가를 보거나 들으면 그때마다 셔터가 눌리고, 그러면 잘 찍힌 사진이 내 머릿속에 또렷이 남는 것이다. 맞아, 그럴 거야.

한번은 텔레비전을 보다가 PBS(미국 공영방송)에서 하는 특별 프로그램을 보았다. 꼬마 천재들에 관한 내용이었다. 거기에 나온 아이들은 복잡한 수를 거뜬히 외웠고, 긴 시의 구절과 그림들을 막힘없이 기억해 냈다. 나도 얼마든지 할 수 있는 일들이다.

나는 광고에 나오는 모든 수신자 부담 전화번호를 외운다. 게다가 이메일과 홈페이지 주소도 줄줄 꿴다. 언제든 식칼 한 세트나 운동기구 같은 게 필요해지면 내 머릿속에 가득한 번호 중에서 적당한 것을 골라 전화를 걸기만 하면 될 거다.

또 나는 텔레비전에 나오는 배우들의 이름도 다 안다. 본방 시간뿐 아니라 언제, 어떤 채널에서 재방송을 하는지도 훤히 꿰고 있다. 심지어 각 프로그램의 대사나 방송 중간중간에 나오는 광고의 내용도 모두 기억한다. 때때로 내 머리에 삭제 버튼이 있으면 좋겠다고 생각할 때가 있다.

내 휠체어 오른쪽에는 손이 닿는 아주 가까운 곳에 텔레비전 리모컨이, 왼쪽에는 라디오 리모컨이 붙어 있다. 나는 주먹이나 엄지손가락으로 리모컨 버튼을 눌러서 텔레비전 채널을 돌리고 라디오 주파수를 맞춘다. 그럴 때엔 정말 기분이 좋다! 하루 24시간 쉬지 않고 나오는 요란한 레슬링이나 홈쇼핑 방송은 최악이다. 하여튼 나는 볼륨을 크게 하거나 작게 할 수도 있고 누군가가 DVD를 플레이어에 넣어 주기만 하면 DVD도 켤 수 있다. 아빠가 오래전에 찍어 둔 비디오도 틈만 나면 본다. 내 모습을 찍은 비디오를.

왕과 왕국의 정복에 관한 내용이나 의사와 질병 치료에 관한 내용을 다루는 케이블 채널도 꽤 좋아하는 편이다.

화산 폭발과 상어의 공격, 머리가 붙어 나온 개들, 이집트 미라를 특집으로 다룬 방송도 본 적이 있다. 나는 그 모든 것을 기억한다. 말 그대로 모든 것을.

하지만 그 사실이 꼭 좋지만은 않다. 나 말고 그걸 아는 사람이 아무도 없기 때문이다. 엄마도 모른다. 엄마에게는 내 생각을 알아차리는 '엄마의 감'이란 게 있긴 하지만 그 감도 내 깊은 곳 구석구석까지는 파고들지 못한다.

아무도 모른다. 아무도. 그게 나를 더욱 외롭고 슬프고 힘들게 한다.

그래서 나는 가끔씩 정말 아무도 어찌할 수 없는 지경으로 폭발하고 만다. 폭발이라는 말이 거짓이 아니다. 내 팔과 다리는 뻣뻣해져서 폭풍우에 시달리는 나뭇가지처럼 마구 흔들린다. 얼굴은 흉하게 일그러지고 숨도 잘 쉬지 못한다. 그러면 고래고래 소리라도 질러 대면서 맘껏 몸을 흔들어야 한다. 사람들이 발작이라고 하는 것과는 다르다. 내 몸이 자발적으로 행하는 스트레스 해소, 혹은 표출 방식이라고 해야 할까. 조금 과격하기는 하지만 결과적으로 보면 이런 행동이 내 삶을 지탱한다.

이 같은 행동을 나는 '태풍의 폭발'이라고 부른다. 일단 폭발이 시작되면 멈추기를 원한다 해도 멈출 수가 없다. 나의 이런 모든 행동이 사람들을 놀라게 한다는 것도 잘 안다. 그러나 이 폭발은 내 삶에서 빼놓을 수 없는 일부분이어서, 이 폭발이 때맞춰 작동하지 않으면 나는 내가 처한 상태를 견딜 수 없게 된다.

여섯 살 때쯤이었다. 엄마와 함께 대형마트에 갔다. 우유에서 소파까지 팔지 않는 것이 없을 정도로 크고 넓은 곳이었다. 나는 카트 앞에 있는 어린이 의자에 앉았다. 엄마가 항상 준비해 다니는 쿠션을 내 양옆에 잘 대어 준 덕분에 나는 쓰러지지 않고 의자에 앉아 있었다. 모든 것이 좋았다. 엄마는 내가 탄 카트를 운전하며 휴지, 구강청결제, 세제를 카트에 넣었다. 나는 즐거운 마음으로 카트 위에 앉아 주변을 이리저리 둘러보았다.

잠시 뒤 우리는 장난감 코너로 들어갔다. 그때 한 장난감이 보였다. 밝은 색깔의 플라스틱 블록 놀이 상자였는데, 그날 아침 텔레비전 방송에서 본 것과 똑같은 것이었다. 그 장난감은 납 성분이 들어간 페인트가 칠해져 현재 리콜 중이며, 벌써 납 중독으로 병원에 입원한 아이들도 있다고 했다. 그러나 상품 진열대에는 아직도 그 블록이 버젓이 자리 잡고 있었다.

나는 장난감 블록을 가리켰다.

"아니야, 아가. 저건 너한테 필요 없는 거란다. 집에 가면 장난감 많잖아."

엄마가 말했다.

나는 다시 블록을 가리키며 소리쳤다. 그리고 허공에 대고 발을 찼다.

"안 돼!"

엄마가 더 강하게 말했다.

"엄마한테 성질내는 거 아니야!"

내가 원한 것은 블록을 사는 게 아니었다. 난 단지 저 블록이 위험하다고 말하고 싶을 뿐이었다. 아픈 아이가 또 생기기 전에 저 블록을 치워야 한다고, 나 대신 엄마가 누군가에게 말해 주길 바랐다. 그러나 내가 할 수 있는 거라곤 가리키고, 고함치고, 발을 차는 것뿐이었다. 난 그럴 게밖에 할 수 없었다. 나는 더 크게 소리를 질렀다.

엄마는 서둘러 카트를 밀면서 장난감 코너를 빠져나왔다.

"그만해!"

엄마가 나를 향해 소리쳤다.

하지만 나는 그만둘 수 없었다. 엄마에게 내 생각을 직접 말할 수 없다는 것이 너무 화가 났다. 그러자 태풍이 불어닥쳤다. 나는 발로 엄마를 차고, 소리를 질렀다. 그러면서 계속 블록이 있는 방향을 가리켰다. 사람들이 쳐다보기 시작했다. 어떤 사람들은 손가락질을 했고, 어떤 사람들은 아예 눈길을 돌렸다.

엄마는 카트를 끌고 출입구로 갔다. 그러고는 카트에서 나를 홱 잡아 올려 품에 안고서는 성큼성큼 그곳을 걸어 나왔다. 카트에는 주인 잃은 물건들이 널려 있었다. 차에 도착했을 때 엄마의 얼굴은 눈물로 흘딱 젖어 있었다. 엄마는 뒷좌석에 있는 유아용 카시트에 나를 앉히더니 안전띠를 매면서 소리쳤다.

"대체 왜 그러는 거야?"

엄마는 내가 그런 행동을 할 때면 대부분 그 이유를 알았지만, 그때는 도저히 알 수 없었던 것이다. 나는 간신히 울음을 참으며 코를 훌쩍거리다 겨우 마음을 가라앉혔다. 나는 그날 아침 내가 본 뉴스를 그곳에 있던 사람들도 보았기를 진심으로 바랐다.

집에 도착하자마자 엄마는 의사 선생님을 불러 내 이상한 행동에 관해 걱정스럽게 이야기했다. 의사 선생님은 진정제를 처방해 주었지만 엄마는 내게 약을 먹이지 않았다. 진정제가 필요한 시기는 이미 한참 지났기 때문이었다.

엄마는 그날 내가 말하려고 했던 것이 무엇인지 평생 모를 것이다.

4.

의사? 어디서부터 시작해야 할까. 진지하게 말하건대, 의사들은 나를 잘 모른다. 엄마는 간호사다. 그래서 나는 어쩐지 엄마가 의사들처럼 말한다고 생각한다. 그런데 진짜 의사를 만나면, 그들은 내게 어떻게 말을 걸어야 하는지조차 전혀 알지 못한다.

그동안 내가 만난 의사들은 줄잡아 수십 명이 넘는다. 그 사람들은 하나같이 나를 분석하고 진찰하려고 애썼다. 하지만 그중에서 나를 치료해 줄 수 있는 의사는 아무도 없었다. 그래서 나는 의사를 무시하기로 마음먹었다. 나는 의사들이 생각하는 대로, 내게 기대하는 대로 지능이 한참 모자란 아이처럼 행동한다. 한쪽 벽에 눈을 박고 멀뚱멀뚱 쳐다보면서 의사들이 하는 질문을 이해하지 못하는 척한다. 이게 바로 그들이 예상하는 나의 모습이다.

내가 만으로 다섯 살이 되자 엄마는 내 학교 입학을 고려해 보아야 했다. 엄마는 나를 데리고 어느 의사를 찾아갔다. 내가 공부할 능력이 있는지, 있다면 어느 정도인지 진단해 줄 의사였다.

엄마는 내가 탄 휠체어를 밀고 진료실 안으로 들어갔다. 그런 다음 휠체어가 움직이지 않도록 브레이크를 단단히 고정시키고 내 무릎을 묶은

끈이 잘 조여졌는지 확인했다. 휠체어의 안전띠가 풀리면 — 가끔씩 풀리기도 한다 — 내 몸이 스파게티 면처럼 스르륵 휠체어 아래로 미끄러지기 때문이다.

나를 진료해 줄 의사 선생님은 굉장히 덩치가 큰 남자였다. 셔츠 맨 아래 단추는 풀려 있었고, 배는 벨트 위로 불룩 솟아 있었다.

"난 휴즐리 선생님이란다."

의사 선생님이 쩌렁쩌렁한 목소리로 말했다. 한 번도 상상해 보지 못한, 어마어마하게 큰 목소리였다.

"우리는 오늘 재미있는 놀이를 할 거야, 알겠니? 선생님이 네게 몇 가지를 물어볼 건데, 너는 그냥 여기서 장난감을 가지고 놀면 돼. 어때, 재미있겠지?"

나는 단번에 시간이 오래 걸릴 것임을 알았다.

잠시 후 의사 선생님은 오래된 장난감을 한 무더기나 들고 나타났다. 나무 블록이었다. 납으로 오염된 것 같지는 않았다. 의사 선생님은 그 블록을 내 둘레에 놓아 주었다. 그 덕분에 나는 의사 선생님의 얼굴을 아주 가까이서 볼 수 있었다. 얼굴에 숭숭 뚫린 땀구멍까지 보일 정도였다.

"크기에 맞게 차례대로 이 블록을 쌓을 수 있겠니?"

의사 선생님은 크게, 그리고 천천히 말했다. 마치 내가 말을 잘 이해하지 못하는 아이라고 벌써 진단을 내린 듯한 목소리였다.

하지만 과연 누가 바보 같은 짓을 하는 걸까? 의사 선생님은 내가 블록을 쥘 수 없다는 걸 모르는 걸까? 물론 나는 나무 블록의 크기를 가늠할 수 있다. 하지만 의사 선생님이 내게 어마어마한 돈을 준다 해도 그 블록을 쌓을 수는 없다. 그래서 나는 팔을 뻗어 블록을 모두 바닥으로 쓰러뜨려 버렸다. 나무 블록이 바닥에 부딪히면서 요란한 소리를 냈다. 거대한 몸집으로 나무 블록을 줍는 의사 선생님을 보면서 나는 터져 나오는 웃음을 참느라 무진장 애를 썼다. 의사 선생님은 블록을 주우려 손을 뻗기만 했을 뿐인데도 헉헉거리며 가쁘게 숨을 쉬었다.

다음으로 의사 선생님은 카드를 꺼냈다. 모두 색깔이 달랐지만 하나같이 반짝반짝 빛이 났다.

"이제 카드를 하나씩 보여 줄 거란다. 만약 파란 카드가 나오면 말을 하면 된단다, 멜로디."

의사 선생님은 지금 자기가 하는 모든 일이 다 시간 낭비라는 듯 무심하게 말했다.

파란 카드가 보였을 때 나는 카드를 가리키면서 소리쳤다.

"파!"

"놀라워! 대단해! 엄청나구나!"

의사 선생님이 소리쳤다. 마치 대학 입학시험에 합격이라도 한 것 같은 칭찬이었다. 하지만 나는 그 칭찬이 달갑지 않았다. 만약 눈동자를 마음껏 돌릴 수만 있다면, 그렇게 해서라도 내 못마땅함을 표현했을 것이다.

그러고 나서 의사 선생님은 초록색 카드를 보여 주었다. 나는 발을 차며 소리를 냈다. 하지만 내 입에서는 'ㅊ' 발음이 나오지 않았다.

의사 선생님은 몹시 실망한 표정을 지어 보이며 서류 위에 뭔가를 적더니 또 다른 카드 더미를 내 앞에 가져다 놓았다. 그러고 나서 다시 큰 소리로 말했다.

"이번엔 카드를 보면서 문제를 낼 거야. 어려울지도 몰라. 하지만 최선을 다해 주렴. 알았지?"

나는 그냥 의사 선생님을 바라보며 내 앞에 카드들이 놓일 때까지 기다리고 있었다.

"1번. 이 중에서 나머지와 다른 카드는 무엇일까?"

— 이 카드는 〈세서미 스트리트〉에나 나오는 게 어울릴 것 같은데?

의사 선생님은 토마토, 체리, 빨간 공, 바나나가 그려진 카드를 보여 주었다. 나는 의사 선생님이 기대하는 답이 빨간 공이라는 걸 알았지만 솔직히 그건 너무 쉬운 답 같았다. 그래서 바나나를 가리켰다. 나머지 세 카드에 그려진 물건들은 둥글고 빨갰지만 바나나는 기다랗고 노랗기 때문이었다.

의사 선생님은 휴 하고 한숨을 쉬고는 필기판에 뭔가를 더 적었다. 그러고는 다음 문제를 냈다.

"2번."

이번에는 소, 고래, 낙타, 코끼리 그림이 그려진 카드들이었다.

"이 중에서 나머지와 다른 카드는 무엇일까?"

마침 날마다 TV로 〈동물 행성〉이라는 프로그램을 보던 때였다. 그래서 나는 소, 고래, 낙타가 '경우제류'라는 어려운 이름으로 같이 분류되기도 한다는 사실을 알고 있었다. 하지만 고래는 혼자 물속에 살지. 음… 그렇지만 의사 선생님들은 아는 게 많잖아? 뭘 선택하지?

나는 천천히, 그리고 꽤나 신중하게 코끼리 그림을 가리켰다. 의사 선생님이 이해했는지 확인하기 위해 한 번 더 똑같이 반복했다. 하지만 이해한 것 같지는 않았다.

의사 선생님은 서류 위에 뭔가를 적으면서 "고래"라고 중얼거렸다. 나에 관해 더 알아볼 필요가 없다고 생각하는 게 틀림없었다.

그 방 책장에는 『잘자요, 달님』이라는 내가 좋아하는 동화가 꽂혀 있었다. 그런데 '부에나스 노체스, 루나 Buenas Noches, Luna'라고 적힌 걸 보니 스페인어 책인 것 같았다. 나는 그 책을 보고 싶었지만 보고 싶다고 말할 수 없었다.

위성 케이블로 스페인어 방송을 몇 시간 본 뒤 나는 스페인어를 꽤 잘하게 되었다. 게다가 저런 책의 제목쯤은 충분히 읽을 정도로 단어도 많이 알게 되었다. 의사 선생님은 내게 그 책에 관해 물을 생각이 없었을 것이다.

나는 수백 곡의 노래를 알고 있다. 가사도 모두 기억한다. 그중에는 내가 작곡한 교향곡도 있다. 물론 나 말고는 아무도 들을 수 없는 교향곡이다. 그러나 의사 선생님은 음악에 관해서는 아무것도 묻지 않았다.

나는 모든 색과 모양, 내 또래 아이들이 알아야 할 동물들 말고도 훨씬 더 많은 것을 알고 있었다. 머릿속으로 끝없이 수를 셀 수도, 그 수를 거꾸로 셀 수도 있었다. 엄청나게 많은 단어도 알았다. 그러나 그것들을 다른 사람에게 말하는 것은 불가능했다.

의사 선생님이 나에 대한 평가를 끼적거리는 동안 우리는 대기실로 자리를 옮겼다. 설령 의사 선생님이 백만 년 동안이나 학교에 다니면서 의학 공부를 한다 해도 내 속을 들여다보지는 못할 것이다. 그래서 나는 무표정한 얼굴로 지난여름 엄마와 동물원에 갔던 때를 떠올렸다. 나는 코끼리를 아주 좋아한다. 하지만 실제로 보자 냄새가 지독했다. 냄새 때문은 아니지만, 아무튼 휴즐리 선생님은 코끼리를 떠올리게 하는 사람이었다. 대기실로 가면서 나는 그런 생각을 하며 웃었다. 내가 웃은 까닭은 엄마도 의사 선생님도 몰랐다.

오래 기다리지는 않았다.

나는 내가 들을 수 없다고 생각하는 어른들을 볼 때마다 언제나 깜짝 놀란다. 어른들은 내가 너무 모자라서 자기들이 나누는 이야기를 하나도 못 알아들을 거라고 생각한다. 나란 사람은 없는 것처럼 아무렇지 않게 나에 관한 이야기를 지껄인다. 내가 옆에 버젓이 있는데도 말이다. 나는 이런 경험을 아주 많이 했지만 그날 대기실에서의 대화는 그 어느 때보다도 끔찍했다. 의사 선생님은 우리 엄마를 위해 진단 결과를 부드럽게 전달하려는 노력조차 하지 않았다. 엄마는 틀림없이 트럭에 치인 것처럼 큰 충격을 받았을 것이다.

의사 선생님은 목을 가다듬은 뒤 말을 시작했다.

"브룩스 부인, 제 생각에는 멜로디가 뇌에 심각한 손상을 입은 상태라 지능이 매우 떨어지는 것 같습니다."

뭐? 당시 나는 일곱 살이었지만 드라마를 아주 많이 봤기 때문에 이런 종류의 말이 좋지 않다는 걸 잘 알고 있었다. 의사 선생님이 하는 말을 듣는 순간, 심장이 쿵 하고 내려앉는 것만 같았다.

엄마는 너무 놀라 숨이 막히는 듯 몹시 괴로운 표정이었다. 그러고는 1분 동안 한마디도 하지 않았다. 그러다 크게 심호흡을 하고 나서 의사 선생님을 향해 조용히 반박했다.

“하지만 저는 우리 아이가 똑똑하다는 걸 알아요. 이 아이의 눈을 보면 알 수 있죠.”

“어머니께서는 아이를 사랑하니까 희망적으로 생각하시는 것은 이해합니다.”

휴즐리 박사가 엄마에게 점잔을 빼며 말했다.

“아니요. 우리 아이에게는 놀랄 만한 재능이 있어요. 실제로 지능이 뛰어나다고요. 저는 그걸 알아요.”

엄마가 좀 더 강경한 목소리로 주장했다.

“아이의 한계를 받아들이는 데에는 시간이 좀 걸리기 마련입니다. 하지만 멜로디는 뇌성마비입니다, 브룩스 부인.”

“저도 우리 아이 같은 아이를 뭐라고 부르는지는 알고 있습니다, 의사 선생님.”

엄마가 차가운 목소리로 말했다.

“하지만 사람을 차트에 있는 병명만으로 판단할 수는 없다고요!”

— *좋아요, 엄마.* 나는 엄마를 응원했다.

“우리 아이는 농담을 들으면 웃기까지 한다고요.”

엄마가 말했다. 엄마의 목소리는 어느새 날카로움을 잃고, 무기력해져 있었다.

“웃을 만한 대목에서….”

엄마의 목소리는 점점 작아졌다. 엄마가 하는 말은 나한테조차 우스꽝스럽게 들렸다. 내가 똑똑하다는 사실을 증명할 만한 마땅한 말을 찾지 못했기 때문이라는 걸 알 수 있었다.

의사 선생님은 엄마와 나를 바라본 뒤 머리를 흔들면서 말했다.

"그나마 아이가 미소를 짓고 웃을 수 있다는 것은 행운입니다. 그러나 멜로디는 혼자 걷거나 말할 수 없을 거예요. 혼자서는 음식을 먹을 수도 없고 어떤 개인적 욕구도 채우지 못할 것입니다. 또 아주 간단한 것 외에는 아무것도 배울 수 없어요. 일단 이런 현실을 받아들이셔야 합니다. 그래야 아이의 장래를 준비할 수 있습니다."

그건 나 같은 아이들에 대한 편견일 뿐이었다.

엄마는 잘 울지 않는 편이다. 그러나 그날 엄마는 결국 울음을 터뜨리고 말았다. 거기 있던 화장지 한 통을 다 쓸 때까지 엄마는 울고 또 울었다. 의사 선생님은 엄마를 위로해 줄 말을 찾아내느라 진땀을 흘렸다. 두 사람 모두에게 나는 없는 사람이었다. 순 엉터리 의사였다.

의사 선생님은 엄마에게 몇 가지 의견을 내놓으면서 그중에서 선택을 할 수 있다고 했다.

"부인과 남편이 선택할 수 있는 사항이 몇 가지 있습니다. 아이를 집에서 가르칠 수도 있고 발달장애가 있는 아이들을 위한 특수학교에 입학시킬 수도 있지요. 하지만 이곳 근처에는 선택할 만한 학교가 많지 않은 편입니다."

엄마가 새끼 고양이나 낼 법한 소리를 냈다. 자제력을 잃고 있다는 증거였다.

의사 선생님이 계속 말을 이었다.

"아니면 멜로디를 편안하게 돌봐 주는 시설에 맡길 수도 있습니다."

박사는 알록달록 갖가지 색으로 꾸며진 소책자를 꺼내 엄마에게 건넸다. 표지에는 휠체어를 탄 아이가 환히 미소 짓는 사진이 있었다. 엄마가 그것을 받자 나도 모르게 긴장이 됐다.

"보시지요."

의사 선생님이 말했다.

"멜로디는 이제 일곱 살입니다. 새로운 환경에 적응하는 걸 배우기에 딱 좋은 나이지요. 부인과 남편이 멜로디 없이 두 분만의 삶을 살 수 있는 겁니다. 멜로디가 짐처럼 느껴지기도 하시지 않습니까? 떨어져 지내다 보면 가족에 관한 멜로디의 기억도 점차 희미해질 거예요."

나는 극도로 흥분한 채 엄마를 쳐다봤다. 어딘가로 보내지다니, 나는 그런 것을 바라지 않았다. 내가 짐이었다고? 난 여태껏 그렇게 생각해 본 적이 한 번도 없었다. 내가 없었다면 부모님이 지금보다 더 편안하기는 했을 것이다. 나는 눈물을 꾹 참았다. 손이 차갑게 식었다.

엄마는 나를 보지 않고 있었다. 의사 선생님을 날카롭게 쏘아보던 엄마가 손에 있던 휴지를 구기면서 자리에서 벌떡 일어났다.

"한마디만 하지요, 의사 선생님. 우리가 멜로디를 그런 곳으로 보내는 일은 절대 없을 거예요!"

나는 눈을 깜빡였다. *엄마에게 이런 모습이 있었나?* 나는 다시 눈을 깜빡였다.

엄마의 이야기는 끝난 게 아니었다.

"그거 아세요?"

엄마가 촌스러운 책자를 쓰레기통에 집어 던지며 말했다.

"당신은 무정하고 냉담한 사람이에요! 당신에게는 절대 장애가 있는 아이가 없기만을 빌어야겠군요. 만약 그렇다면 당신은 아이를 쓰레기와 함께 버릴 테니까요!"

의사 선생님은 충격을 받은 것 같았다. 엄마의 말이 계속 이어졌다.

"당신은 틀렸어요. 난 알아요! 당신은 일류 대학에서 일류 학위를 땄겠지만 멜로디가 당신보다 훨씬 똑똑하다는 것을! 당신에게는 모든 게 쉬웠을 거예요. 그야 당연하겠죠. 몸이 성하니까. 적어도 누군가에게 뭔가를 이해시키기 위해 발버둥 칠 필요가 없잖아요. 당신은 의학박사라서 스스로 똑똑하다고 생각하겠죠?"

박사는 아무 말도 하지 못하고 고개를 떨어뜨렸다.

"그런데 제가 보기엔 그리 똑똑한 분 같지는 않군요. 당신은 그저 운이 좋았던 것뿐이에요. 당신이나 나나 온전한 육체를 가지고 세상에 태어났으니 분명히 축복받았다고 할 수 있겠죠. 하지만 그건 멜로디도 마찬가지예요. 멜로디는 몸이 성하지는 않지만 사리를 분별할 줄 알고, 다른 이들과 얼마든지 의사소통할 수 있어요. 제대로 해 주는 거라곤 아무것도 없는 이 세상에서 보란 듯이 잘 살아갈 수 있다고요!"

엄마는 휠체어를 빠르게 밀며 진료실 문을 박차고 나왔다. 복도에서 우리는 재빨리 주먹을 마주쳤다. 그건 내가 할 수 있는 최선의 의사 표현이었다. 내 손은 다시 따뜻해져 있었다.

"지금 당장 스폴딩 초등학교에 가서 입학 등록을 해야겠다."

엄마는 차를 향해 휠체어를 밀면서 결심한 듯 말했다.

"서두르자!"

5.

나는 5년째 스폴딩 초등학교에 다니고 있다. 아이들로 가득한, 텔레비전에서 흔히 볼 수 있는 아주 평범한 학교다.

운동장에서 뛰어놀다가도 수업 시작종이 치기 전에 교실로 들어가려고 복도를 바삐 달려가는 아이들.

겨울에는 얼어붙은 운동장 한쪽에서 미끄러지며 놀고, 봄에는 물웅덩이에서 발을 구르며 노는 아이들.

서로 밀치고 소리치며 노는 아이들.

연필을 깎는 아이들. 수학 문제를 풀러 칠판 앞으로 나가는 아이들. 책을 펼쳐 시를 읽는 아이들.

공책에 또박또박 필기를 하고 가방에 숙제거리를 넣는 아이들.

점심시간, 식당에서 주스를 한 모금 마시고는 서로 음식을 던지며 노는 아이들.

합창단에서 노래를 부르고 바이올린을 켜며 수업이 끝난 후에는 체조, 발레, 수영 같은 걸 배우는 아이들.

체육관에서 농구하는 아이들.

복도에선 아이들이 떠드는 소리가 유쾌하게 떠다닌다.

아이들 대부분은 나 같은 애한테는 거의 마음을 주지 않는다.

흔히 '장애인 차량'이라고 불리는 버스는 문 안쪽에 휠체어를 들어 올리는 장치가 설치되어 있다. 버스에는 매일 아침 우리 집 앞에 와서 나를 실어 간다. 학교에 도착하면 기사 아저씨는 휠체어의 벨트와 버클이 잘 채워져 있는지 꼼꼼히 확인한 뒤에 목발이나 안전모 같은 것들과 함께 차례차례 우리를 땅에 내려놓는다. 그러면 도우미 선생님이 휠체어를 밀거나 우리가 걸을 수 있도록 도와주면서 목적지까지 데려다준다.

수업이 시작하기 전, 날씨가 맑고 화창하면 장애인반 아이들도 다른 아이들처럼 운동장에 나와 앉아 있는다. 특히 나는 공을 주고받으며 노는 '보통' 아이들을 구경하는 걸 좋아한다. 볼 때마다 느끼는 것이지만 무척 재미있어 보인다. '보통' 아이들은 자기들끼리는 서로 놀자고 해도 우리한테는 절대 그런 말을 하지 않는다. 나는 지금껏 우리에게 같이 놀자고 얘기하는 아이를 한 번도 본 적이 없다. 사실 우리 같은 아이들은 그런 놀이를 할 수도 없다. 하지만 누군가 "이리 와!" 하고 공놀이를 하자고 부르면 기분이 정말 좋을 것 같다. 하지만 그 아이들은 우리처럼 장애가 있으면 모든 면에서 한참 뒤떨어진다고 생각하는 게 틀림없다. 그래서 우리를 투명인간 대하듯 해도 우리가 그 사실을 마음에 두지 않을 거라고 생각하는 것이다.

학교에 입학했을 때 나는 정말 흥분했었다. 날마다 새로운 것들을 배우게 될 거라고 잔뜩 기대했다. 하지만 정작 배우는 것들은 아주 단순한 것들이었다. 솔직히 그냥 시간을 때우기 위해, 집에만 있지 않기 위해 학교를 다닐 뿐이다. 아마 학교를 다닌 지 2년째, 3년째 되던 해에는 학교에서 배운 것보다 디스커버리 채널이나 공상과학 소설에서 배운 게 더 많았을 것이다. 선생님들은 대부분 좋은 사람들이었지만 내가 무슨 생각을 하는지까지는 알아채지 못했다.

나는 사람들이 '장애아'라고 부르는 아이들과 함께 특별 수업을 받았다. 11살에서 13살까지의 아이들이 함께 있었다. 나는 학교에 입학할 때부터 이 '학습공동체' — 이게 무슨 웃기는 말이람! — 에 있게 되었다. 우리는 다른 아이들처럼 학년이 바뀌지도 않았다. 단지 지난해에 한 것을 똑같이 되풀이할 뿐이었다. 심지어 매년 교실도 같았고, 선생님만 바뀌었다.

학교 별관에는 시설이 잘 갖추어진 여섯 개의 교실이 있는데, 이곳에는 유치원 꼬마에서부터 중학교에 가야 하는 나이대의 학생까지, 여러 종류의 장애를 지닌 아이들이 모여 있다. H-5반 교실은 아기들을 위해서는 좋을지는 몰라도 나한테는 별로였다. 교실은 노랑과 분홍으로 칠해져 있다.

한쪽 벽은 행복한 얼굴을 한 태양과 커다란 무지개, 활짝 웃는 꽃들로 뒤덮여 있고, 다른 쪽 벽은 즐거워하는 토끼, 새끼 고양이, 강아지가 그려져 있다. 온통 하얀 구름이 떠다니는 하늘에는 파랑새들이 날고 있는데 심지어 그 새들도 웃고 있다. 이제 열두 살인 나로서는 언제까지 저 강아지들을 봐야 하는지 구역질이 날 지경이다. 하루라도 더 봤다가는 그대로 토할 것만 같다.

우리 반 아이들 가운데 가장 어린 애슐리는 실제로 꽤나 많이 토했다. 애슐리는 열한 살이지만 다섯 살이라고 해도 믿을 정도다. 애슐리는 내가 본 휠체어 중에서 가장 작은 휠체어를 타고 있다.

애슐리는 아무도 따라가지 못할 우리 반 패션모델이다. 또렷한 두 눈이 꼭 영화배우 같고 머리카락은 길면서 고불고불하다. 코는 작은 꼬마 요정의 것 같다. 애슐리는 선반 위에 앉아 있는 상자 속 인형보다 더 예쁘다.

애슐리의 엄마는 애슐리를 완벽하게 꾸며 준다. 애슐리가 분홍 티셔츠를 입고 싶어 하면 분홍 바지에 분홍 양말까지 입혀 주고, 머리에 아주 작은 분홍 리본까지 두어 개 달아 준다. 심지어 애슐리의 작은 손톱도 분홍으로 칠해 준다.

애슐리의 몸은 너무나 뻣뻣해서 무언가에 손을 대기도, 어떤 물건을 쥐거나 잡기도 힘들다.

해마다 크리스마스 때가 다가오면 선생님은 우리에게 우스꽝스럽게 생긴 스티로폼 눈사람을 장식하게 한다. 그 가짜 눈사람은 키가 180센티미터 정도나 된다. 장애가 없는 보통 반 아이들은 어떤지 잘 모르겠지만, 우리는 선생님이 창고에서 눈사람을 꺼내 오는 것을 보고 연말연시가 가까워졌다는 걸 느꼈다.

몇 년 전에 우리를 가르쳤던 하이엇 선생님은 그 엉망진창 눈사람을 엄청나게 좋아했다.

"얘들아, 장식해 보자!"

하이엇 선생님은 깩깩거리는 목소리로 그렇게 말하고는 했다.

"찍찍이랑 이쑤시개, 풀을 써서 우리 H-5반의 눈사람인 시드니를 멋지게 꾸며 주자!"

얼마나 오래됐는지는 잘 모르겠지만 불쌍한 시드니는 똑바로 설 수도 없었다. 시드니의 몸은 기우뚱한 게 꼭 술 취한 사람이 벽에 간신히 기대고 서 있는 것처럼 보였다. 하이엇 선생님은 우리에게 초록색 눈송이를 주었다. 초록색이 맘에 안 든다고? 어떡하겠어. 우리는 말을 못 하는 아이들인데.

"눈사람 좋아하니, 애슐리?"

하이엇 선생님이 애슐리에게 물었다. 애슐리는 몸이 뻣뻣해서 누군가와 이야기를 나누는 일이 거의 불가능했다. 애슐리가 갖고 다니는 대화판에는 딱 두 단어만 있다. 예와 아니요. 애슐리는 아니라고 할 때면 고개를 약간 왼쪽으로 돌린다. 그래서 애슐리가 눈사람을 좋아하냐고? 만일 내기라도 한다면, 나는 애슐리가 눈사람을 때려 부수고 싶었을 거라는 데 돈을 걸겠다.

애슐리와 비교하면 칼은 거인이나 마찬가지다. 애슐리처럼 열한 살밖에 안 됐지만 폭이 훨씬 넓은 휠체어를 타고 있다. 버스에 타고 내릴 때 두 명의 도우미가 필요할 정도다. 칼은 우리랑 다른 특별한 점이 있는데, 바로 손을 잘 쓴다는 거다. 혼자 휠체어를 움직일 수 있고, 연필을 쥐고 자기 이름을 쓸 수도 있다. 물론 눈사람을 찌를 수도 있었다.

칼은 눈사람의 몸통에 연필과 막대자를 찔러 넣고 머리에는 펜을 찔러 넣었다. 하이엇 선생님이 손뼉을 치며 꺅꺅거리는 목소리로 말했다.

"잘했어, 칼! 정말 창의적이야!"

칼은 웃기만 했다. 말을 할 수는 있었지만, 보통 두 마디 정도의 짧은 문장이었다.

"눈사람은 멍청해!"

칼은 소리쳤다.

"아주아주 멍청해!"

칼은 나만큼이나 눈사람을 싫어하는 게 분명했다. 언젠가 장식 도중 눈사람의 아래쪽 3분의 1쯤 되는 곳에다가 앞뒤로 기저귀를 붙여 놓은 적도 있다. 아직도 기저귀를 차는 칼은 거의 날마다 바지에 똥을 싸는데, 그러면 교실에서는 원숭이 우리에서 나는 냄새가 폴폴 풍긴다. 하지만 도우미 선생님들은 아무렇지도 않은 듯 고무장갑을 끼고 똥을 치운 다음, 칼을 깨끗이 씻기고 옷을 갈아입혀 준다. 그러고는 칼을 다시 휠체어에 앉힌다. 나는 도우미 선생님들에게 훈장을 줘야 한다고 생각한다. 우리 같은 아이들을 보살피기란 쉽지 않다.

다운증후군을 앓고 있는 마리아는 열두 살인데, 크리스마스와 부활절, 밸런타인데이와 지구의 날을 무지무지 좋아한다. 솔직히 지구의 날은 그리 중요한 날도 아니지만, 지구의 날이 쉬는 날이라면 마리아는 지구의 날 맞이 파티를 준비하고도 남을 거다. 배가 많이 나온 탓에 약간 눈사람 같기도 하지만, 그래도 마리아는 온종일 수다를 떨며 주위를 즐겁게 해 준다. 나를 '멜리 벨리(젤리 벨리라는 사탕 이름에 빗대어 부르는 별명)'라고 부르는 게 좀 못마땅하긴 하지만.

해마다 오래된 눈사람을 꺼낼 때가 되면 마리아는 신이 나서 폴짝폴짝 뛰며 환호한다. 우리 반에서 눈사람을 이토록 좋아하는 아이는 오직 마리아뿐이다.

"우와, 눈사람이다! 시드니의 계절이 왔다!"

마리아는 흥분해서 숨을 헐떡이며 말하고는 한다.

"눈사람 모자 내가 써도 돼? 대신 내 빨간 목도리를 둘러 주면 되잖아. 시드니는 내 목도리를 아주 좋아할 거야!"

마리아가 시드니를 좋아하는 것을 안 이후로 선생님들은 종이로 만든 초록색 막대사탕과 포장지를 잘라 만든 자줏빛 별을 주면서 마리아에게 장식을 맡겼다. 그러면 마리아는 각각의 장식에 뽀뽀를 한 뒤 눈사람에다 하나하나 장식을 붙인다. 매일 오후 집에 가기 전에는 시드니를 꼭 안아 준다. 그러다가 시드니를 다시 창고에 넣어 둬야 하는 때가 다가오면 눈물이 그렁그렁한 얼굴로 있다가 끝내 울어 버린다.

마리아는 복잡한 것들을 이해하지는 못하지만 사람과 그 사람의 감정이 어떤지는 이해했다.

"멜리 벨리, 오늘은 왜 그렇게 슬퍼 보여?"

2년 전쯤인가, 어느 날 아침 마리아가 내게 이렇게 물었던 적이 있다. 그 전날 우리 집 금붕어가 죽은 걸 어떻게 알았을까? 마리아는 나를 꽉 안아 줬고 그 덕분에 난 기분이 한결 나아졌다.

글로리아는 우리 반 록 가수다. 글로리아는 한쪽 벽 구석에 그려진 웃는 꽃 아래에서 몇 시간 동안이나 록 음악에 맞춰 몸을 흔든다. 선생님들은 매번 글로리아를 달래 보려고 애를 쓰지만, 글로리아는 선생님들의 노력에도 아랑곳없이 오한 든 사람처럼 팔로 제 몸을 감싸고 계속해서 몸을 흔든다.

글로리아는 자폐아지만 걸음걸이가 완벽하다. 하고 싶은 말이 있을 때에는 말도 아주 잘한다. 글로리아가 하는 말은 무심결에 정곡을 찌를 때가 많다.

"눈사람만 보면 몸이 떨려."

어느 날 글로리아가 불쑥 이런 말을 하자 교실 안이 놀랍도록 조용해졌다. 그러고 난 뒤 글로리아는 구석진 자기 자리로 가서는 몸을 웅크리고 집에 갈 때까지 아무 말도 하지 않았다. 생각해 보니 글로리아는 눈사람에다 장식을 붙인 적이 한 번도 없었다. 떨려서 그런 걸까? 선생님이 크리스마스 캐럴을 틀어 주자 그제야 웅크린 몸을 펴고 긴장을 푸는 것 같았다.

윌리는 열세 살이다. 나는 윌리의 장애가 정확히 무엇인지 잘 모른다. 윌리는 등산용품 광고에 나오는 스위스 사람처럼 요들송을 잘 부른다. 게다가 삑삑거리는 소리, 꿀꿀거리는 소리도 낼 수 있다. 윌리는 한순간도 가만히 있지를 못한다. 자면서도 저렇게 소리를 내거나 돌아다니는 것은 아닐까 가끔은 궁금해진다.

해마다 상자 안에 든 눈사람을 꺼낼 때면 선생님은 먼저 윌리를 상자에서 멀리 떨어뜨려 놓는다. 윌리가 상자를 쳐서 떨어뜨리기 때문이다. 윌리가 일부러 그러는 건 아니다. 그저 윌리의 팔과 다리가 끊임없이 움직일 뿐이다. 어쩔 수가 없다.

하이엇 선생님은 윌리가 시드니를 넘어뜨리는 것을 본 첫 번째 선생님이었다.

"눈사람에다 밝은 분홍색 리본을 붙여 보는 건 어떨까?"

하이엇 선생님은 윌리에게 깩깩거리는 목소리로 이렇게 말했다.

윌리가 팔을 들어 리본을 치자 볼품없는 분홍색 리본이 저 멀리 날아갔다. 그 탓에 시드니는 반대 방향으로 넘어지면서 세 개의 둥그런 스티로폼 덩어리로 조각나 바닥을 굴렀다. 윌리는 고함을 지르며 삑삑거리는 소리를 냈는데 꼭 일부러 그래 놓고 웃고 있는 것처럼 보였다.

만약 그때 하이엇 선생님이 눈사람에다 야구공을 붙이라고 했다면 윌리는 눈사람을 부수지 않기 위해 훨씬 조심했을 것이다. 윌리는 야구를 정말 좋아하니까.

처음 내가 학교에 입학했을 때 우리 담임은 그로스 선생님이었는데, 그로스 선생님은 퀴즈 내는 것을 좋아했다. 윌리는 나비나 배에 관한 질문에는 별 흥미가 없어 보였지만, 야구에 관한 질문이 나오면 그렇지 않았다. 윌리는 날카로운 소리로 정답을 말한 뒤 비명과 함께 고함을 질렀다.

"메이저리그에서 처음으로 한 시즌에 60개의 홈런을 친 선수는 누구지?"

그로스 선생님이 물었다.

"베이브 루스!"

윌리는 이렇게 대답하고는 소리를 질렀다.

"그럼 베이브 루스의 714개 홈런 기록을 깬 선수는 누굴까?"

"행크 에런!"

윌리가 또 고함을 쳤다.

"역대 최고의 안타 왕은?"

그로스 선생님은 윌리의 야구 지식에 놀란 표정이었다.

"피터 로즈! 4256개!"

"그럼 미식축구 터치다운 최고 기록은 누가 갖고 있지?"

윌리는 갑자기 조용해졌다. 끽끽거리는 소리조차 내지 않았다. 왜냐하면 윌리는 미식축구에 관심이 없었으니까. 눈사람에도 마찬가지였다.

나는 윌리를 보면서, 아주 가끔이지만 윌리 스스로 정말 가만히 있고 싶어 하는 때도 있구나 하는 생각을 했다. 윌리가 눈을 감은 채 얼굴을 찌푸리며 뭔가에 집중하는 모습을 보일 때가 바로 그런 때였다. 좀처럼 가만히 있지 않던 애가 몇 분 동안이나 움직이지도 않고 소리도 내지 않는다. 그러다 갑자기 수영선수가 수영할 때처럼 깊은 숨을 몰아쉬고는 하는데, 이윽고 감았던 눈을 뜨고 나면 교실은 다시 시끄러워진다. 그럴 때 윌리의 모습은 왠지 모르게 슬퍼 보인다.

질은 보행 보조기를 사용한다. 걸을 때 왼쪽 다리가 조금 끌리기 때문이다. 질은 마르고, 창백하고, 조용한 아이다. 시드니가 창고 밖으로 나오는 계절이 되면 질의 눈은 멍한 것이 꼭 꺼져 가는 전등 같다. 게다가 질은 걸핏하면 훌쩍거리는 울보다. 그로스 선생님이 질의 손에 장식을 해 주기도 하고 질이 활동적인 놀이에 자연스럽게 낄 수 있도록 신경 쓰는 등 여러모로 노력했지만, 질은 옷 가게에 서 있는 마네킹처럼 반응이 없었다. 나는 질이 아기였을 때 자동차 사고를 당했다는 이야기를 도우미 선생님에게서 들었다. 생각만 해도 끔찍하다. 장애 없이 태어났는데 사고 때문에 장애가 생겨 잘 걸을 수도, 생각할 수도 없게 되다니.

프레디는 내년이면 열네 살이다. 우리 반에서 가장 나이가 많다. 프레디는 전동 휠체어를 타는데, 자기 휠체어를 아주 좋아한다. 툭하면 프레디는 내게 말한다.

“프레디는 빠르다! 프레디는 빠르다!”

프레디는 싱긋 웃으며 헬멧을 쓰는 척한다. 그리고 휠체어의 속도 조절 장치를 조절한 뒤 교실을 가로질러 달린다. 물론 선택할 수 있는 휠체어의 속도는 저속과 초저속, 딱 두 가지뿐이다. 하지만 프레디에게는 교실이 레이스 서킷이나 다름없다.

프레디는 전동 휠체어를 타고 낡은 눈사람 옆을 휘익 지나간다. 그러고는 눈사람에 붙어 있는 별과 종을 치면서 묻는다.

"눈사람도 쌩쌩 달려?"

프레디는 해마다 눈사람에 자기 휠체어에 쓰여 있는 것처럼 '나스카(미국에서 개최하는 유명 자동차 경주 대회)'와 '나사(미국 항공우주국)'라는 글자를 눈사람에 새겨 넣었다. 만약 프레디에게 오늘 날짜를 물어보면 프레디는 대답하지 못할 것이다. 하지만 '데이토나 500(미국 플로리다 주 데이토나비치에서 해마다 열리는 자동차 경주 대회)'에서 승리한 사람이 누구냐고 물으면 아마 문제 없이 대답하겠지. 그러니 프레디가 눈사람이 쌩쌩 달리냐고 묻는 건 지극히 당연한 일이다.

또 누가 있을까….

그래, 나. 바로 내가 있다.

나는 볼품없는 눈사람이 싫다. 하지만 선생님이 시키는 대로 눈사람에다 장식을 한다. 눈사람이 왜 싫은지 그 까닭을 설명하느니 차라리 눈사람을 꾸미는 게 낫다. 아니, 그편이 훨씬 더 쉽다.

내 휠체어에는 팔을 고정하도록 조여 주는 부분 위에 투명한 판이 있다. 그 판은 대화를 할 때 쓸 수도 있고, 개인 식탁으로 쓸 수도 있다. 지금보다 더 어렸을 때, 엄마는 수십 개의 단어를 그 위에 붙여 주었다. 그래 봤자 거기에는 명사, 동사, 형용사가 각각 몇 개, 내 주위에 있는 사람들의 이름, 웃는 얼굴을 그린 그림 정도가 있을 뿐이다. 뭐 '화장실에 가야 해요' '부탁이에요' '배고파요' 같은 문장도 있다. 하지만 사람들 대부분은, 어린아이들조차 그보다 더 많은 말을 할 줄 안다.

내 오른손 근처에는 '부탁이에요' '고마워요' '네' '아니요' '아마도'가 있다. 왼쪽에는 우리 식구들, 우리 반 아이들, 선생님들 이름이 있다. 하지만 '시드니'란 이름은 없다. 위쪽에는 기다란 알파벳 글자판이 있다. 나는 글자판을 이용해 단어를 만들 수 있다. 글자판 밑으로는 숫자판이 있어서 수를 셀 수도 있고, 수량이 얼마나 되는지도 표현할 수 있다. 또 시간에 관해서도 말할 수 있다. 그러나 그 판 위에 있는 문구는 그저 어린아이가 의사소통할 수 있는 정도에 지나지 않는다. 사람들이 나를 정신지체라고 생각하는 것도 이상한 일이 아니다.

정신지체. 나는 이 단어가 정말 싫다.

나는 H-5반 아이들을 모두 좋아하고, 우리 반 아이들 하나하나가 어떤지 누구보다 더 잘 이해한다. 그러나 우리 반에 나 같은 아이는 아무도 없다. 나는 문도 없고 열쇠도 없는 새장 안에 갇혀 사는 새다. 게다가 어떻게 하면 나를 새장에서 빼낼 수 있는지 누구에게 이야기해 볼 방법조차 없다.

아, 잠깐! 브이 아줌마를 잊고 있었네!

6.

바이올렛 발렌시아 아줌마는 우리 바로 옆집에 산다. 바이올렛은 자주색이란 뜻이다. 오렌지 중에는 발렌시아라는 품종이 있다고 한다. 그러니까 아줌마 이름의 뜻은 자주색 오렌지다! 자주색 오렌지는 찾아볼 수가 없다. 아줌마 같은 사람도 마찬가지다. 바이올렛 아줌마는 몸집이 아주 크다. 키는 180센티미터가 훌쩍 넘는 데다, 손도 내가 본 사람들 중에서 가장 크다. 만일 누군가 내기를 하자고 한다면, 나는 아무 망설임 없이 아줌마가 한 손으로도 여유롭게 농구공을 잡을 수 있다는 쪽에 전 재산을 걸겠다. 브이 아줌마가 나무라면, 우리 엄마는 나무 옆에 붙어 있는 작은 가지쯤 된다.

아마도 네 살쯤, 나는 처음으로 브이 아줌마네 집에 가 보았다. 처음에 엄마와 아빠는 나를 다른 사람에게 맡기려고 하지 않았다. 그러나 엄마, 아빠가 일하는 시간이 겹칠 때면 누군가 도와줄 사람이 필요했다. 내가 병원에서 돌아왔을 때 나를 보러 우리 집에 방문한 첫 손님이 바로 브이 아줌마였다. 엄마는 브이 아줌마가 나를 다른 아이들과 똑같이 대하며 안아 주었다고 말했다. 엄마, 아빠의 친구들은 대부분 나를 만지는 것조차 꺼려했는데 브이 아줌마는 그러지 않았던 것이다!

브이 아줌마는 펑퍼짐하고 밑으로 축 처진 드레스를 입는다. 아줌마가 입는 옷을 만드는 데에는 옷감이 어마어마하게 들 것이다. 게다가 색깔도 모두 따로따로다. 풍선껌 색깔의 분홍색에다가 불타는 엔진 같은 빨간색, 복숭아 음료 색, 밝은 계수나무 색…. 물론 모두 오렌지색과 자주색 계열이다. 브이 아줌마는 옷을 직접 만들어 입었다. 어느 옷 가게에서도 아줌마가 입는 것 같은 옷을 본 적이 없다.

브이 아줌마와 엄마는 병원에서 간호사로 함께 일했던 적이 있다. 엄마 말에 따르면 병원에 있던 꼬마 환자들은 브이 아줌마를 무척 좋아했던 모양이다. 아줌마는 미숙아 병동, 소아암 병동, 어린이 화상 병동 아이들을 위해 언제나 밝고 화사한 차림이었다고 한다.

"색깔이 어린이에게 생명과 희망을 가져오는 거야!"

브이 아줌마는 큰 소리로 이렇게 말했다고 한다. 그렇게 생각하지 않는 사람에게도 말이다. 아줌마를 앞에 두고는 누구도 반대할 수 없었을 것이다.

나는 아줌마를 아줌마네 현관에서 처음 만났다. 엄마와 아빠는 걱정스러운 얼굴이었다. 그러나 브이 아줌마는 신경 쓰지 않고 나를 무릎에 앉힌 다음, 몸을 꽉 붙잡고 가볍게 들어 올려 주었다. 아줌마는 그 축 처진 옷 안에 마이크를 숨겨 놓은 것이 틀림없다. 아줌마의 목소리를 들으면 누구라도 입을 다물고 돌아보게 된다.

"네, 잘 보고 있을게요."

브이 아줌마가 아무것도 걱정스러울 게 없다는 목소리로 말했다.

"멜로디는, 음… 아시겠지만, 조금 특별하답니다."

아빠가 머뭇거리며 말했다.

"모든 아이는 다 특별하죠. 하지만 이런 아이에게는 숨겨진 힘이 있어요. 멜로디가 그 힘을 찾는 데 제가 보탬이 되면 좋겠네요."

브이 아줌마가 말했다.

"어떻게 보답을 해야 할지 모르겠어요."

아빠가 말을 이었다.

브이 아줌마는 어깨를 들썩이며 웃더니 말했다.

"뭘 주시든 감사하게 받을게요."

아빠는 약간 당황한 듯 보였다.

"경사로는 이번 주말에 만들려고요. 목재소에 다녀와야겠군요."

"있으면 멜로디도 더 편하겠지요?"

브이 아줌마가 고개를 끄덕이며 말했다.

"멜로디는 손이 많이 가는 아이예요."

엄마가 주의를 주었다.

"제가 손이 많지는 않아도 크잖아요?"

브이 아줌마가 나를 공중으로 들어 올리며 말했다.

이렇게 해서 나는 평일에는 엄마, 아빠가 집에 돌아올 때까지 브이 아줌마네 집에서 몇 시간 정도 지내게 되었다. 좀 더 나이가 먹은 뒤에는 매일 학교가 끝난 뒤 브이 아줌마네 집으로 갔다. 엄마, 아빠가 아줌마에게 돈을 얼마나 드리는지는 잘 모르겠지만 아마 충분한 금액은 아닐 것이다.

처음부터 브이 아줌마는 내게 동정심 같은 건 보이지 않았다. 엄마, 아빠가 나를 위해 사다 준 작은 특수의자에 앉히는 대신, 거실 한가운데에 크고 부드러운 이불을 깔고 그 위에 나를 툭 하고 내려놓았다. 그때 나는 아줌마가 미친 줄 알았다. 나는 꽥꽥 울고 소리를 질렀다. 아줌마는 못 들은 체하며 CD 플레이어가 있는 곳으로 가서 음악을 틀었다. 행진곡이 온 방 안에 크게 울려 퍼졌다.

아줌마는 다시 내게로 돌아오더니 내가 가장 좋아하는 장난감인 고무 원숭이를 내 머리맡에 두었다. 나는 고무 원숭이를 잡고 싶었다. 만지면 끽끽 소리가 나는 원숭이였다. 하지만 원숭이가 아무리 가까이 있어도 내게는 수백만 킬로미터 떨어져 있는 것이나 다름없었다. 나는 똑바로 누워 있었다. 꼭 뒤집어진 거북이 같았다. 나는 더 크게 비명을 질렀다.

브이 아줌마가 이불 위에 앉았다.

"몸을 뒤집어 봐, 멜로디."

아줌마가 조용히 말했다. 나는 머리를 한 대 세게 얻어맞은 듯한 충격에 휩싸였다. 아무 소리도 내지 않았다. 나는 그렇게 할 수 없다. 모르는 걸까? 아줌마는 바보란 말인가?

아줌마는 휴지로 내 콧물을 닦아 주었다.

"너는 할 수 있어, 멜로디. 나는 네가 내 말을 모두 이해한다는 걸 알아. 너는 몸을 뒤집을 수 있어. 자, 한번 해 봐!"

실제로 그때까지 나는 내 몸을 뒤집기 위해 낑낑거리며 애써 본 적이 없었다. 소파에서 두 번이나 떨어졌을 때에도 그냥 엄마나 아빠가 와서 나를 도와주기를 기다릴 뿐이었다.

"네가 어떤 자세로 있는지 보렴. 너는 이미 옆으로 누워 있어. 벌써 중간은 한 거야. 비명을 지르고 고함치는 데 썼던 힘을 이젠 자세를 바꾸는 데 써 보자. 오른팔을 빼고 힘을 내 봐!"

나는 아줌마 말대로 했다. 긴장이 됐다. 손을 뻗고 안간힘을 썼다. 그러자 방귀가 나왔다.

브이 아줌마가 웃었다. 그런데 그때 천천히, 아주 천천히 내 몸이 오른쪽으로 돌아가는 것을 느꼈다. 바로 그때, 믿을 수 없는 일이 일어났다. 쾅! 내가 몸을 뒤집은 것이다! 나는 내 자신이 너무 자랑스러운 마음에 마구마구 소리를 질렀다.

"그것 봐, 할 수 있을 거라고 했지?"

브이 아줌마가 말했다. 아줌마의 목소리에 기쁨이 듬뿍 담겨 있었다.

"이젠 저 원숭이를 잡아 보자!"

반항할 까닭이 없었다. 나는 손을 뻗었다. 원숭이는 내 손에서 고작 5센티미터밖에 떨어져 있지 않았다. 움직이려고 무진장 애를 썼지만 다리가 생각대로 움직여지지 않았다. 계속해서 꿈틀거리며 몸을 움직였다. 이불을 손으로 잡고 당겨 보았다. 그랬더니 원숭이가 내 쪽으로 다가왔다.

"넌 참 똑똑한 아이야."

브이 아줌마가 말했다.

이불을 한 번 더 끌어당겼다. 원숭이가 더 가까워졌다. 나는 원숭이를 움켜잡았다. 반갑다는 듯 원숭이가 끽끽 소리를 냈다. 나도 크게 웃으면서 계속 원숭이처럼 소리를 냈다.

"운동을 했으니 배가 고플 거야."

브이 아줌마가 말했다. 아줌마는 먼저 바닐라 밀크셰이크를 먹여 주었다. 그런 다음 야채로 만든 요리와 면 요리를 주었다. 브이 아줌마는 항상 디저트를 먼저 준다. 나는 아줌마가 주는 음식은 언제나 다 먹는다. 건강을 위해서. 맛도 좋다.

브이 아줌마는 내게 탄산음료를 먹일 수 있는 유일한 사람이다. 콜라, 스프라이트, 닥터 페퍼…. 탄산음료를 먹으면 으레 트림이 나오면서 코를 간질이는데 난 그 느낌이 참 좋다. 엄마와 아빠는 주로 우유나 주스를 준다. 멜로 옐로(탄산음료 상표명)는 내가 가장 좋아하는 음료수다. 심지어 브이 아줌마는 나를 멜로 옐로라고 부른다.

나는 브이 아줌마네 집에서 움직이는 법과 기는 법을 배웠다. 기어가기 대회가 있다 한들 나가서 우승할 리야 없겠지만, 다섯 살이 되자 나는 드디어 방을 가로지를 수 있게 되었다. 기어서 말이다! 브이 아줌마는 앞에서 뒤로, 다시 뒤에서 앞으로 움직이는 법을 알려 주었다. 아줌마는 굉장히 엄격했다. 휠체어에 있는 베개도 치워 버렸다. 그래서 나는 혼자서도 균형을 잡는 방법을 배울 수 있었다.

"누군가 깜박 잊고서 네 휠체어의 안전띠를 꽉 조이지 않는다면 어떻게 될까?"

아줌마가 일부러 듣기 거북한 목소리를 내며 말했다.

"어떻게 해야 하는지는 네가 더 잘 알지? 알고 있는 대로 하지 않으면 네 머리가 깨질지도 몰라."

우리 둘 다 내 머리가 깨지는 건 원하지 않았다. 그래서 우리는 연습을 했다. 아줌마는 나를 집에 데려다주면서 내가 저녁도 잘 먹고 똥도 잘 쐈다고 엄마에게 전하고는 했다. 엄마, 아빠가 왜 그런 걸 중요하게 생각하는지 나는 잘 모른다. 어쨌든 그런 다음 아줌마는 내게 찡긋 윙크를 하곤 한다.

학교에 다니기 시작하면서 나는 의자에서 떨어지는 것보다 훨씬 더 큰 문제가 있다는 것을 알게 되었다. 내게는 단어가 필요했다. 생각을 표현할 수도 없는데 어떻게 다른 것을 배울 수 있단 말인가? 어떻게 질문을 할 것이며 또 답할 것인가?

나는 많은 단어를 알았지만 혼자 힘으로는 책을 읽을 수 없었다. 내 머릿속에서는 수없이 많은 생각이 돌아다녔지만 누구와도 그 생각을 나눌 수가 없었다. 가장 큰 문제는 사람들이 H-5반에서 공부하는 아이들은 많이 배울 필요가 없다고 생각한다는 것이다!

내가 여덟 살 때쯤인가, 그때서야 브이 아줌마는 내게 필요한 것이 무엇인지 정확히 알았다. 학교에 다녀온 어느 날, 아줌마는 캐러멜 소스를 얹은 아이스크림을 먹으면서 채널을 이리저리 돌려 가며 케이블 방송을 보고 있었다. 그러다가 스티븐 호킹이라는 사람에 관한 다큐멘터리 프로그램에 채널을 고정했다.

스티븐 호킹은 루게릭 병(근육이 위축되며 점차 몸을 움직일 수 없게 되는 병)을 앓아 걸을 수도, 말할 수도 없지만 세상에서 가장 똑똑한 사람이었다. 누구나 다 그렇게 생각한다. 정말 멋졌다.

다큐멘터리 프로그램이 끝난 뒤 나는 아무 말도 하지 않았다.

"호킹도 너랑 같은 종류의 병을 앓는 거야. 너도 그렇게 생각하지?"

브이 아줌마가 물었다.

나는 대화판에 있는 네를 가리켰다. 그러고 나서 아니요를 가리켰다.
"무슨 말인지 잘 모르겠는걸."
아줌마가 머리를 긁적이며 말했다.
이번에는 필요하다를 가리킨 뒤 다시 읽다를 가리켰다. 필요하다, 읽다, 필요하다, 읽다.
"네가 많은 단어를 읽을 수 있다는 건 알아, 멜로디."
아줌마가 말했다.
나는 다시 가리켰다. 더 많이. 내 눈에서 눈물이 나오는 걸 느낄 수 있었다. 더 많이. 더 많이. 더 많이.
"멜로디, 만약 걷기와 말하기 중에서 하나를 골라야 한다면 무얼 고르겠니?"
말하기. 나는 판을 가리켰다. 대화판에 있는 단어를 계속해서 두드렸다. 말하기. 말하기. 말하기.
내게는 할 말이 너무나 많았다.
결국 브이 아줌마는 내가 더 자유롭게 의사소통을 할 수 있도록 새로운 계획을 세웠다. 아줌마는 대화판에 있던 단어들을 다 떼어 내고 처음부터 다시 시작했다. 단어가 적힌 카드들을 작게 만들어서 원래보다 더 많이 붙여 주었다. 판은 내가 아는 사람들의 사진과 이름으로 채워졌다. 내가 자주 하는 질문들과 다양한 명사, 동사, 형용사 들이 붙여졌다. 덕분에 난 실제로 문장을 만들 수 있게 되었다. 손가락으로 가리키는 것만으로도 내 가방이 어디에 있어요? 같은 질문을 할 수 있게 되었고 생일 축하해요, 엄마 같은 말도 할 수 있게 되었다.

브이 아줌마는 매번 새로운 단어를 더해 주었다. 나는 빠르게 배웠고, 단어 카드로 새로운 문장을 만들었다. 그래도 항상 단어에 굶주려 있었다. 더 많은 단어를 알고 싶었고, 더 많이 읽기를 원했다. 아줌마는 플래시 카드(단어나 숫자, 그림 등을 순간적으로 보여 주며 암기 효과를 높이는 카드)를 만들었다. 명사는 분홍색, 동사는 파란색, 형용사는 녹색으로.

단어가 하나둘 쌓여 가면서 읽는 것도 자연스럽게 배워 나갔다. **나무**, **자두**, **가수** 같은 간단한 단어들. 나는 비슷한 모양의 단어들을 좋아했다. 그런 단어들이 기억하기 쉬웠기 때문이다. 나는 **쐐기벌레**나 **딱정벌레** 같은 좀 더 어려운 단어들도 배웠고, **닭**이나 **산기슭**처럼 이상한 발음 규칙을 따르는 단어들도 알게 되었다. 날과 달을 가리키는 단어들, 다른 행성과 대양, 대륙의 이름도 배웠다. 나는 단어들을 브이 아줌마의 체리 케이크처럼 맛있게 먹어 치웠다.

아줌마는 카드를 바닥에 펼쳐 놓고, 내 손이 카드에 닿을 수 있도록 커다란 베개 위에 나를 앉혔다. 그런 뒤 내가 직접 손으로 카드를 밀어 문장을 만들 수 있게 했다. 꼭 구슬들을 꿰어 멋진 장식물을 만드는 것 같았다.

나는 아줌마를 즐겁게 해 주는 게 좋았다. 그래서 가끔은 단어들을 이상한 순서로 늘어놓기도 했다.

물고기는 도망갈 것이다. 물고기는 저녁 반찬이 되고 싶지 않다.

아줌마는 우리가 집에서 듣는 음악과 관련된 단어들도 가르쳐 주었다. 나는 베토벤과 바흐의 차이를 구별할 수 있게 되었다. 소나타와 협주곡의 차이도. 아줌마는 CD에서 한 곡을 골라 튼 다음, 내게 그 곡의 작곡가를 묻곤 했다.

모차르트. 나는 아줌마가 내 앞에 늘어놓은 단어들 속에서 정답 카드를 가리켰다. 그러고 나서 내 대화판에 있는 파란색을 가리켰다.

"응?"

아줌마가 의아한 얼굴로 나를 보았다.

아줌마가 바흐의 곡을 틀어 놓았을 때에도 나는 작곡가를 가리킨 뒤 대화판에 있는 파란색과 자주색을 가리켰다.

아줌마는 갈피를 못 잡는 것 같았다. 내 생각을 설명해 줄 딱 알맞은 단어를 찾을 수 없었다. 내가 아줌마에게 말하고 싶었던 것은, 나는 음악을 색으로도 느낀다는 점이었다. 하지만 브이 아줌마조차도 내 생각을 전부 알 수는 없었다.

우리는 공부를 계속했다.

아줌마는 때로는 힙합을, 때로는 오래된 유행가를 틀어 주었다. 음악과 음악이 만들어 내는 색의 커튼이 편한 옷처럼 우리를 감싸며 흘렀다.

브이 아줌마는 아무리 날씨가 궂더라도 나를 데리고 밖으로 나갔다. 어느 비 오는 날, 아줌마가 나를 밖에 앉혀 놓았다. 푹푹 찌는 날이었는데 끈적끈적한 느낌 때문에 괜히 짜증이 났다. 분명 32도쯤은 되었을 것이다. 우리는 아줌마네 집 현관에 앉아 태풍이 구름을 몰고 오는 모습을 보았다. 아줌마는 여러 구름의 이름을 하나하나 알려 주었고 구름에 얽힌 이야기들도 들려주었다. 나는 나중에야 아줌마가 나를 위해 모든 종류의 구름 이름을 단어 카드로 만들었다는 걸 알았다.

"저 위에는 크고 나이가 많은 비구름이 있어. 검고 힘이 아주 세서 하늘에 있는 모든 구름을 날려 버릴 수 있지. 비구름은 뭉게구름이랑 결혼하고 싶어 하지만, 뭉게구름은 그런 사나운 남자랑 살기엔 너무 부드럽고 예쁘단다. 그래서 비구름이 화를 내며 태풍을 만드는 거야."

아줌마가 말했다.

나이 든 비구름이 한껏 성질을 부리는 것 같더니 마침내 비가 내렸다. 너무 세차게 내려 현관 앞을 볼 수가 없었다. 축축하면서도 시원한 바람이 우리의 몸을 씻어 주었다. 기분이 아주 좋았다. 현관 위 지붕에 작은 구멍이 뚫렸는지 빗물이 구멍으로 흘러내려 내 머리 위로 떨어졌다. 나는 크게 웃었다.

브이 아줌마가 재미있다는 표정으로 나를 보았다. 그러더니 껑충 뛰어 내 곁으로 가까이 와 이렇게 물었다.

"온종일 이 기분을 느끼고 싶니?"

나는 고개를 끄덕였다. *네, 네, 네.*

아줌마는 아빠가 만든 경사로를 따라 내 휠체어를 밀었다. 우리 둘의 옷이 금세 젖어 들었다. 집 앞 잔디밭에 다다르자 우리는 멈춰 섰다. 거기서 그대로 비를 맞았다. 내 머리, 내 옷, 내 눈과 팔과 손이 젖어 들었다. 정말 굉장했다. 비는 따뜻해서 거의 목욕물처럼 느껴졌다. 우리는 한참을 그렇게 비를 맞으며 있었다.

집 안으로 들어온 뒤 아줌마는 내 몸을 말리고 옷을 갈아입혔다. 그런 뒤 초코우유 한 잔을 주었다. 아줌마는 내 휠체어도 말려 주었다. 아빠가 나를 데리러 왔을 때에는 이미 비가 그쳐서 모든 것이 처음처럼 말라 있었다.

그날 밤 내내, 나는 꿈속에서 초콜릿 구름을 보았다.

7.

잠에 들면 나는 꿈을 꾸고는 한다. 꿈속에서는 무엇이든 할 수 있다. 우선 운동장에서 놀 준비를 한다. 난 엄청나게 빨리 달릴 수 있다. 체육 수업도 받는다. 평균대에서도 절대 떨어지지 않는다. 춤도 꽤 잘 추는 편이다. 친구에게 전화를 걸어서 몇 시간 동안이나 수다를 떤다. 비밀을 속삭인다. 노래를 한다….

그러나 잠에서 깨면 실망이 기다리고 있다. 현실에서는 누군가 밥을 먹여 줘야 하고, 옷도 입혀 줘야 한다. 그리고 스폴딩 초등학교에 있는 H-5반에서 온종일 시간을 보낸다.

교실에는 남자아이들을 위해 남자 도우미 선생님 한 명, 여자아이들을 위해 여자 도우미 선생님 한 명이 있다. 선생님들은 우리를 화장실에 데려가기도 하고, 애슐리와 칼 같은 아이들의 기저귀를 갈아 주기도 하고, 밥을 먹여 주기도 하고, 입을 닦아 주거나 안아 준다. 도우미 선생님들이 돈을 많이 받지는 않을 것이다. 하지만 나는 선생님들이 백만 달러쯤은 받아야 한다고 생각한다. 우리를 돌보는 일은 정말 힘들기 때문이다. 하지만 사람들은 그런 점을 별로 생각하지 않는 것 같다. 때문에 나는 도우미 선생님들이 그만둔다 해도 나쁘게 생각하지 않는다.

내가 학교에 다닌 지 2년 째 되던 해에 우리 반의 담임을 맡은 트레이시 선생님은 내가 책을 좋아한다는 걸 알고는 CD에 담긴 오디오북을 준비해 주셨다. 처음에는 이미 네 살 때 아빠와 다 읽은 유아용 책이었다. 책을 두 번이나 바닥에 내팽개친 뒤에야 트레이시 선생님은 내게 벌이 아니라 더 수준 높은 책을 주어야 한다는 걸 알게 되었다.

책을 다 듣고 나면 선생님은 꼭 몇 가지 질문을 했다. 식은 죽 먹기였다. 선생님은 "비밀을 푸는 열쇠는 뭐였지?" 같은 질문을 하고는 내게 조약돌, 불가사리, 만년필 그림을 보여 주었다.

물론 답은 조약돌이다. 문제를 알아맞히면 선생님은 아주 기뻐하면서 또 다른 책을 듣게 해 주었다. 그해에 나는 비벌리 클리어리라는 작가의 책을 전부 들었고, 『화물 열차의 아이들 The Boxcar Children』 이라는 책도 모두 들었다. 정말 대단한 책들이었다.

그런데 그다음 해에는 모든 것이 엉망이 되고 말았다. 원래 선생님들은 다음 해에 담임을 맡을 선생님에게 학생들에 관한 정보를 알려 준다. 때문에 새로 담임을 맡는 선생님은 학생들에 대하여 대략적으로나마 미리 알고 준비할 수 있게 된다. 하지만 그때는 달랐다. 빌럽스 선생님이 트레이시 선생님이 알려 준 정보를 전혀 들추어 보지 않은 것이다.

빌럽스 선생님은 매일 아침 자기가 제일 좋아하는 동요를 틀어 놓고 하루를 시작했다. 나는 그게 싫었다. 어른들은 애들이 부르는 '반짝반짝 작은 별' '거미가 줄을 타고' 같은 노래를 듣는 게 즐거울지 모르지만 내게는 끔찍했다. 빌럽스 선생님은 그런 음악을 하루도 빼놓지 않고, 볼륨도 가장 크게 해서 틀어 놓았다. 우리는 몇 번이고 계속해서 똑같은 노래를 들어야 했다. 우리가 늘 기분이 좋지 않았던 데에는 다 그럴 만한 이유가 있었던 것이다.

시끄러운 록 음악을 틀어 놓고 알파벳 공부를 하기도 했다. 그것 역시 하루도 빼놓지 않았다. 유치원 꼬마들도 아니고 학교에 3년씩이나 다닌 애들을 상대로.

"자, 얘들아, 이게 'A'란다. 'A'를 말할 수 있는 사람? 좋아!"

빌럽스 선생님은 아이들이 아무런 반응을 보이지 않아도 웃으면서 '좋아!'라고 말하곤 했다.

나는 선생님이 장애가 없는 아이들에게도 이런 식으로 수업을 하는지 정말 궁금했다. 아마 그렇지는 않겠지. 그렇게 생각하면 할수록 점점 더 화가 났다.

"자, 'B'로 넘어가자. 이 글자가 'B'라는 거야. 다 같이 말해 보자, 'B'. 좋아!"

이번에도 조용했다. 선생님은 우리가 따라 하건 말건 신경 쓰지 않았다. 나는 구석에 처박힌 테이프, 이어폰, 책들을 간절한 눈빛으로 바라보았다.

그러던 어느 날, 결국 사건이 터졌다. 빌럽스 선생님은 또다시 알파벳을 한 자 한 자 말하는 것에서부터 시작해 어떻게 발음하는지를 가르치고 있었다.

"브!"

선생님이 침을 튀겨 가며 크게 말했다.

"'글자 'B'는 '브' 하고 소리가 난단다. 모두 함께 따라 해 보자, 얘들아,

브."

그때였다. 웬만해서는 짜증 내는 일이 없던 마리아가 크레파스를 던지기 시작했다. 윌리는 웅얼거렸다. 그 모습이 내 안의 무엇인가를 터뜨렸나 보다. 나는 나도 모르는 새에 고함을 지르고 있었다. 그토록 웃기고 한심하며 터무니없기까지 한 수업을 더 이상 듣고 싶지 않았다. 나는 문득 언제까지고 내게 이런 일이 벌어질 것이란 사실을 깨달았다. 그러자 울음이 터져 나왔다. 난 더 큰 소리로 비명을 질렀다. 네 살짜리 아이처럼 엉엉 울었다. 멈출 수 없었다.

곧이어 내 안에서 태풍이 폭발했다. 나는 팔을 휘두르고 몸을 흔들었다. 사람들이 보기엔 꼭 내가 발작을 일으킨 것 같았을 것이다. 발은 의자에 묶여 있었다. 그렇지만 다리를 너무 세게 흔드는 바람에 신발은 날아가 버렸고, 몸은 한쪽으로 기울어졌다.

빌럽스 선생님은 안절부절못했다. 나를 달래려고 애썼지만, 나는 멈추고 싶은 마음이 전혀 없었다. 도우미 선생님들조차 나를 멈출 수 없었다. 그러자 질과 마리아도 울기 시작했다. 온통 노랑으로 맞춰 입은 애슐리도 화가 난 것처럼 보였다. 옆에 있던 프레디는 겁에 질린 눈으로 나를 쳐다보면서 휠체어를 계속 빙글빙글 돌렸다. 칼은 점심을 달라며 소리치더니 바지에 똥을 쌌다. 교실이 아수라장으로 변했다. 나는 계속해서 소리를 질렀다.

빌럽스 선생님이 앤서니 교장 선생님을 불러왔다. 문을 열고 들어온 교장 선생님은 우리를 보고 눈이 휘둥그레지더니 교실 전체를 쭉 훑고는 간결하게 말했다.

"애 엄마를 불러요."

그러고는 쏜살같이 나가 버렸다.

잠시 뒤 선생님이 엄마에게 전화를 했다.

"브룩스 부인, 멜로디 담임 아나스타샤 빌럽스입니다. 지금 바로 학교로 올 수 있으신가요?"

갑작스런 전화에 엄마는 걱정이 됐을 것이다. 멜로디가 아픈가? 피를 흘리나? 혹시 큰 사고는 아닐까?

"아니요, 아픈 게 아닙니다. 제가 보기엔 괜찮아요."

빌럽스 선생님은 최대한 침착하게 말하고 있었다.

"멜로디가 소리 지르는 것을 막을 수가 없네요. 교실이 너무 소란스럽습니다."

나는 도대체 무슨 일이 일어나고 있는지, 걱정이 태산 같을 엄마의 모습을 상상할 수 있었다.

다행히 그날은 엄마가 쉬는 날이었다. 엄마가 금방 올 것이라고 생각하니 점차 마음이 가라앉았다. 나는 소리 지르는 것을 멈추었다. 곧 다른 아이들도 나를 따라 조용해졌다. 마치 누군가 정지 스위치를 누른 것처럼 한꺼번에 모두 소란 피우는 걸 그만두었다.

'반짝반짝 작은 별'이 계속 흐르고 있었다.

엄마는 생각보다 일찍 도착했다. 더러운 운동복 상의와 바지를 입고 있는 것으로 보아 옷을 갈아입을 틈도 없이 그대로 달려온 게 틀림없었다. 엄마는 내게 달려와 어떻게 된 일이냐고 물었다.

나는 떨면서 몇 번 심호흡을 한 뒤 대화판에 있는 알파벳을 가리키면서 불만스럽게 소리를 질렀다.

"알파벳에 관한 걸 하고 있었니?"

엄마가 물었다.

네. 나는 네를 가리켰다. 그러고 나서 그 대답을 마구 내리쳤다.

엄마는 빌럽스 선생님에게로 몸을 돌렸다.

"아이가 소리 지르기 전에 뭘 하고 계셨죠?"

빌럽스 선생님은 더러운 옷을 입은 학부모와 말할 때가 아니면 쓸 기회가 없을 것만 같은 거만한 톤으로 대답했다.

"알파벳을 복습하고 있었지요. 'B' 소리를 따라 하고 있었어요. 그게 기본이니까요."

엄마는 금방 상황을 이해했다.

"그러니까, 알파벳을 공부하고 있던 거로군요?"

"맞아요."

"2월이에요."

"네?"

"학교는 8월에 시작했어요. 선생님은 6개월 동안 알파벳 'B'를 가르친 건가요?"

엄마는 주먹을 쥐었다 폈다 했다. 나는 엄마가 누군가를 때리는 것을 본 적이 없다. 그러나 엄마가 그러는 모습을 보자 혹시라도 선생님을 때릴지 궁금해졌다.

"왜 제 수업 방식에 참견하시는 거죠?"

선생님이 불쾌하다는 듯이 말했다.

"그럼 당신은 뭔데 그런 생각 없는 행동으로 이 아이들을 괴롭히는 거죠?"

엄마가 받아쳤다.

"무슨 그런 말을!"

선생님은 놀라서 숨도 제대로 쉬지 못하는 것 같았다.

"내 딸을 위해서라면 그렇게 할 수 있어요."

엄마가 공격적인 말투로 말했다.

"그리고 이 아이들을 위해서도요!"

"어머님이 이해하지 못하는…"

선생님이 말했다.

"아니, 이해하지 못하는 사람은 바로 선생님이에요!"

엄마가 선생님의 말을 끊었다.

"선생님은 텔레비전을 보면서 혹시 이렇게 생각해 본 적 없으세요? '만약 한 번만 더 광고가 나오면 소리를 질러 버릴 거야'라고요."

엄마는 감정을 가라앉히려고 노력하고 있었다.

빌럽스 선생님이 천천히 고개를 끄덕였다.

"아니면 꽉 막힌 도로에서 '앞으로 5분 뒤에도 이대로면 난 정말 폭발하고 말 거야'라고 생각해 본 적은요?"

"네, 아마 있겠지요."

선생님은 순순히 인정했다.

"그래요, 아마 멜로디는 속으로 그랬을 거예요. '한 번만 더 이렇게 알파벳 공부만 한다면 소리를 지르고 말 테야.' 그리고 진짜 그렇게 했던 거예요. 저는 멜로디를 탓하고 싶지 않군요. 선생님은 어떠세요?"

빌럽스 선생님은 엄마를 바라보다가 나를 쳐다봤다.

"그렇게 설명하시니까… 그럴 수도 있겠군요."

빌럽스 선생님이 말했다. 선생님의 목소리도 엄마의 목소리만큼이나 침착하게 가라앉아 있었다.

"멜로디는 알파벳의 모든 글자와 소리를 알아요. 단어도 엄청나게 많이 알고요. 최근 학부모 회의에서 이런 얘기를 나눴던 것 같은데요. 안 그런가요?"

엄마의 목소리에서 감정을 조절하려는 노력을 느낄 수 있었다.

"저는 어머니께서 좀 과장하고 계신 것 같은데요."

선생님이 말했다.

"이런 아이를 둔 부모님들이 항상 객관적인 것은 아니라서요."

"만약 한 번만 더 이 아이들을 '이런 아이들'이라고 말씀하신다면 그땐 제가 소리를 지르고 말 거예요."

엄마가 차가운 목소리로 말했다.

"하지만 멜로디에게는 정신적, 육체적 한계가 있지 않습니까?"

빌럽스 선생님이 말했다. 선생님은 엄마의 콧대를 꺾어 놓으려는 것 같았다.

"그것을 받아들여야 한다는 것도 아셔야지요."

"네, 멜로디는 걷지 못해요. 말할 수도 없지요. 하지만 멜로디는 아주 똑똑한 아이예요! 그리고 선생님이야말로 그 사실을 받아들여야 한다는 걸 잘 아셔야지요!"

선생님이 한 걸음 뒤로 물러났다.

"멜로디의 지난해 기록을 전혀 읽어 보지 않으셨죠?"

엄마가 뻔하다는 듯이 물었다.

"멜로디는 테이프로 책 듣는 걸 좋아해요."

"저는 다른 선생님들에게 영향받지 않고 열린 마음으로 한 아이 한 아이에게 다가가려고 노력하고 있습니다. 기록은 어딘가 상자 안에 보관되어 있을 것 같습니다만…."

"아마 선생님은 그 상자를 꼭 찾아보셔야 할 거예요."

"아이들에 대해서는 웬만큼 안다고 생각하는데요."

빌럽스 선생님이 말했다.

"지금 보니까 그게 선생님의 문제네요!"

엄마가 말했다. 그러고 나서 고개를 기울여 CD 플레이어 쪽으로 눈길을 돌렸다.

"오, 뭔가가 더 있었네요? 선생님이 틀어 놓은 저 CD를 볼 수 있을까요?"

"물론이죠."

빌럽스 선생님이 입꼬리만 올려서 미소를 지으며 말했다.

"아이들은 이걸 좋아한답니다."

"정말 그럴까요?"

선생님은 CD 플레이어에서 CD를 뺐다.

CD 플레이어에서 흘러나오던 '반짝반짝 작은 별'이 뚝 끊기면서 갑자기 교실 안이 조용해졌다.

윌리가 크게 숨을 내쉬었다.

엄마는 CD를 받자 지갑을 열어 빌럽스 선생님에게 5달러짜리 지폐를 주었다. 그리고 보란 듯이 CD를 반으로 똑 부러뜨렸다.

"이건 음악이 아니라 아이들을 괴롭히는 또 다른 벌이라고요!"

프레디와 마리아가 기쁜 듯이 소리를 질렀다.

"고마워요."

글로리아가 작은 목소리로 말했다. 선생님은 방금 전의 상황을 받아들이지 못하는 것 같았다.

엄마는 교실 안에 있는 세면대로 가서 뜨거운 물을 틀어 종이 수건을 한 뭉치 적셨다. 그리고 내게로 와서 부드럽게 얼굴을 닦아 주었다. 따뜻했다. 그렇게 따뜻한 위로는 그때가 처음이었다. 엄마는 내 머리를 빗긴 뒤 휠체어에 나를 다시 잘 앉힌 다음 몸을 고정해 주었다. 그리고 나를 살짝 껴안아 준 뒤에 곧장 집으로 갔다.

빌럽스 선생님은 봄방학이 끝난 뒤에 일을 그만두었다. 대신 그해에는 다른 선생님들이 돌아가면서 우리를 가르쳐 주었다. 빌럽스 선생님은 우리 같은 아이들이 자기보다 여러 면에서 부족하니까 일을 하는 것이 쉬울 거라고 생각했었나 보다.

하지만 빌럽스 선생님은 틀렸다.

8.

내 곁에는 오랫동안 엄마와 아빠, 올리밖에 없었다. 올리는 내가 일곱 살 때 우리 집에 와서 거의 2년 동안을 함께 산 금붕어다. 내가 알기로 금붕어에게 2년이란 결코 짧은 시간이 아니다. 올리는 아빠와 내가 함께 간 축제에서 받은 상품이었다. 나는 올리가 나보다 더 불행한 삶을 산다고 생각하고는 했다.

올리는 내 방 책상 위에 있는 작은 어항 안에서 살았다. 바닥에는 작은 분홍 돌들이 깔려 있고, 돌 사이에는 가짜 플라스틱 통나무가 있었다. 예쁘게 꾸미려고 그랬겠지만, 그 어떤 호수나 바다에도 그런 색깔의 돌은 없을 것이다.

올리는 온종일 그 작은 어항 안에서 원을 그리며 헤엄쳤다. 가짜 통나무 사이로 쏙 들어갔다가, 반대편으로 빠져나와 다시 헤엄치기를 거듭했다. 올리는 늘 같은 방향으로 움직였다. 엄마가 매일 아침과 저녁에 물고기 밥 몇 알을 뿌려 줄 때만 방향을 바꾸었다. 올리는 쏜살같이 달려들어 게걸스럽게 먹어 치우고는 잠깐 동안 멈췄다가 다시 원을 그리며 헤엄쳤다. 나는 그런 올리가 안쓰러웠다.

불편한 몸이지만 나는 적어도 집 밖으로 나갈 수 있다. 가게에도 가고 학교에도 간다. 하지만 올리는 온종일 그릇 안에서 빙글빙글 돌 뿐이었다. 나는 물고기가 잠자는 모습은 어떨까 궁금했다. 하지만 한밤중에 깨어서 보면 올리는 뭔가를 말하려는 것처럼 그 작은 입을 뻐끔거리며 헤엄치고 있었다.

내가 아홉 살 때인가, 올리는 어항 밖으로 나왔다. 나는 라디오에서 흘러나오는 컨트리 음악을 듣고 있었다. 그즈음에야 엄마는 내가 컨트리 음악을 좋아한다는 걸 알아챈 것이다. 음악이 오렌지색과 노란색으로 들렸다. 레몬 냄새가 희미하게 내 둘레를 맴도는 것 같았다. 나는 달콤히 음악에 취해 올리가 그릇 안에서 빙글빙글 도는 것을 바라보았다.

그런데 갑자기 올리가 어항 바닥으로 내려갔다가 물 위로 뛰어오르더니 어항 바깥으로 뛰어나왔다. 올리는 책상 위로 떨어졌다. 순간 무슨 일이 벌어진 것인지 영문을 알 수가 없었다.

올리가 책상 위에서 파닥이며 숨을 헐떡이고 있었다. 눈이 불룩했고 아가미가 힘겹게 움직였다.

너무 당황스러워 뭘 어떻게 해야 좋을지 알 수가 없었다. 물이 없으면 올리는 죽을 텐데. 그것도 아주 금방. 나는 소리를 질렀다. 엄마는 아래층에 있거나 우편물을 가지러 문밖으로 나간 것 같았다. 엄마는 올라오지 않았다. 나는 더 크게 소리를 질렀다. 울부짖고 고함을 쳤다. 비명을 질렀다. 그러는 사이에도 올리는 계속해서 파닥거리며 숨을 헐떡이고 있었다. 올리에게는 물이 필요했다.

나는 한 번 더 악을 쓰며 울었다. 그렇지만 엄마는 오지 않았다. *엄마는 어디에 있는 거지?* 그냥 있을 수는 없었다. 뭔가를 해야만 했다. 나는 가까스로 책상까지 다가가 팔을 뻗었다. 간신히 그릇에 손이 닿았다. 아주 조금이라도 올리 쪽으로 물이 간다면 올리를 살릴 수 있을지도 몰랐다. 나는 그릇의 가장자리에 손가락을 걸쳐 그대로 당겼다. 그릇이 기울어지면서 사방으로 물이 튀었다. 책상은 물론이고 양탄자 위에도 물이 흘렀고, 약간이나마 올리에게도 물이 튀었다. 잠시 동안 올리가 조금 덜 파닥거리는 것 같았다.

마침내 엄마가 올라오는 소리가 들렸다. 문을 열고 들어온 엄마는 온통 엉망이 된 방 안과 죽어 가는 올리를 보며 소리쳤다.

"멜로디! 무슨 짓을 한 거야? 그릇은 왜 엎었니? 물이 없으면 물고기가 살 수 없다는 걸 몰라?"

물론 안다. 나는 바보가 아니다. 그럼 엄마는 대체 왜 내가 소리를 지르며 엄마를 불렀다고 생각한 걸까?

엄마는 급히 올리를 집어 든 뒤 다시 어항에 넣어 욕실로 달려갔다. 수돗물 트는 소리가 들렸다. 그러나 나는 너무 늦었다는 것을 알았다.

엄마가 돌아오더니 한 번 더 나를 꾸짖었다.

"멜로디, 네 금붕어가 죽고 말았어. 엄마는 이해할 수가 없구나. 작고 불쌍한 물고기에게 왜 그런 짓을 한 거지? 올리는 행복하게 살고 있었는데."

정말 그럴까? 정말 올리는 엄마 말대로 그 좁은 어항 안에서 행복했을까? 어쩌면 올리는 어딘가 아팠을지도 모르고, 좁은 어항 속에서 통나무 사이를 빙글빙글 도는 것이 지겨워졌을 수도 있다. 올리는 그 일을 더 이상 반복할 수 없었던 건 아닐까? 나도 가끔은 그런 감정을 느낀다.

아무튼 나는 무슨 일이 일어난 것인지를 설명할 방법이 없었다. 나는 어떻게 해서든지 올리를 구하고 싶었다. 나는 엄마가 있는 쪽을 쳐다보지도 않았다. 엄마는 화가 나 있었고, 나 또한 그랬다. 엄마가 그렇게 늦게 오지만 않았어도 올리는 살았을지 모른다. 나는 엄마에게 우는 모습을 보이고 싶지 않았다.

엄마는 한숨을 쉬며 방 안을 치웠다. 그러고는 빈 책상과 음악만을 남겨 놓은 채 방을 나갔다. 음악에서 나와 내 주위를 맴돌던 그 색채들은 이미 사라지고 없었다.

그런 뒤 한참이 지나고, 나는 또 다른 동물을 맞이할 수 있었다. 내가 열 살 때, 생일을 맞아 아빠가 큰 상자를 가지고 집으로 돌아왔다. 상자를 들고 있는 아빠의 모습이 꽤나 힘들어 보였다.

아빠가 상자를 내 앞에 내려놓자마자 상자가 열리면서 금색으로 반질거리는 뭔가가 튀어나왔다. 강아지, 그것도 골든리트리버였다! 나는 너무 기쁜 나머지 소리를 지르며 마구 발을 찼다. 와, 강아지다!

어딘가 모르게 어설퍼 보이는 그 강아지는 온 방 안을 뛰어다니면서 구석구석마다 코를 대고 킁킁거렸다. 그 모습을 보자 나는 그 강아지가 단번에 좋아졌다. 모든 탁자 다리와 가구를 다 둘러본 다음 강아지는 멈춰 섰다. 그런데 우리가 모두 자기만 쳐다보고 있다는 걸 확인하더니 갑자기 쪼그려 앉아 양탄자 위에다 오줌을 싸 버렸다! 엄마가 화들짝 놀라며 소리쳤다. 그때 강아지는 이 집의 대장이 엄마임을 알게 된 것 같다.

강아지는 킁킁거리며 아빠의 발 냄새를 맡기도 했지만 엄마한테는 그리 가까이 다가가지 않았다. 엄마는 부엌에서 쓰는 분무 세제를 가져오더니 강아지가 양탄자 위에 그려 놓은 지도 위에다 칙칙 뿌리고 종이 수건으로 얼룩을 닦아 냈다.

강아지는 내게 다가와 휠체어 주변을 맴돌았다. 꼭 휠체어가 어떤 물건인지 알아보려는 것 같았다. 강아지는 먼저 휠체어의 냄새를 맡고 내 다리와 발 냄새까지 다 맡더니, 잠시 나를 빤히 쳐다보고는 곧바로 내 무릎 위로 폴짝 뛰어올랐다. 내 무릎에 백만 번은 올라와 본 것 같은 솜씨였다. 나는 강아지가 겁이라도 먹을까 봐 조심스럽게 숨을 쉬었다. 강아지가 세 번 정도 몸을 뒤척이더니 마침내 편안한 자세를 찾은 듯 잠잠해졌다. 와… 놀라웠다. 강아지가 만족스러운 숨소리를 냈다. 나는 조심스럽게 강아지를 쓰다듬어 주었다. 강아지의 머리와 등이 그렇게 부드러울 수가 없었다.

강아지에게 이름을 붙여 준 사람은 바로 나다. 엄마와 아빠는 '커피'처럼 바보 같은 이름을 두고 고심 중이었다. 그러나 나는 강아지를 보자마자 이름을 뭐라고 지어야 할지 알고 있었다.

나는 탁자 위에 있는 그릇을 가리켰다. 내가 가장 좋아하는, 정말 좋아하는 사탕이 든 그릇이었다. 바로 버터스카치 캐러멜! 캐러멜은 입안에서 부드럽게 녹아 버리니까 씹을 필요가 없다. 그리고 무엇보다, 맛있다!

"캔디라고 부르고 싶은 거야?"

아빠가 물었다.

나는 곤히 잠든 강아지가 깰까 조심스럽게 고개를 저었다.

"그럼 캐러멜?"

엄마가 물었다.

나는 다시 고개를 저었다.

"그냥 똥개라고 부르는 건 어때?"

아빠가 웃으며 말했다. 엄마랑 내가 아빠를 흘겨보았다. 나는 계속해서 그릇을 가리켰다.

"알았다! 버터스카치라고 부르고 싶은 거구나?"

마침내 엄마가 정답을 말했다.

나는 소리를 지르고 싶었지만 침착하려고 애썼다. 강아지를 내 무릎에서 떨어뜨릴 수는 없었다.

"우-."

나는 강아지의 털을 쓰다듬으며 그렇다는 표시로 조용히 소리를 냈다. 최고의 생일날이었다.

버터스카치는 다른 강아지들과는 달랐다. 꼭 나 몰래 책을 보고 거기에 나오는 똑똑한 개들의 모습을 그대로 따라하는 것 같았다. 버터스카치는 매일 밤 내 침대 다리 밑에서만 잠을 잤고, 수상한 사람이 다가오면 짖었다. 처음 실수한 이후로는 집 안에서는 절대 똥과 오줌을 싸지 않았다. 나는 말을 할 수 없지만 버터스카치는 그 사실을 전혀 개의치 않는 것 같았다. 버터스카치는 내가 자기를 사랑한다는 것을 알았다.

버터스카치가 우리 집에 온 지 몇 달이 지난 어느 날, 나는 휠체어에서 떨어졌다. 종종 있는 일이다. 그날 점심때쯤 엄마는 내게 밥을 먹인 뒤 화장실에 데리고 갔다가 다시 방으로 데려다주었다. 버터스카치는 뒤에서 졸래졸래 따라오고 있었다. 버터스카치는 내 휠체어 앞을 가로막는 법이 없다. 엄마가 DVD를 틀어 주면서 내 손이 적당한 위치에 있는지 확인했다. 나는 DVD를 앞뒤로 돌려 볼 수 있다. 그러나 엄마는 내 휠체어의 안전띠가 풀려 있다는 걸 알아차리지 못했다. 나도 마찬가지였다.

엄마는 몇 바구니나 되는 내 빨랫감을 세탁기로 옮기느라 위층과 아래층을 오르락내리락했다. 곧 토마토소스를 끓이는 맛있는 냄새가 온 집 안에 퍼졌다. 엄마가 저녁으로 내가 좋아하는 스파게티를 만들려는 것 같았다.

"몇 분만 누워 있으려고 하는데. 멜로디, 잠깐 동안 괜찮겠니?"

엄마가 머리를 돌려 나를 흘깃 보더니 내 상태를 확인한 뒤에 말했다. 나는 고개를 끄덕이고는 엄마에게 그렇게 하라는 표시로 문을 가리켰다. 어쨌든 DVD는 잘 나왔고, 버터스카치가 내 휠체어 옆에 웅크리고 앉아 있었으니까. 버터스카치는 내 무릎 위에 있기에는 벌써 많이 커다래진 뒤였다. 엄마가 뽀뽀하는 시늉을 하고는 문을 닫았다.

나는 보고 또 본 〈오즈의 마법사〉를 보았다. 아마 많은 사람들이 이 영화 중 몇 장면은 본 기억이 있을 것이다. 케이블 채널에서 끊임없이 틀어 주니까. 나는 모든 대사를 다 외우고 있다. 심지어 도로시가 입을 열기 전에 무슨 말을 할지도 안다.

"여기는 캔자스가 아니야, 토토!"

이 대사는 참 웃긴다. 나는 캔자스나 오즈는 물론이고 한 번도 집에서 몇 킬로미터 이상 떨어진 곳에 가 본 적이 없다.

양철 나무꾼이 '나에게 심장이 있다면'이라는 노래에 맞춰 뻣뻣하게 춤을 추는 부분이 어딘지 알고 있으면서도, 그 부분에서 그만 웃음이 터지고 말았다. 너무 웃는 바람에 몸이 휠체어 앞으로 확 기울어지더니 곧 얼굴이 바닥에 닿았다.

버터스카치가 바로 뛰어올라 내 몸에 코를 대고 킁킁거리면서 내가 다치지는 않았는지 살폈다. 나는 괜찮았다. 하지만 다시 몸을 일으켜 세울 수가 없었다. 사실 그보다 더 안 좋은 일은 DVD를 볼 수 없다는 것이었다. 도로시가 겁쟁이 사자의 코를 때리는 장면을 놓칠 수밖에 없었다. 엄마의 낮잠이 얼마나 길어질지 궁금해지기 시작했다.

올리가 그릇에서 나왔을 때처럼 소리를 지르지는 않았다. 왜냐하면 위급한 상황이 아니었고, 단지 약간 불편한 정도였으니까. 몸을 튕겨 보려고 안간힘을 썼지만, 그 상태에서 벗어날 수는 없었다. 만약 쓰러진 채로 텔레비전을 볼 수 있다면 잠시 동안 그렇게 있는 것도 그리 나쁘지 않을 것 같았다. 버터스카치가 좋은 베개가 되어 주었으니까.

하지만 버터스카치는 곧 몸을 빼내더니 엄마가 들어간 방문 앞으로 달려갔다. 버터스카치가 나무 문에 발톱을 걸치는 소리가 들렸다. 아빠가 보았다면 그리 좋아하지 않았을 것이다. 어쨌든 엄마는 나오지 않았다. 그러자 이번엔 짖어 대기 시작했다. 처음엔 그냥 시험 삼아 짖더니 그다음에는 더 큰 소리로 짖어 댔다. 나중에는 폴짝폴짝 뛰면서 온몸을 문에 부딪치며 쿵쿵 소리를 냈다. 버터스카치는 짖다가 부딪치기를 반복했다. 엄마도 그렇게 시끄러운 소리는 더 이상 무시할 수 없었을 것이다.

휠체어에서 떨어진 지 몇 분밖에 안 되었을 것이다. 실제보다 길게 느껴지기는 했던 것 같다. 엄마가 문을 열고 들어왔다. 아직 잠에서 덜 깬 모습이어서 머리가 부스스했다.

"무슨 일이야?"

엄마가 말했다. 그러고 나서 나를 보았다.

"오, 멜로디! 괜찮니?"

놀란 눈으로 달려온 엄마는 바닥에 털썩 주저앉아 나를 무릎 위에 올려놓았다.

엄마는 여기저기 내 몸을 더듬으며 확인했다. 팔, 다리, 등, 얼굴, 머리… 심지어 혀까지 살폈다. 엄마는 역시 엄마였다.

"버터스카치, 너 정말 잘했다!"

엄마가 버터스카치를 쓰다듬으며 말했다. 그러고는 나를 꾹 껴안아 주었다.

"오늘 저녁엔 밥을 두 배로 줘야겠구나!"

내 생각에 버터스카치는 뼈다귀를 더 좋아할 것 같지만, 버터스카치도 말을 할 수가 없다. 엄마는 나를 조심스럽게 휠체어에 앉힌 뒤 단단히 안전띠를 매 주었다. 버터스카치는 바로 내 앞에 웅크리고 앉았다. 아마도 내가 다시 앞으로 쓰러지거나 미끄러질 때 다치지 말라고 그러는 것 같았다. 어쩜 이리 똑똑한지!

엄마는 비디오를 처음부터 다시 틀어 주었다. 그걸 보면서 나는 버터스카치와 내가 오즈로 날아간다면 마법사에게 무엇을 바라면 좋을까 생각해 봤다.

음… 머리? 이미 충분히 똑똑하다.

용기? 버터스카치는 무서워하는 게 없다!

감정? 나와 버터스카치는 감정이 풍부해서 탈이다.

그럼 뭘 달라고 해야 좋을까? 나는 겁쟁이 사자처럼 노래하고 양철 나무꾼처럼 춤추고 싶다. 사자와 양철 나무꾼도 아주 잘하는 것은 아니지만, 나는 그 정도만으로도 충분하다.

9.

내 인생은 열 살 때 완전히 바뀌었다.

엄마가 내게 동생이 생길 거라고 말해 주기 전부터 나는 이미 엄마의 임신 사실을 알고 있었던 것 같다. 엄마에게서 보통 때와는 다른 냄새가 났기 때문이다. 마치 새 비누 같은 냄새였다. 엄마의 피부도 더 부드럽고 따뜻하게 변했다.

어느 날 아침, 침대에서 나를 들어 올리던 엄마는 곧바로 날 다시 침대에 내려놓으며 말했다.

"어휴, 이제 우리 멜로디가 많이 무겁네! 엄마도 팔 운동을 시작해야겠구나!"

엄마의 이마에 땀이 송골송골 맺혀 있었다.

내가 무거워진 것이 아니다. 달라진 것은 내가 아니라 엄마였다. 잠깐 침대 옆 의자에 앉아 있던 엄마가 갑자기 방을 뛰쳐나갔다. 잠시 후에 욕실에서 웩웩거리는 소리가 들렸다. 몇 분 뒤 다시 돌아온 엄마는 무척 창백해 보였다.

엄마는 양칫물로 입을 헹군 것 같았다. 입에서 치약 냄새가 났다.

"상한 음식을 먹었나 보다."

엄마는 내게 옷을 입히면서 중얼거렸다. 그러나 엄마는 이미 그때 임신 사실을 알아차렸을 것이다. 아마 두려웠던 게 틀림없다.

드디어 임신 사실을 확인했을 때 엄마는 나를 앉혀 놓고 그 소식을 들려주었다.

"멜로디, 너에게 할 얘기가 있어. 아주 놀라운 거야!"

나는 모르는 척하려고 애를 썼다.

"곧 있으면 네게 동생이 생길 거야. 남동생일지 여동생일지는 아직 모르지만."

나는 활짝 웃으면서 아주 놀라는 척, 굉장히 흥분한 척하려고 노력했다. 팔을 뻗어 엄마를 안았다. 그러고 나서 엄마의 배를 쓰다듬은 뒤에 나를 가리켰다. 엄마는 내가 뭘 말하고 싶어 하는지 정확히 알았다.

엄마는 나를 똑바로 쳐다보았다.

"우리 이 아이가 멋지고 아름답고 건강하게 태어나길 기도하자."

엄마가 말했다.

"멜로디, 우리가 너를 얼마나 사랑하는지 알지? 하지만 이 아이는 네가 겪는 일들을 겪지 않기를 바란단다."

나도 그랬으면 좋겠다.

그때부터 침대에서 나를 들었다 놓았다 하는 일은 아빠가 했다. 엄마는 내 앞에선 아기에 관한 얘기를 입 밖에 꺼내지 않았지만, 나는 엄마가 몹시 걱정한다는 걸 알았다. 엄마는 커다란 초록색 비타민 알약을 많이 먹었고 신선한 오렌지와 사과도 많이 먹었다. 또 점점 불러 오는 배를 어루만지면서 조용히 기도하는 일이 잦아졌다.

아빠도 엄마처럼 걱정을 하기는 마찬가지였다. 그러나 아빠의 걱정은 엄마와는 달리 재미있고 아기자기한 방식으로 나타났다. 엄마가 가장 좋아하는 꽃인 자주색 붓꽃을 다발로 선물하기도 했고, 포도 맛 청량음료나 큰 그릇에 담은 포도를 갖다 주기도 했다. 엄마가 자주색을 왜 그리 좋아하는지는 잘 모르겠지만.

어느 날인가 나는 아무런 채널도 틀지 않고 꺼져 있는 텔레비전 화면을 몇 시간 동안이나 뚫어져라 쳐다보았다. 그냥 조용히 생각에 골몰한 것이다.

갓난아기를 돌보는 데는 많은 시간과 노력이 필요할 것이다. 내가 아기였을 때도 마찬가지였겠지. 엄마, 아빠는 평생 우리를 위해 얼마나 많은 시간과 노력을 쏟아붓게 될까?

그런 생각을 하다가 정말 끔찍한 생각 하나가 떠올랐다. *엄마, 아빠가 휴즐리 의사 선생님의 제안을 받아들여 나를 장애아를 위한 시설에 보내려고 하면 어쩌지?*

그 생각을 떨쳐 버릴 수가 없었다.

동생이 태어나기 몇 달 전 어느 토요일 오후였다. 나는 소파에 웅크리고 앉아 꾸벅꾸벅 졸고 있었다. 버터스카치도 내 옆에서 잠을 청했고, 아빠가 좋아하는 재즈 채널에서는 길게 늘어지는 색소폰 소리가 흘러나왔다. 엄마와 아빠는 함께 앉아 조용히 얘기를 나누었다. 내가 자고 있다고 생각한 게 분명했다.

"어쩌죠?"

엄마가 말했다. 엄마의 목소리는 굳어 있었다.

"그럴 일은 없을 거야. 그런 경우는 아주 드물어, 여보."

아빠가 대답했다. 그러나 왠지 자신 없게 들렸다.

"못 낳겠어요."

엄마가 아빠에게 말했다.

"괜찮을 거야, 여보."

아빠가 침착하게 말했다.

"그럴 일은 없을 거야. 그럴 가능성은…."

"그런데 그러면 어쩌죠?"

엄마가 아빠의 말을 중간에 자르더니 따져 물었다. 그러더니 울기 시작했다. 엄마가 우는 모습을 본 것은 그때가 두 번째였다.

"다 괜찮을 거야."

아빠가 엄마를 달래며 말했다.

"다 잘될 거라고. 좋게 좋게 생각해야지."

"다 나 때문이에요."

엄마가 조용히 말했다.

나는 귀를 쫑긋 세우고 더 열심히 들었다.

"그게 무슨 말이야?"

아빠가 물었다.

"멜로디가 저렇게 된 건 다 나 때문이에요."

그러고 나서 엄마는 정말 아이처럼 엉엉 울었다. 나는 엄마의 말을 이해할 수 없었다.

"무슨 소리를 하는 거야! 그런 죄책감은 버려. 그런 일은 그냥 일어나는 거야."

아빠는 이성을 잃지 않으려고 안간힘을 썼다.

"아뇨! 나는 엄마예요!"

엄마가 울부짖으며 소리쳤다.

"아이를 아무 이상 없이 세상으로 안내하는 게 내가 할 일이라고요. 그런데 난 중대한 실수를 한 거예요! 다른 여자들은 다들 평범한 아이를 낳잖아요. 나한테 뭔가 문제가 있는 게 틀림없어요!"

"여보, 그건 당신 실수가 아니야. 당신 실수가 아니라고."

아빠가 엄마를 꼭 안아 주기 위해 끌어당기는 소리가 들렸다.

"하지만 여보, 나는 뱃속의 아이가 또 그렇게 될까 봐 너무 무서워요!"

엄마가 떨리는 목소리로 말했다.

"제발 그런 소리 좀 하지 마. 생각도 하지 말라고."

아빠가 낮은 목소리로 말했다.

"통계상 그런 일이 일어날 확률이 어느 정도나 될 것 같아? 두 아이가 모두…."

더 이상 아빠의 말을 들을 수가 없었다. 하고 싶은 말은 너무도 많은데 할 수가 없어 머릿속이 요동치고 있었기 때문이다.

엄마가 슬퍼하면서 걱정하는 것이 너무 마음 아팠다. 그런 내 마음을 엄마에게 그대로 전해 주고 싶었다.

엄마의 실수가 아니라고.

나는 그냥 나일 뿐이고, 내가 이렇게 된 것은 엄마와는 아무 관계가 없다고.

그러나 나를 가장 슬프게 하는 건 그 어떤 말도 엄마에게 할 수 없다는 사실이었다.

다행스럽게도 엄마가 임신한 뒤에도 나를 향한 엄마, 아빠의 관심은 조금도 줄어들지 않았다. 사실 나는 그런 일이 벌어질까 봐 조금은 걱정하고 있었다. 엄마의 출산 예정일이 다가올수록 아빠는 더 많은 일을 했다. 빨래도 했지만, 대체로 요리를 많이 했다. 나를 옮기는 일은 아빠가 도맡았다. 나는 날마다 제시간에 학교에 갔고, 매일 밤 많은 생각들을 했다. 엄마, 아빠, 나, 이렇게 우리 셋은 기다리고, 바라고, 기도했다.

페니는 아무런 문제 없이 밝은 구릿빛 모습으로 세상에 태어났다. 병원에서 집으로 오는 순간부터 아주아주 행복한 아기였다. 엄마는 조심스럽게 그 작은 갓난아기를 집으로 옮겼다.

어느 집이든 아기가 태어나면 훨씬 더 힘이 들겠지. 특히 나 같은 아이가 있는 집이라면 더 그럴 테고. 때로는 다툼이 생기기도 할 것이다. 나는 침실 벽을 통해 그런 소리를 들을 수 있었다.

"여보, 나 좀 더 도와줄 수 없어요?"

엄마가 애써 낮은 목소리로 말했다.

"그래, 당신은 늘 나보다 아이들을 더 신경 쓰지!"

"조금만 날 더 도와주면 나도 당신한테 신경 쓸 여유가 생길 거예요! 아이 둘을 돌본다는 게, 게다가 그중 한 애한테 장애가 있다면 정말 쉬운 일이 아니라고요!"

"난 일을 해야 해. 그건 당신도 알잖아!"

"나도 직업이 있어요! 그런 말은 하지 말아요. 나는 페니에게 젖도 먹여야 하잖아요. 잠을 자다가도 꼭 두 번은 일어나야 한다고요!"

"알아, 나도 안다고. 미안해."

아빠는 끝에 가면 항상 이렇게 누그러지면서 엄마에게 지고 만다.

"온종일 너무 피곤해요."

엄마가 목소리를 죽여 가며 이야기했다.

"미안해. 내가 더 잘할게. 약속해. 내일은 내가 휴가를 내고 아이들을 돌볼게. 당신은 영화나 한 편 보고 와. 아니면 발렌시아 부인하고 같이 나가서 점심을 먹든가. 어때?"

분위기는 이렇게 다시 평온해지고는 했다. 그렇지만 난 이럴 때마다 약간의 죄책감을 느꼈다. 만일 아이가 하나였다면, 그것도 장애가 없는 아이였다면 엄마와 아빠의 삶은 지금보다 훨씬 더 편안했을 것이다.

예전에 크리스마스 선물로 인형을 받은 적이 있다. 버튼을 누르면 말을 하는 인형이었다. 울기도 하고 팔과 다리를 움직이기도 했다. 그런데 선물 상자를 열었을 때 인형의 한쪽 팔은 이미 떨어져 있었다. 버튼을 눌러서 인형이 어떤 동작을 할 때마다 삐걱거리는 소리가 났다. 결국 엄마는 그 인형을 다시 상점으로 가지고 가서 환불했다.

나는 혹시 엄마가 나를 환불하고 싶은 건 아닐까 생각한다.

하지만 페니는 정말 완벽한 아이였다. 몇 달이 지나자 페니는 밤에도 깨지 않고 잘 잤고, 날마다 방긋거리며 미소를 지어 보였다. 때가 되자 오른쪽으로 구르기도 하고 기기도 했다. 처음에는 당연히 실패했다. 그러나 일단 성공하고 나면 다음부터는 좀 더 쉽게 하는 것 같았다.

페니는 태엽을 감아 놓은 장난감처럼 주변을 바쁘게 돌아다녔다. 화장실에서 하는 물장난이 얼마나 재미있는지 알았고, 코드를 잡아 빼면 전등이 꺼진다는 것도 알았다. 또 골든리트리버가 조랑말이 아니라는 것과 완두콩 맛이 이상하다는 것, 바닥에 떨어진 죽은 파리는 '지지'고 사탕은 입안에서 살살 녹는다는 것도 알게 되었다. 페니는 잘 웃었다. 멜로디라는 언니가 있으며 그 언니는 자기가 할 수 있는 동작이나 행동을 못한다는 것도 알았다. 그러나 페니는 전혀 개의치 않는 것 같았다. 그래서 나도 마음 쓰지 않으려 노력했다.

아빠는 캠코더를 들고서 파파라치가 영화배우를 쫓아다니듯 줄곧 페니를 따라다녔다. 페니를 찍은 영상만 해도 수백 시간은 족히 넘을 것이다. 진짜로 그렇다. 가끔은 페니를 찍은 비디오를 보는 일에 싫증이 난다. 내가 아무리 하고 싶어도 할 수 없는 행동들을 조그만 아기가 쉽게 해내는 모습을 보는 것이 그리 유쾌한 일만은 아니다.

자신의 젖병을 잡는 페니.

아기의자에 딸린 식탁 앞에 앉아 음료수를 마시는 페니.

〈세서미 스트리트〉에 나오는 아기들처럼 '마-마'와 '다-다'라고 말하는 페니.

버터스카치를 쫓아 마루를 기어 다니는 페니.

박수를 치는 페니.

페니의 작은 머리는 어떻게 일어서라는 말을 알아들을까? 어떻게 소파를 잡고 균형을 잡을 수 있을까? 어떻게 스스로 서는 방법을 알았을까? 가끔 넘어지긴 해도 페니는 곧바로 다시 일어선다. 뒤집어진 거북이 꼴이 되어 버리는 나하고는 전혀 달랐다. 페니는 절대로 그 자리에 넘어진 채로 있지 않았다.

아빠는 여전히 잠들기 전에 우리에게 책을 읽어 주었다. 그러나 아빠의 무릎 위에는 페니만 앉았다. 솔직히 난 너무나 커 버렸기 때문에 아빠의 무릎 위에 앉을 수가 없었다. 억지로 앉으면야 앉겠지만 균형을 잡기가 너무 힘들었다. 나는 휠체어에 앉았고 버터스카치는 내 발밑에 누웠다. 나는 다 알고 있는 이야기인데도 페니는 참 재미있게 이야기를 들었다. 버터스카치는 변함없이 내 방에서만 잠을 잤다. 나는 그게 참 좋았다.

내가 정말 좋아하는 책들을 페니도 똑같이 읽고 배운다는 사실이 기쁘기도 했다. 페니가 그것들을 전부 기억할지 궁금했다. 아마 그렇지는 않을 것이다. 페니는 그럴 필요가 없으니까.

페니가 세 번째로 말한 단어는 '디-디'일 것이다. 페니는 '멜로디'라고는 말하지 못했지만 '디'라고는 할 수 있었다!

아침에 엄마가 페니를 목욕시킨 뒤 내 침대에 누일 때가 난 좋았다. 페니는 베이비파우더 냄새를 풍기며 나를 붙잡고 내 얼굴 여기저기에 뽀뽀를 했다. 그러면서 계속 '디-디!'라고 말했다.

페니는 만 한 살 무렵부터 걷기 시작했다. 작고 통통한 다리로 온 집안을 뒤뚱뒤뚱 걸어 다녔다. 곧잘 넘어졌고 엉덩이가 닳아 없어질 정도로 엉덩방아를 찧었다. 그리고 그럴 때마다 울지 않고 웃었다. 그러고는 다시 일어나서 걸으려고 했다.

내가 절대 할 수 없는 일이었다.

집안에 아이가 둘이 되면서 우리 가족의 하루하루가 달라졌다. 아침마다 둘을 함께 준비시키다 보니 시간이 두 배로 들었다. 바로 옆집인 브이 아줌마네로 가는 것뿐인데도 엄마는 날마다 페니에게 깜찍하고 예쁜 옷을 입혀 주었다.

내 옷도 괜찮았다. 하지만 귀엽기보다는 입기에 편한 옷이었다. 엄마는 쉽게 입히고 벗길 수 있는 옷들을 골랐던 것이다. 서운하기도 했지만, 곰곰 생각해 보면 내 덩치가 점점 커져 엄마가 옷 입히기가 힘들어졌기 때문이니 괜히 그런 마음을 가질 일도 아니었다.

나는 밥을 먹으며 옷을 많이 더럽혔다. 나는 잘 씹지 못한다. 그래서 주로 달걀찜이나 오트밀처럼 부드러운 음식을 먹는다. 포크나 숟가락을 쥘 수 없기 때문에 — 아무리 노력해도 계속 떨어뜨린다 — 누군가 내 입에 음식을 넣어 주어야 한다. 그것도 한 번에 한 숟가락씩, 아주 천천히.

한 숟갈 먹고, 후루룩 넘긴다.

한 숟갈 먹고, 후루룩 넘긴다.

밥을 먹을 때면 바닥에 음식이 많이 떨어진다. 다행인지 버터스카치는 내가 떨어뜨린 음식들을 먹는 것을 굉장히 좋아한다. 버터스카치는 꼭 진공청소기 같다.

마실 것은 먹기가 더 힘들다. 컵을 쥘 수도 없고, 빨대로 음료를 삼킬 수도 없기 때문이다. 무언가를 마시려면 누군가 컵을 내 입술에 대고 음료를 조금씩 입안으로 흘려 넣어 주어야 한다. 한꺼번에 너무 많이 들어오면 사레가 들어 기침을 하게 된다. 그러면 처음부터 다시 시작이다. 밥 먹는 시간이 오래 걸리는 데에는 다 이유가 있는 법이다.

"여보! 멜로디 옷장에서 분홍색 티셔츠 좀 가져다줄래요? 멜로디가 주스를 옷에 쏟았어요!"

엄마가 위층에 대고 소리친다.

"턱받이를 하지 않은 거야, 여보? 어떻게 되는지 뻔히 알면서 그래! 그냥 밥을 먹인 다음에 옷을 입히지 그래?"

아빠가 말한다.

"그럼 옷을 벗긴 채로 밥을 먹이라는 말이에요? 어서 티셔츠나 줘요! 페니 기저귀도요. 똥을 쌌어요."

"페니도 벌써 만으로 두 살이야. 이제 똥오줌 가릴 때가 되지 않았어?"

아빠는 한 손에 내 파란 셔츠, 다른 한 손에는 기저귀를 들고 내려오면서 말한다.

"당장 똥오줌 가리는 연습을 해야겠네요. 당신이 하루를 25시간으로 늘려 주면요!"

아빠가 페니를 안아 올린다.

"어허, 우리 페니가 설사를 했구나."

냄새가 난다는 듯 아빠가 코를 만지면서 말한다.

"어제 저녁에 또 고구마를 먹인 거야? 고구마를 먹으면 늘 설사를 하니까 안 먹이는 게 나을 것 같은데."

"참나, 당신이 어제 부탁대로 가게에 다녀왔으면 분명히 다른 것을 먹였을 거예요! 그리고 그 셔츠는 분홍색이 아니라 파란색이잖아요. 그건 이제 너무 작다고요!"

엄마가 부엌을 뛰어나가 위층으로 올라간다.

"미안, 얘들아."

아빠가 우리를 향해 말한다. 아빠는 경찰 아저씨를 부른다고 으르면서 페니를 닦아 준다. 그러면서 잔잔하게 휘파람을 분다.

아빠는 주스로 얼룩진 셔츠가 오트밀 범벅이 되는 것쯤은 아랑곳하지 않고 내게 아침을 다 먹인다.

"이게 어때서? 옷 하나만 더럽히는 게 더 낫잖아!"

아빠가 웃으며 말한다.

나는 아빠를 보며 미소를 짓는다. 그리고 옷으로 휠체어 식탁 위의 오트밀을 온통 문질러 놓는다.

엄마는 머리를 다듬고 화장을 한 모습으로, 손에는 분홍색 티셔츠를 들고는 웃음을 띠며 나타난다. 엄마와 아빠는 부엌에서 가볍게 포옹을 하고 심호흡을 한 뒤 우리를 데리고 시간에 맞춰 집을 나선다.

아침마다 자주 볼 수 있는 풍경이었다.

10.

페니는 아침마다 일어나면 '두들'을 찾는다. 두들은 갈색 털이 뒤덮인 부드러운 동물 인형인데, 원숭이 같기도 하고 다람쥐 같기도 하다. 하지만 너무 낡아서 그게 정확히 무슨 동물인지는 아무도 모른다. 페니는 그 동물 인형을 여기저기 안 끌고 다니는 데가 없다.

이불 속에서 그 인형을 안고 페니는 이렇게 외친다.

"두들!"

바로 옆에 있는데도 이렇게 외친다. 물론 페니의 말소리는 '두-두'처럼 들린다. 그럴 때마다 아빠는 웃는다.

자고 일어난 뒤 문밖에서 나는 발자국 소리를 들으면 절로 웃음이 나오고는 한다. 큰 발자국 소리와 작은 발자국 소리. 엄마와 페니다. 물론 두들도 있다. 자고 일어나면 팔다리가 뻣뻣해져 있을 때도 있는데, 밤새 같은 자세로 잤기 때문이다. 그럴 때면 쥐가 나서 발가락이 따끔거린다. 내 방문은 매일 열린 채로 있다. 아빠는 방문을 고쳐 줄 생각이 전혀 없나 보다.

엄마의 손가락이 내 볼을 따라 움직인다. 어쩌면 내가 숨을 쉬고 있는지 확인하는 걸지도 모른다. 물론 나는 숨을 쉬고 있다. 눈을 뜬다. 아침 인사를 하고 싶지만 그냥 미소를 지을 뿐이다. 엄마는 나를 곧바로 화장실로 데려간다. 내가 아침에 일어나서 처음 하는 일이 용변을 보는 것이기 때문이다.

페니는 우리 뒤를 따라온다. 『모자 쓴 고양이 The Cat in the Hat』라는 책에 나오는 고양이처럼 하얀 모자를 쓰고 커다란 빨간색 옷을 입고 있다. 그리고 항상 두들을 데리고 다닌다. 버터스카치도 페니 가까이에 있다. 버터스카치는 페니가 제 머리에 모자를 씌워도 가만히 있는다. 페니가 껴안는 것도 아주 잘 참는다. 사실 가끔은 참기 힘들 정도로 괴로울 것이다. 나도 몇 번 당해 본 적이 있어서 잘 안다. 버터스카치는 페니가 문 앞이나 전기 콘센트에 너무 가까이 가면 멍멍 짖어서 엄마, 아빠가 알 수 있게 해 준다.

우리 집 욕실은 바다 느낌이 나는 파란색이다. 그리고 페니, 버터스카치, 나, 엄마, 내 휠체어가 한꺼번에 들어가도 좁다는 생각이 들지 않을 만큼 넓다. 우리 가족이 욕실에서 많은 시간을 보낸다는 사실을 생각해 보면 다행인 일이다. 페니와 나는 욕실을 엉망으로 만들어 놓는 일이라면 누구에게도 지지 않는다. 그래도 나는 기저귀는 차고 있지 않다. 항상 누군가와 같이 화장실에 가는 일도 영 별로지만 기저귀까지 차야 한다면? 상상조차 하고 싶지 않다.

의사들은 내가 다섯 살이 될 때까지는 대소변을 가리는 게 불가능하다고 했지만 엄마는 또래 아이들과 같은 시기에 대소변 가리는 연습을 시켰다. 나는 더러운 기저귀를 깔고 앉아 있는 게 너무 싫었고, 다행인지 엄마도 기저귀 가는 것을 싫어했다. 그래서 나는 화장실에 가야 할 때를 엄마에게 알리는 방법을 찾아냈다. 그 뒤로는 용변을 봐야 할 때마다 바로 화장실에 갈 수 있게 되었다.

엄마와 나는 가끔 소리 없이 이야기를 나눈다. 어떻게 그럴 수 있는지는 모르겠지만, 내가 천장을 가리키면 엄마는 내가 천장에 있는 환풍기에 대해 얘기하는지, 아니면 달에 대해 얘기하는지, 그것도 아니면 지난 폭풍 때 빗물이 새서 생긴 검은 얼룩에 대해 얘기하는지 단박에 알아챈다. 엄마는 내가 슬픈지 아닌지도 금방 안다. 그리고 내가 언제 엄마를 껴안고 싶어 하는지도 정확히 안다. 긴장하거나 속이 상할 때면 엄마는 내 등을 쓰다듬어 나를 편안하게 해 준다. 또 아빠가 듣지 않을 때는 가끔 야한 농담을 해 주는데, 그럴 때면 우리는 자지러지게 웃고는 한다.

어느 날 아침, 엄마가 옷을 입혀 줄 때 나는 엄마의 배를 가리켰다. 그리고 엄마 배가 너무 커서 보기 힘들다는 것처럼 눈을 감아 버렸다. 엄마가 페니를 낳고 얼마 지나지 않아 아직 배가 불룩했을 때였다.

"너 엄마가 뚱뚱하다고 흉보는 거야?"

엄마가 겁을 주는 듯한 몸짓을 하며 물었다.

"우."

나는 약간 웃고는 말했다. '그렇다'라는 뜻에 가장 가까운 표현이다.

"취소해!"

엄마가 내 발바닥을 간지럽히며 말했다.

대답 대신 나는 팔을 뻗어 큰 원을 만들며 크게, 더 크게 웃었다. *크고! 거대하고! 꼭 코끼리 같아요!* 나는 엄마가 내 생각을 읽었다는 걸 느낄 수 있었다.

우리는 둘 다 배꼽이 빠져라 웃었다. 엄마는 나를 꽉 안아 주었다. 엄마를 사랑한다고 말하고 싶었다.

엄마는 내가 배가 고픈지, 아니면 목이 마른지 척 보면 안다. 나에게 필요한 것이 우유인지, 물인지도 잘 안다. 또 내가 정말 아픈 것인지 아니면 단순히 꾀병을 부리는 건지도 쉽게 구별한다. 집에 있고 싶으면 가끔 아픈 척을 하기 때문이다. 엄마는 내 이마를 만져 보기만 해도 체온이 어느 정도인지 안다. 엄마는 자신이 맞다는 걸 증명해 보이기 위해 체온계를 이용할 뿐이다.

나 역시 엄마가 뭘 생각하는지 알 수 있다. 엄마는 온종일 병원에서 일하다가 집에 돌아와 저녁을 차리고 페니와 나를 목욕시켜 침대에 누인다. 하루를 마무리하고 나면 엄마는 쓰러지기 일보 직전이다. 숨쉬기도 힘들어하고, 이마는 땀으로 젖어 있다. 나는 가끔 손을 뻗어 엄마의 손을 만져 본다. 그러면 엄마가 진정되는 것을 느낄 수 있다. 엄마는 아침에 하듯이 내 볼을 손가락으로 어루만진다. 그러고는 잘 자라며 내게 뽀뽀를 해 준다.

매주 토요일 아침, 내게 아침밥을 먹인 뒤 엄마는 커피를 마시며 신문을 읽는다. 페니는 높은 아기의자에 앉아 바나나를 뭉개는 중이다. 버터스카치는 과일을 좋아하지 않는다. 대신 누군가가 베이컨을 떨어뜨리기를 기다리면서 식탁 근처에 앉는다. 엄마는 주말에는 일하러 가지 않는다. 가끔은 내게 신문 기사를 읽어 주는데, 가장 최근에 발생한 허리케인이나 세계에서 일어난 폭동 또는 폭발 사건에 관해서도 이야기해 준다.

"중동에서 전쟁이 계속되고 있대."

엄마가 말한다.

나도 그 내용을 텔레비전에서 봤다. 폭탄, 눈물, 두려움이 가득한 얼굴들….

"새로운 슈퍼맨 영화가 곧 개봉할 거라는구나."

엄마가 신문을 펼치며 기사를 읽어 준다.

"언제 날 좋을 때 보러 가자."

나는 슈퍼맨을 좋아한다. 내가 슈퍼맨을 좋아하는 까닭은 날 수 있기 때문이다. 어쩜 그럴 수 있을까?

엄마는 신문에 실린 만화도 말로 설명해 준다. 나는 「가필드」를 좋아한다.

"가필드가 또 몰래 음식을 먹고 있네."

엄마가 말한다.

"존의 라자냐(파스타, 치즈, 고기, 토마토소스 등으로 만드는 이탈리아 요리)와 오디의 미트볼을 먹었어."

나는 웃으며 엄마의 엉덩이를 가리켰다.

"또 엄마가 뚱뚱하다고 그러는 거구나? 이게 다 어젯밤 네가 남긴 스파게티를 먹어 치웠기 때문이라고!"

나는 싱긋 웃는다.

"자꾸 그러면 점심으로 양배추만 먹게 한다. 그럼 후회할걸!"

우리는 또 웃었다. 사실 엄마는 전혀 뚱뚱하지 않다. 그냥 엄마를 놀리는 게 좋아서 그러는 거다.

열두 살 생일날에 나는 「가필드」 만화책 세트를 갖게 되었다. 그래, 이 거야! 나는 아빠에게 몇 번이나 읽어 달라고 졸랐다. 가필드는 말이 많은 고양이다. 그런데 머리 위에 작은 원이 그려져 있고 그 안에 말들이 쓰여 있다. 즉, 가필드는 정말 말을 할 수 있는 게 아니다. 가필드는 고양이니까.

내 머리 위에도 큰 방울이 떠 있고, 내가 하고 싶은 말을 그 안에 글로 쓸 수 있다면 얼마나 멋질까? 그렇게 할 수 있다면 참 좋겠다는 생각을 종종 한다.

하고 싶은 말이 있을 때 내 머리에서는 말들이 폭발하지만 밖으로 나올 때는 모두 의미 없고 시끄러운 비명일 뿐이다. 페니는 아주 다양한 소리를 낼 수 있고 말도 잘한다. 그러나 나는 입술 위아래를 서로 부딪치면서 내는 간단한 음조차 만들 수가 없다. 그래서 내가 내는 소리는 거의 모음이다. 나는 '우'와 '아'는 꽤 정확히 발음할 수 있다. 그리고 집중하면 가끔 '부'나 '후'도 어렵사리 발음할 수 있다. 그것으로 끝이다.

엄마, 아빠는 보통 내가 내는 소리를 주의 깊게 듣기 때문에 내가 뭘 필요로 하는지 금방 안다. 하지만 다른 사람들에게는 늑대들 사이에서 자란 어린아이가 내는 소리처럼 들릴지 모른다. 브이 아줌마가 많은 단어와 문장들을 붙여 준 대화판도 사실 큰 도움이 되지 못한다.

예를 들자면 올여름 초 어느 날 오후, 나는 햄버거와 바닐라셰이크가 먹고 싶었다. 나는 패스트푸드를 좋아한다. 그날 엄마는 집에 없었고, 아빠는 내가 뭘 원하는지 알아차리는 일이 때로는 아주 힘들다는 것을 체험하는 중이었다. 나는 아빠 사진을 가리켰다. 그리고 대화판에서 가다와 먹다를 가리키고는 행복한 표정을 지어 보였다. 그것이 내가 할 수 있는 전부였다. 나는 아빠를 믿었고, 아빠는 노력했다. 아빠는 내게 아주 많은 질문을 했다. 내가 할 수 있는 것은 네 또는 아니요를 가리키는 것이었다.

"배고프니?"

네.

"좋아, 참치 샐러드를 만들어 주마."

아니요. 나는 휠체어의 대화판을 마구 두드렸다.

"아빠는 네가 배고프다고 말하는 줄 알았는데. 혹시 스파게티가 먹고 싶니?"

아니요. 이번엔 비슷했기 때문에 살살 두드렸다.

"그럼 원하는 게 뭐니?"

나는 대답하지 않았다. 내 판에는 그것을 표현할 수 있는 단어가 없었다. 나는 다시 가다를 가리켰다.

"내가 부엌에 가서 뭔가를 요리해 주길 바라는 거야?"

아니요.

"그럼 가게 가서 뭘 사 올까?"

아니요. 나는 화가 나기 시작했다. 오른손 엄지로 다시 대화판을 두드렸다.

"음, 아빠는 잘 모르겠구나. 뭔가 먹게 해 달라고 말했잖아."

네. 나는 또다시 아빠 사진을 가리켰다. 그런 뒤 가다, 그리고 먹다를 가리키고 또 행복한 표정을 지어 보였다.

내 안에서 '태풍의 폭발'이 시작되는 걸 느낄 수 있었다. 나는 발을 차기 시작했고 내 팔은 뻣뻣해졌다. 햄버거 같은 별것 아닌 단어도 말할 수 없다는 사실에 미칠 것만 같았다.

"진정해, 아가야."

아빠가 부드럽게 말했다.

내 턱이 쇠막대기처럼 느껴졌다. 호흡이 힘들어지는 게 느껴졌고 혀는 입안에서 가만히 있질 못했다. 나는 대화판의 단어가 없는 부분을 한 번 더 두드렸다.

"꾸아!"

나는 비명을 질렀다.

"미안하다, 멜로디. 하지만 아빠는 네가 뭘 원하는지 알 수 없구나. 면 요리하고 치즈를 준비할게. 그 정도면 괜찮을까?"

나는 한숨을 쉬고는 포기해 버렸다. 그리고 네라는 글자를 가리켰다. 나는 아빠가 요리를 하는 동안 마음을 가라앉혔다. 다행히 아빠가 요리한 음식은 아주 맛이 좋았다.

2주 후에 아빠와 나는 차를 타고 맥도날드 앞을 지나갔다. 나는 소리를 지르면서 발을 찼다. 그리고 길거리에 고질라라도 나타난 것처럼 놀란 듯이 창밖을 가리켰다. 어쩌면 아빠는 내가 미쳤다고 생각했을지도 모른다. 그런데 마침내 아빠가 이렇게 말했다.

"오늘 저녁은 특별히 맥도날드에 들러서 빅맥하고 셰이크 먹을까?"

"우!"

내가 낼 수 있는 최대한으로 소리를 질렀다. 아빠는 차를 맥도날드 쪽으로 몰았고, 나는 기뻐하며 계속 발을 찼다. 아빠는 2주 전에 있었던 일과 그날 맥도날드에 들른 일을 전혀 연결 짓지 못했다. 하지만 괜찮았다. 한 시간이나 걸려서야 다 먹을 수 있었지만, 그날 먹은 햄버거는 그동안 내가 먹은 햄버거들 중에서 가장 맛있었으니까.

11.

5학년이 되고 몇 주가 지나는 동안 멋진 일이 몇 가지 있었다. 내 머리 위에 가필드의 말풍선 같은 걸 만들 수 있는 장치를 얻은 것은 아니지만, 대신 전동 휠체어를 갖게 되었다. 그리고 '통합 수업'이라고 부르는 수업에 참여하게 되었다. 왠지 그 수업이 재미있을 것 같았다. 나는 그동안 '정상'이라고 불리는 아이들과 함께 어딘가에 속했던 적이 한 번도 없었다. 그런데 그 수업은 나처럼 장애가 있는 아이들이 '정상'인 아이들과 함께 있도록 기회를 주기 위한 것이었다. 정상? 그런데 그 '정상'이 뭔데? 흥!

새로운 휠체어와 전에 쓰던 휠체어를 비교하는 것은 벤츠와 스케이트보드를 비교하는 것과 같다. 새 휠체어의 바퀴는 자동차 바퀴라 해도 믿을 것처럼 생겼는데, 그래서 그런지 앉으면 베개 위에 있는 것처럼 부드럽고 편안하다. 아직 빨리 다닐 수는 없지만, 손잡이에 있는 작은 조절 장치를 이용하여 복도쯤은 돌아다닐 수 있게 되었다. 물론 스위치를 수동으로 바꾸면 여전히 누군가가 밀어 줄 수도 있었다.

처음 내 전동 휠체어를 본 프레디는 마치 자동차 경주에서 이긴 것처럼 "우―후!" 하고 소리를 질렀다.

"멜리도 이제 빨리 간다! 빨리! 경주할래?"

흥분한 프레디는 자신의 전동 휠체어를 운전해 내 둘레를 빙글빙글 돌았다.

내 전동 휠체어는 수동 휠체어보다 훨씬 무겁다. 엄마나 아빠가 들어서 어디엔가 옮겨 놓는 일은 거의 불가능하다.

"네가 전동 휠체어를 타서 다행이다. 우주선이라도 탔으면 슈퍼맨을 불러야 됐겠어!"

처음 전동 휠체어를 차에 실을 때, 아빠는 허리를 만지면서 이렇게 농담을 했다.

나는 싱긋 웃었다. 그래도 아빠는 내 눈에서 감사의 표시를 읽었을 거라고 생각한다.

아빠는 곧 '접이식 이동형 휠체어 경사로' 세트라는 것을 샀다. 이 장비 덕분에 새 휠체어를 차 뒤에 쉽게 실을 수 있었고, 아빠의 허리 근육도 무사할 수 있었다.

전동 휠체어는 자유 그 자체였다. 전동 휠체어가 생긴 뒤로는 방을 가로질러 가려고 누군가 나를 밀어 주기를 기다릴 필요가 없었다. 나 혼자서 움직이면 되니까! 정말 근사하다. 일반 학급에 들어가 공부하게 되었을 때에도 굉장히 쓸모가 많았다.

이번 학년에 우리를 맡은 새넌 선생님은 꼭 텔레비전에 나오는 할머니 같은 사람이었다. 땅딸막했고, 하루도 빠짐없이 라벤더 향 바디로션을 바르는 것 같았다. 선생님의 고향은 남부일 것이다. 왜냐고? 말이 심하게 느리기 때문이다. 그런데 사실 이 굼벵이 같은 말투 때문에 오히려 선생님이 하는 말이 더 재미있는 것 같기도 하다.

"선생님은 너희 각자가 지니고 있는 가능성이 다 꽃 필 수 있도록 최선을 다할 거야. 알겠지? 선생님은 너희 내면에 무엇이든 할 수 있는 잠재력이 있다고 믿어. 우리 함께 그 재능을 찾기 위해 노력해 보자."

첫날, 선생님은 우리에게 이렇게 말했다.

나는 선생님이 좋다. 선생님은 우리가 읽을 새 책을 무더기로 가져왔다. 그뿐 아니라 수업에 활용할 게임과 음악, 비디오도 준비했다. 빌럽스 선생님과는 다르게 우리 기록을 다 읽어 본 게 틀림없었다. 헤드폰을 다시 꺼내 주셨을 뿐만 아니라 오디오북도 더 많이 가져왔다.

"모두 음악 수업 준비됐니?"

어느 날 아침, 선생님이 우리에게 물었다.

"그럼 통합 수업 하러 음악실로 가자!"

나는 좋아서 재빨리 휠체어를 틀었다. 도우미 선생님들이 우리가 아래층에 있는 음악실로 가는 것을 도와주었다. 내가 다른 아이들 옆에 앉을 수 있을까? 바보 같은 행동을 하면 어쩌지? 윌리가 소리를 지르면? 칼이 방귀를 뀌면 어떡하지? 아무래도 마리아가 이상한 말을 할 것만 같았다. 이 수업이 마지막이 되는 건 아닐까? 수업이 엉망이 되면 어쩌지? 나는 가까스로 몸을 가누었다. 우리는 통합 수업에 들어가고 있었다!

음악 담당인 러브레이스 선생님은 통합 수업 진행에 가장 먼저 지원하신 분이었다. 음악실은 상당히 넓었다. 우리 교실 두 배쯤은 되는 것 같았다. 내 손에는 어느새 땀이 흥건하게 배어 있었다.

거기 있는 아이들도 대부분 5학년이었다. 아이들은 내가 자기들 이름을 알고 있다는 걸 알면 아마 눈이 휘둥그레지겠지? 내가 수년 동안 쉬는 시간이나 점심시간에 운동장에서 뛰어노는 자기들의 모습을 보아 왔다는 사실을 안다면 그리 놀랄 일도 아니다. 다른 아이들이 발야구나 술래잡기를 하는 동안 우리 반 아이들은 그냥 나무 밑에 앉아 바람을 쐬었다. 굳이 그러려고 하지 않아도 자연스레 이 아이들이 누구고 어떻게 노는지 다 알게 된다. 그런데 이 아이들은 우리 반 아이들 중 단 한 명의 이름이라도 알까? 나는 그게 궁금했다.

뭐… 처음엔 모든 것이 재난 수준이었다. 윌리가 목청이 터지도록 소리를 지르기 시작했는데 아마 새로운 환경이 당황스럽고 무서웠던 모양이다. 질은 울음을 터뜨렸다. 교실 입구만 가까스로 지났을 뿐 더 이상 한 발자국도 움직이지 않았다. 나는 얼른 이 자리를 피하고 싶었다.

음악실에 있던 아이들은 모두 고개를 돌려 우리를 쳐다보았다. 30명쯤 되어 보였는데, 몇몇은 웃었고 몇몇은 다른 곳으로 눈을 돌렸다. 그런데 뒷줄에 있던 한 여자아이는 까불대는 자기네 반 아이들을 보고 얼굴을 찌푸렸다.

몰리와 클레어라는 여자아이 둘이 윌리 흉내를 냈다. 걸핏하면 다른 아이들을 못살게 구는 심술쟁이들로, 모두가 그걸 알고 있었다. 둘은 흉내를 내면서도 선생님 눈에 안 띄려고 조심했다. 하지만 나는 보았다. 그리고 윌리도 보았다.

"야, 클레어!"

몰리가 선생님 눈치를 보며 말했다. 머리 위로 팔을 꼬고 몸을 굽혀 거북하게 보이게 만들었다.

"날 봐! 나는 저능아야!"

그러고는 큰 소리로 웃었다. 너무 크게 웃어서 코에서 콧물이 나왔다.

클레어도 배꼽이 빠져라 웃어 댔다. 입에서는 침이 흐르고 있었다.

"으… 부…. 우…? 부…."

클레어가 눈을 사팔로 뜨고 의자에서 미끄러지는 척을 했다. 결국 러브레이스 선생님도 그 모습을 보고 말았다.

"클레어, 일어나."

선생님이 엄하게 말했다.

"전 아무 짓도 안 했어요!"

클레어가 대답했다.

"몰리, 너도 일어나."

선생님이 여전히 차갑게 말했다.

"우리는 그냥 웃고 있었다고요."

몰리가 억울하다는 듯이 말했지만 곧 일어나 클레어 옆에 섰다.

러브레이스 선생님은 두 아이의 의자를 한쪽 벽으로 치웠다.

"왜 그러시는 거예요, 선생님?"

클레어가 항의하며 소리쳤다.

"너희는 건강한 몸과 다리가 있잖니? 그걸 써 보렴."

러브레이스 선생님이 따끔하게 말했다.

"우리를 수업 시간 내내 세워 두실 거예요?"

클레어가 투덜거렸다.

"수업을 꼭 앉아서 들어야 하는 건 아니란다. 조용히 해라. 그렇지 않으면 손님들에게 무례하게 군 대가로 교무실로 끌고 갈 테니까."

별수 없이 두 아이는 서 있었다. 다른 아이들은 모두 편하게 앉아 있는데!

— *이 선생님, 정말 멋지다!*

그 후, 수업은 별 탈 없이 진행되었다. 계속 울고 있던 질은 다시 원래 교실로 돌아갔고, 나머지 우리 반 아이들은 음악실 뒤쪽에 조용히 앉아 있었다.

러브레이스 선생님은 다시 수업을 시작했다.

"얘들아, 우리 모두 자신을 가다듬는 시간을 좀 가져야겠구나."

선생님은 피아노 앞에 앉아 '문 리버'와 얼마 전 개봉한 뱀파이어 영화의 주제곡을 연주했다. 선생님은 우리가 무엇을 좋아하는지 아는 사람이었다. 색깔로 보기 시작하니 러브레이스 선생님이 좋은 사람이라는 게 대번에 드러났다. 짙은 황록색, 연녹색, 에메랄드빛.

나는 글로리아를 쳐다봤다. 팔을 앞으로 뻗고 있었는데 마치 음악을 잡으려고 애쓰는 것처럼 보였다. 얼굴에서는 빛이 났다. 글로리아는 음악에 맞춰 몸을 흔들기 시작했다.

그런 뒤 러브레이스 선생님은 완전히 템포를 바꿔 '야구장에 가고 싶어요'라는 노래의 앞부분을 연주했다. 윌리가 손을 아주 크게 벌려 박수를 쳤다.

마지막으로 선생님은 '부기우기 나팔 부는 소년'이라는 노래를 연주했다. 아빠도 좋아하는 노래였다. 아이들은 자기 자리에서 엉덩이와 어깨를 흔들며 춤을 추기 시작했다. 마리아는 일어나서 춤을 추었다! 박자와는 상관없이 크게 박수도 쳤다.

러브레이스 선생님은 노래 끝부분에서 잠깐 연주를 멈추었다.

"얘들아, 음악에는 힘이 있단다. 음악은 우리를 추억과 연결해 주기도 하고, 언젠가 맞닥뜨리게 될 문제들에 어떤 감정을 가지고 대처해야 할지 영감을 주기도 하지."

선생님이 말했다.

선생님에게 나 역시 음악을 좋아한다고 말하고 싶었다. 또 '엘비라'라는 노래를 들어 본 적이 있는지, 그리고 우리에게 작곡하는 법을 가르쳐 줄 것인지도 묻고 싶었다. 나는 손을 들려고 노력했다. 그러나 선생님은 알아차리지 못했다. 아마 나 같은 아이들이 으레 그러는 것처럼 그냥 멋대로 움직이고 있다고 여긴 게 틀림없었다. 그러나 선생님은 적어도 나를 잘 알기 위해 노력할 것 같았다.

선생님은 의자가 있던 공간에 서 있는 클레어와 몰리를 쳐다보았다. 선생님은 계속해서 말했다.

"수업을 이어 가기 전에 이 수업을 진짜 통합의 시간으로 만들어 보자. 아마 H-5반에서 온 친구들은 교실 뒤에 자기들끼리 몰려 앉는 것보다 군데군데 비어 있는 자리에 더 앉고 싶을 거야."

선생님 얘기가 끝나자마자 프레디가 바로 반응을 보였다. 프레디는 자신의 전동 휠체어를 움직여 음악실 앞쪽으로 나가면서 소리쳤다.

"나는 프레디야. 음악을 좋아해. 나는 빨리 움직인다!"

한바탕 웃음이 터져 나왔다. 나는 우리를 놀리는 사람들과 그렇지 않은 사람들을 구별할 수 있다. 프레디도 그렇다. 프레디는 아이들과 함께 웃었다. 순간 러브레이스 선생님은 깜짝 놀란 것처럼 보였지만 곧 프레디에게 다가가 악수하면서 수업에 참여한 것을 환영했다. 선생님은 프레디를 바로 앞에 있는 로드니라는 남자아이 옆에 앉게 했다. 로드니는 프레디와 손을 마주쳤다. 그리고 둘은 서로 마주 보며 활짝 웃었다. *좋겠다.* 나는 인정해야만 했다. 솔직히 부럽고 샘이 났다.

러브레이스 선생님은 도우미 선생님에게 글로리아를 앞으로 데려와 피아노와 더 가까운 자리에 앉게 하면 어떻겠냐고 말했다. 엘리자베스라는 아이가 글로리아를 흘겨보았다. 하지만 글로리아가 제 옆에 와서 앉아도 자리를 피하지는 않았다.

엘리자베스의 가장 친한 친구는 제시카라는 아이다. 둘은 쉬는 시간에 운동장 담벼락 가까이에 앉아 과자를 나눠 먹는다. 나는 항상 그 두 아이가 무슨 얘기를 하는지 궁금하다. 제시카는 늘 엘리자베스를 이기려 든다. 예를 들자면, 엘리자베스가 담벼락까지 먼저 뛰어가면 제시카는 다시 뛰자고 고집을 부린다. 만약 어느 날 엘리자베스가 새 책가방을 사 오면, 제시카도 다음 날 새 책가방을 가져올 게 틀림없다. 제시카가 손을 들어 누군가가 자기 옆에 앉을 수 있는지 물은 것은, 아마 엘리자베스가 글로리아에게 말을 걸었기 때문일 것이다.

마리아는 똑똑하지는 않지만 아무튼 아주 밝은 아이다.

"나는 파란 티셔츠를 입은 여자아이 옆에 앉고 싶어. 나는 파란 티셔츠를 입은 여자아이 옆에 앉고 싶어."

마리아가 말했다.

마리아는 발소리를 크게 내면서 제시카 옆자리로 가서 앉았다. 그러더니 펄쩍 뛰어올라 제시카를 안아 주었다. 마리아는 제시카와 가까이에 앉은 아이들도 하나하나 돌아가며 다 안아 주었다. 어떤 아이는 마리아의 손길이 닿자 돌처럼 뻣뻣하게 굳어 버렸다. 그러나 놀랍게도 아이들 대부분은 마리아의 포옹을 아무 거리낌 없이 받아 주었다. 몰리와 클레어는 바로 근처에 서 있었기 때문에 선택의 여지가 없었다.

"우, 윽!"

클레어가 짧게 비명을 질렀다.

"더러워!"

몰리가 작게 속삭였다.

러브레이스 선생님이 눈살을 찌푸리더니 목을 가다듬으며 말했다.

"너희 둘은 그렇게 서 있는 게 좋은 것 같구나. 너희는 이번 주 음악 수업 내내 그렇게 서 있어야겠다."

"어머, 선생님! 그건 말도 안 돼요!"

클레어가 호들갑을 떨며 말했다.

그나마 눈치가 있는 몰리는 아무 말도 하지 않았다.

마리아는 그 소리를 못 들은 것 같았다. 마리아는 심지어 클레어의 볼에 뽀뽀까지 했다. 재미있는 광경이었다.

윌리는 몸집이 크고 친절한 남자아이 옆에 앉게 되었다. 그 아이의 이름은 코너였다.

애슐리와 칼은 그날 학교에 오지 않았다. 그래서 교실 뒤에 남은 건 나뿐이었다. 어느새 교실은 쥐 죽은 듯 조용해졌다. 갑자기 에어컨이 세게 돌아갈 때처럼 한기가 느껴졌다. 오돌토돌 닭살이 돋았다.

선생님이 교실을 둘러보았다. 뭔가 기대를 하는 것처럼 보였다. 그러자 누군가 자원해서 나를 찍어 주었으면 하는 마음이 들었다. 순간 나는 우리 반으로 돌아가고 싶은 마음이 간절했다.

마침내 한 여자아이가 자리에서 일어나 내게로 다가왔다. 그 아이는 쪼그리고 앉아 내 얼굴을 똑바로 쳐다보았다. 그러고 나서 미소를 지었다. 찬찬히 보니까 처음 교실에 들어올 때 까불대던 자기네 반 아이들을 보고 얼굴을 찡그리던 아이였다. 머리가 길었다.

"나는 로즈야!"

여자아이가 말했다. 목소리가 부드러웠다.

나는 웃음으로 대답했다. 그리고 혹시라도 로즈가 무서워서 도망가지 않도록 발을 차거나 이상한 소리를 내는 등 괴상한 행동을 하지 않으려고 정말이지 무진장 노력했다. 나는 숨을 죽이고, 잔잔한 파도 같은 고요하고 차분한 것을 떠올렸다. 휴, 다행히 효과가 있었다. 나는 깊이, 그리고 천천히 숨을 쉰 뒤 내 대화판에 있는 **고마워**를 가리켰다. 로즈가 알아들은 것 같았다.

휠체어를 운전할 수 있다는 걸 보여 주고 싶었다. 나는 로즈 옆자리로 조심스럽게 운전해 갔다. 남은 시간 동안 우리는 함께 앉았다. 수업 시간 내내 나는 로즈가 놀랄 만한 일은 한 번도 하지 않았다. 수업이 너무 빨리 끝났다.

그 뒤로도 우리 반 아이들은 계속해서 매주 수요일마다 러브레이스 선생님의 음악 수업을 들었다. 멋진 일이었다.

질, 애슐리, 칼도 두 번째 수업부터는 우리와 함께했다. 우리 반 아이 모두가 옆에 앉아서 함께 수업을 들을 '친구'를 얻었다.

일단 애슐리를 알고 나자 여자아이들은 애슐리 곁으로 몰려들었다. 나는 아이들이 애슐리를 작고 예쁜 인형처럼 여기는 건 아닌지 기분이 좀 상했다. 그러나 애슐리는 아이들의 그런 관심이 싫지 않은 것 같았다.

클레어와 몰리는 의자에 앉아 수업을 들을 수 있게 되었지만 둘 다 옆에 앉을 친구를 선택하지는 않았다. 난 신경 쓰지 않았다.

엘리자베스와 제시카는 계속 글로리아와 마리아의 옆에 앉았다. 질은 계속해서 애스터 청이라는 여자아이와 짝이었다. 로드니라는 아이는 쉬는 시간에 종종 우리 반에 찾아와 프레디와 이야기를 나누었다. 가끔 로드니는 프레디의 휠체어를 엄청나게 빠른 속도로 밀어 준다. 그러면 프레디는 날아갈 듯 좋아한다.

나는 매주 수요일마다 로즈와 함께 앉는다. 그래서 화요일 밤에는 잠을 잘 못 이룬다. 긴장되기 때문이다. 수요일 아침이면 엄마에게 가장 예쁜 옷을 준비해 달라고 한다. 다른 아이들이 입는 것처럼 멋지게 갖춰 입는 것이다. 엄마가 내 마음에 들도록 옷을 골라 줄 때까지 나는 엄마에게 계속 소리를 지른다. 또 그날은 무슨 일이 있어도 엄마에게 이를 닦아 달라고 한다. 혹시라도 입 냄새가 나지 않도록.

나는 온종일 로즈를 생각한다. 혹시나 로즈의 마음이 바뀌어 나를 싫어하지는 않을까 걱정이 산더미다. 그러나 로즈는 나를 배려해서 말하고, 또 내가 말하는 것을 이해하려고 노력한다. 어느 날 나는 로즈의 발을 본 뒤 대화판에서 '새로운' '신발' '멋있다'는 단어를 가리켰다. 로즈의 새 신발이 멋져 보인다고 말하고 싶었다. 로즈는 내가 그러는 것에 놀라는 것 같았다. 어느 날은 '음악' '나쁘다' '냄새가 지독한'을 가리키고 나서 웃기 시작했다. 로즈는 내가 왜 그러는지 이해하지 못했다. 나는 다시 그 단어들을 가리킨 뒤, 러브레이스 선생님을 가리켰다. CD 플레이어에서 러브레이스 선생님이 틀어 놓은 재즈 음악이 흐르고 있었다. 나는 엄마랑 비슷하다. 재즈를 좋아하는 편이 아니다. 재즈는 뚜렷한 멜로디가 없어서 혼란스럽다.

"어머, 너 재즈를 안 좋아하니? 나도 그래!"

마침내 로즈가 내 말을 알아듣고 맞장구를 쳤다. 우리의 웃음보가 동시에 터졌다. 너무 크게 웃는 바람에 러브레이스 선생님이 입에 손가락을 대며 쉿 하는 시늉까지 해야 할 정도였다. 나는 여태껏 수업 시간에 누구와도 말을 나눈 적이 없기 때문에 조용히 하라고 지적을 받은 것이 처음이었다. 그런데 실제로 지적을 받아 보니 예상 외로 기분이 좋았다! 내가 다른 아이들과 똑같아진 느낌이었다.

로즈는 가끔 내게 비밀스러운 얘기도 한다. 그래서 나는 로즈에게 손톱을 물어뜯는 습관이 있고, 우유를 싫어한다는 것을 알게 되었다. 매주 일요일 교회에 가서 설교가 끝날 때까지 몰래 존다는 것도 알았다. 나도 마찬가지였다. 로즈도 나처럼 어린 여동생이 있다. 심지어 로즈는 나처럼 컨트리 음악을 좋아한다. 가끔 로즈는 친구랑 쇼핑하러 간 얘기를 해 주기도 한다. 그런 이야기를 할 만큼 우리 사이가 가까워진 것이다.

12.

10월 말까지 통합 수업이 연장되었다. 마리아와 질은 미술과 체육 시간에도 통합 수업을 받게 되었고, 프레디와 윌리는 과학 과목을 통합 수업으로 듣게 되었다.

이제는 종이 치면 교실 밖 복도에서 무슨 일이 일어나는지 궁금해하지 않는다. 나 또한 교실 안에만 있지 않기 때문이다. 나는 풀밭에서 풀을 깎는 기계를 탄 사람처럼 전동 휠체어를 탄 채로 아이들을 헤치고 나아간다.

때로는 아이들이 먼저 손을 흔들거나 말을 건넨다.

"안녕."

심지어 다음 수업을 받는 교실까지 함께 가는 경우도 있다. 정말 근사한 일이다.

하지만 통합 수업이라고 해서 내가 수업 과정에 온전히 참여할 수 있는 것은 아니다. 아는 답을 얘기할 방법이 없으니 잔뜩 골이 난 채 교실 뒤에 앉아 있는 게 보통이다.

"'위신'이 무슨 뜻인지 아는 사람?"

며칠 전 어느 선생님이 물었다. 나는 손을 들었다. 그러나 선생님은 내가 손을 든 것을 알아차리지 못했다. 남들이 보기엔 내가 손을 드나 안 드나 거의 차이가 없기 때문이다. 하지만 선생님이 혹 나를 지목한다 해도 뭘 어쩌겠는가? 나는 말을 할 수가 없는데.

이번 달 초에 있었던 학부모 상담 기간 동안, 우리 부모님도 학교에 와서 선생님들을 만났다. 섀넌 선생님은 그 자리에 나를 같이 있게 해 주었다. 섀넌 선생님은 정말 최고다!

선생님은 내 전동 휠체어의 팔걸이를 가볍게 치며 웃었다.

"멜로디는 아주 뛰어난 재능이 있습니다. 통합 수업에서 스타가 될 거예요."

선생님이 말했다.

나는 소리를 지르고 발을 찼다. 그렇게 할 수만 있다면 선생님에게 뽀뽀를 해 주고 싶었다. 진짜로 그랬다면 선생님의 얼굴이 내 침으로 엉망이 됐겠지만.

"사실 저희는 늘 느껴 오던 거지만 다른 사람들도 알게 되었다니 기쁘네요. 멜로디가 자기 재능을 다른 사람들에게 보여 줄 기회를 얻게 되어 정말 다행입니다."

아빠가 장난스럽게 말했다.

엄마는 나에게 도우미 선생님이 따로 배정된 것을 알고는 특히 더 기뻐했다.

"드디어 됐네요! 저희 애가 입학했을 때부터 바라고 바라던 거예요!"

엄마가 말했다.

"정말 필요한 예산이 뭔지도 모르는 사람들 때문이지요."

섀넌 선생님이 천천히 고개를 흔들며 말을 이었다.

"H-5반 아이들 모두가 필요한 도움을 받을 수 있도록 노력 중입니다. 멜로디도 만족하면 좋겠는데요…. 앞으로 다른 일들도 더 추진해 보려고 합니다."

정말 멋지다. 나는 손으로 대화판을 쳤다.

새 도우미 선생님! 그 선생님은 나를 교실에 데려다주고 내 옆에 앉아 내가 수업에 참여하는 것을 도와줄 것이다. 그 선생님은 어떻게 생겼을지 궁금했다. 남자일까, 여자일까? 혹시 남자일지도 모른다. 젊고 귀여운 사람일까, 아니면 나이 많고 고약한 사람일까?

바로 다음 날, 교실에 들어가자 누군가 못 보던 사람이 섀넌 선생님과 이야기하고 있는 모습을 볼 수 있었다. 나는 그 사람이 내 새 도우미 선생님인 것을 알았다. 여자였다. 그 선생님은 나를 보자 바로 내게로 와 내 손을 잡았다.

"안녕, 멜로디. 만나서 반가워. 내 이름은 캐서린이야. 대학생이란다. 앞으로 널 도와줄 거야.

도우미 언니는 나를 휠체어를 타지 않는 평범한 학생을 대하듯 했다. 나는 발을 차지 않으려고 애썼지만 흥분을 감추기가 힘들었다.

"티셔츠가 귀엽구나."

엄마가 사 준 옅은 자주색 윗옷에 그려진 트위티 버드(워너브라더스 사에서 제작한 만화에 나오는 캐릭터)를 보고 도우미 언니가 말했다.

나는 대화판에서 고맙습니다를 가리켰다.

"무슨 색깔을 가장 좋아하니?"

도우미 언니가 물었다.

나는 자주색을 가리켰다가 초록색 쪽으로 엄지를 옮겼다. 캐서린은 초록색 끈이 달린 자주색 테니스 신발을 신고 있었고, 자주색 스웨이드 스커트와 어딘가 이상하게 생긴 초록색 스웨터를 입고 있었다.

나는 언니를 보며 싱긋 웃었다.

"센스가 있네, 멜로디? 우리는 잘 통할 것 같아."

캐서린의 옷차림을 놀리고 싶었지만 짓궂게 굴고 싶지는 않았다. 이제 처음 만난 사이니까. 나는 대화판에서 캐서린의 옷차림을 재미있게 표현할 만한 단어를 찾아보았다. 하지만 마땅한 단어가 없었다.

캐서린은 그날 종일 내 옆에 붙어 내가 가리키는 대화판의 단어를 다른 사람에게 읽어 주고, 내가 읽고 싶은 오디오북을 주문할 수 있도록 도와주었다. 심지어 내 귀에서 헤드폰이 떨어지지 않도록 잡아 주기까지 했다.

5학년 아이들에게 국어를 가르치는 고든 선생님은 여자였는데, 캐서린과 나이 차이가 많이 나지 않았다. 고든 선생님은 넘치는 에너지로 수업을 공연처럼 진행한다. 수업 중에 책상에 뛰어 올라가기도 하고, 가끔은 노래도 부른다. 수업을 긴 이야기의 한 부분처럼 연출하기도 하고, 책으로 게임을 하기도 한다.

"단어로 하는 빙고 게임!"

어느 날 아침, 고든 선생님이 이렇게 말했다.

"이기는 팀에게는 도넛 쏜다!"

게임이 시작되자 아이들은 정답을 맞히려고 목이 터져라 소리를 질렀다. 30여 분 동안 교실에 있는 아이들 모두 20개의 단어를 새로 알게 되었다. 고든 선생님은 진 팀에도 도넛을 사 주었지만 이긴 팀에게는 특별히 초콜릿이 뿌려진 도넛을 사 주었다.

선생님이 퀴즈로 낸 단어들은 이미 다 내가 알고 있는 것들이었다. 그러나 다른 아이들이 너무 빨랐다. 오히려 잘된 일인지도 모른다. 초콜릿 도넛을 먹었으면 옷이 엉망이 됐을 테니까.

핼러윈 무렵의 이상스럽게 덥던 어느 날인가는 오렌지색, 오렌지 맛 아이스크림을 사 주셨다. 오렌지색이 핼러윈의 상징이기 때문이다. 그날 선생님은 호박과 귀신에 관한 시를 들려주었다.

고든 선생님이 한 멋진 일은 또 있다. 아이들이 책상 밑에 앉아 안네 프랑크의 이야기를 읽게 함으로써, 숨어 살던 안네의 감정과 상황을 이해할 수 있게 한 것이다. 나는 책상 밑으로 들어갈 수는 없었지만, 책상 밑에 쭈그리고 앉은 아이들을 보며 당시 상황을 상상할 수 있었다.

브이 아줌마와 함께 노력한 덕분에 나는 책을 읽을 수 있다. 하지만 대체로 글씨가 너무 작고, 책을 들고 있을 수가 없어 쉬운 일은 아니다. 내가 책을 들고 있을 수 있는 좋은 방법은? 없다. 나는 책을 수도 없이 바닥에 떨어뜨린다. 그래서 대개 오디오북을 듣는 것이다.

캐서린이 와 준 뒤로는 남들처럼 시험도 볼 수 있었다. 캐서린이 내게 문제를 읽어 주면 나는 시험지에서 답을 가리킨다. 나는 모든 문제를 100퍼센트 이해했다. 하지만 내 대화판을 가지고는 서술형 답안은 쓸 수가 없었다.

한번은 철자 시험을 보았다. 선생님이 단어를 크게 읽어 주면 나는 대화판 위에 있는 알파벳을 순서대로 가리켰다. 캐서린은 내가 가리킨 것을 받아 적어 주었다. 그러자 클레어와 몰리가 불평을 늘어놓았다. 두 아이는 항상 나를 지켜본다.

"공정하지가 않잖아요!"

클레어가 고든 선생님의 주의를 끌려고 손을 들어 이리저리 흔들며 소리쳤다.

"캐서린 언니가 도와주고 있어요!"

몰리가 덧붙였다.

— *재들이 지금 뭐라고 하는 거지? 지금 날 질투하는 건가? 혼자서는 시험도 못 치르는 나를?*

두 아이는 정말 캐서린이 내게 답을 알려 준다고 믿는 것 같았다. 정말 말도 안 된다.

그날 수업 도중 고든 선생님이 말했다.

"올해 우리는 장기 프로젝트로 자서전 쓰기를 한다. 내가 해마다 하는 거라 아마 예상한 사람도 있을 거야. 먼저 각자 유명한 사람의 전기를 골라 읽고 독후감을 써 본 뒤, 너희 자신의 자서전을 쓰는 거다."

"음, 그럼 너무 짧지 않을까요? 5학년 애들이 뭘 쓸 수 있겠어요?"

몸집이 커다란 코너가 소리쳤다. 모두 웃었다.

"그럴 수도 있겠지, 물론."

고든 선생님이 말했다.

"하지만 막상 쓰다 보면 아주 쓸 말이 많다는 것을 알게 될 거야."

"처음 햄버거를 만든 사람에 관해 써도 되나요?"

코너가 질문을 하자 모두가 약속이라도 한 것처럼 다들 커다랗게 웃음을 터뜨렸다.

"햄버거를 처음 만든 사람이 누군지는 선생님도 잘 모르겠지만, 맥도날드를 설립한 사람의 자서전이 있다면 읽어 봐. 그 사람은 햄버거로 부자가 됐지."

"맘에 드네요. 제 스타일이에요."

로즈가 손을 들었다. 내가 듣는 모든 통합 수업에 로즈가 함께 있다는 사실이 정말 좋다.

"언제까지 해야 하는 거죠?"

로즈는 수첩에 모든 걸 적어 놓기 때문인지, 절대로 숙제를 빼먹지 않는다.

"천천히 해도 돼, 로즈. 5월 말까지 하면 되니까. 선생님이 조금씩 도와줄 거야. 내일은 너희의 기억들을 어떻게 글로 옮길 것인지 함께 얘기해 보자."

로즈는 이 과제가 마음에 드는 것 같았다. 선생님의 말이 끝나자마자 공책 한 면을 가득 채울 정도로 뭔가를 써내려 갔다. 나도 그렇게 쓸 수 있다면 얼마나 좋을까. 통합 수업은 확실히 놀랍고 흥미로웠다.

역사 수업은 국어 수업보다 훨씬 더 좋았다. 담당은 디밍 선생님이었다. 땅딸막한 디밍 선생님은 아이들을 가르친 지 20년이 넘었다는데, 이제 슬슬 머리가 벗겨지고 있었다. 아이들은 디밍 선생님이 20년 동안 한 번도 결근한 적이 없다고 말하곤 했다. 정말 단 한 번도. 디밍 선생님은 아이들을 가르치는 일을 사랑하는 게 분명하다.

집과 학교를 오갈 때면, 언제나 같은 자리에 선생님의 차가 세워진 것을 볼 수 있었다. 선생님은 텔레비전에 나오는 설교자처럼 거의 날마다 조끼를 갖춘 정장을 입는다. 빳빳한 흰색 셔츠와 화려한 넥타이를 매지 않은 디밍 선생님은 상상조차 할 수 없다. 매일 아침 아내 분이 옷 고르는 것을 도와주는 걸까? 어떤 넥타이는 정말 멋있다.

디 선생님(짧게 줄여서 이렇게 부르기도 한다)은 역사를 사랑한다. 퀴즈 프로에 나오는 사람처럼 사건, 날짜, 전쟁, 장군에 관한 내용을 죄다 꿰뚫고 있다. 만일 TV 퀴즈 쇼에 나간다면 우승할 수도 있을 거다.

사실 디밍 선생님은 그다지 인기가 많지 않다. 선생님이 지나가면 뒤에서 '멍청이 디밍'이라고 부르는 아이들도 있다. 하지만 디 선생님은 퀴즈 반을 담당할 만큼 충분히 똑똑한 사람이다. 그런 식으로 뒤에서 욕하는 건 비겁한 행동이고. 나는 그렇게 생각한다.

선생님은 우리에게 역대 대통령과 부통령의 명단을 주면서 한 주에 한 번씩 시험이 있을 거라고 말했다. 캐서린은 몇 번이나 그 이름들을 내게 말해 주었다.

"솔직히 몇몇은 아예 들어 본 적도 없어."

처음 명단을 받았을 때 캐서린이 이렇게 고백했다.

"한니발 햄린이 에이브러햄 링컨의 첫 번째 부통령이었대. 대체 이걸 누가 알고 있겠어."

그렇지만 나는 모두 외웠다.

시험 때 선생님은 캐서린이 나를 도와주지 않는다는 것을 확인했다. 그냥 정답이라고 생각되는 사람을 보기에서 고르기만 하면 되는 문제들이었다. 나는 몇몇 아이들보다 더 빨리 시험을 마쳤다.

시험이 끝난 뒤, 디 선생님은 채점한 시험지를 우리에게 나누어 주었다. 반 아이들은 연필을 깎거나 몸을 풀거나 시험지를 보며 서로 이야기를 했다. 그때 로즈가 내 책상 쪽으로 걸어왔다.

"시험 어땠어, 멜로디?"

로즈가 물었다.

"나는 75점밖에 못 받았어."

로즈는 실망한 것처럼 보였다.

나는 85점을 받았다. 그런데 로즈가 나한테 온 것에 흥분해서 그만 실수를 하고 말았다. 대화판에서 먼저 5를 가리키고 그런 다음 8을 가리킨 것이다.

로즈가 동정 어린 눈으로 나를 쳐다보았다.

"걱정하지 마. 다음에는 더 잘 볼 수 있을 거야."

로즈가 말했다.

반 아이들, 그것도 몰리와 클레어 바로 앞에서 그런 실수를 하다니….
그렇지만 이미 엎질러진 물이었다.

그 뒤로 4시간이나 수업이 더 있었지만 통합 수업은 없었다. 그러면 로즈는 볼 수 없다. 물론 캐서린은 있었다. 하지만 벌써부터 오후에 있다는 대학 수업에 마음이 가 있는 것 같았다.

섀넌 선생님은 그날 몸이 아파서 학교에 나오지 못했다. 그래서 나는 애슐리, 마리아, 칼, 윌리와 함께 보고 또 보았던 〈라이온 킹〉을 보았다. 이제 이 영화 대사도 다 외울 지경이다. 그 뒤에는 임시로 온 선생님이 수학 수업을 해 주었다. 또 덧셈 수업. 대체 언제쯤 나눗셈을 배우게 될까?

로즈가 뭘 하고 있는지 궁금했다. 몹시 긴 오후였다.

13.

"페니, 안 돼!"

브이 아줌마가 소리쳤다.

페니는 두들을 끌고 브이 아줌마네 집 현관 밖 경사로 중간쯤에 서 있었다.

"나 간다, 안녕!"

페니는 초록색 야구모자를 쓰고 있었다. 버터스카치는 뒤뜰에 있었다. 만약 버터스카치가 페니를 봤다면 십중팔구 그 앞을 가로막았을 것이다. 예술가들이 사랑한다는 이른 11월의 어느 날이었다. 낙엽이 지고 밝은 금색의 햇살이 내리쬐었다. 여름이 끝났다. 나도 어딘가로 가 버리고 싶은 기분이었다.

브이 아줌마가 페니를 붙잡아 데리고 들어왔다.

"회사에 갈 거야."

페니가 입을 삐쭉 내밀었다.

"오늘은 안 돼, 아가."

브이 아줌마가 현관문을 잠그면서 단호하게 말했다.

페니는 모자를 써 보거나 옷을 입어 보는 것을 아주 좋아한다. 엄마는 페니를 위해서 가끔 나비매듭이나 리본이 달린 이상하게 생긴 모자들을 집에 사 오곤 한다.

페니는 거울 보는 것을 좋아한다. 발치께까지 내려오는 엄마의 플라스틱 목걸이를 두 개씩 걸고, 지갑을 들고, 모자를 삐딱하게 쓴 채로 현관 거울을 들여다본다.

"회사에 갈 거야."

페니는 한 손을 엉덩이에 대고 이렇게 말한다.

"일하러 가는데 누가 옷을 그렇게 입고 가니?"

엄마가 묻는다. 우리는 모두 웃는다.

"페니 혼자 쇼핑하러 다닐 나이가 되면 볼 만하겠는데?"

아빠는 그렇게 말하며 페니가 귀여운 포즈를 취할 때마다 핸드폰 카메라로 사진을 찍는다.

브이 아줌마가 앉혀 놓자 페니는 입술을 쭉 내밀었다. 마루에 두들을 내던지고 팔짱을 꼈다. 웃음이 나왔다. 나도 몸짓으로 내 감정을 표현할 수 있다면 참 좋을 텐데.

"페니, 이리로 와 봐. 아줌마 얼굴 좀 그려 줄래?"

브이 아줌마가 크레파스를 꺼내며 말했다.

페니는 금세 손으로 크레파스를 잡고 스케치북 위에다 색칠을 하기 시작했다.

나도 크레파스를 써 보고 싶다. 그리고 그럴 수 있게 된다면 로즈를 위해 장미를 그릴 것이다. 벨벳같이 부드러운 빨간 꽃, 초록 줄기, 그리고 그 줄기에서 뻗어 나오는 황록색 잎. 마음속에서 나는 그것들을 뚜렷이 볼 수 있다. 그러나 막상 둔하고 뻣뻣한 내 손이 연필이나 크레파스를 가지고 그릴 수 있는 것은 삐뚤빼뚤한 선들뿐이다. 아무리 좋게 봐 줘도 장미는 아니다.

로즈는 장미 그림이 있는 공책과 책가방을 가지고 다닌다. 로즈의 엄마는 대체 어디에서 그런 물건들을 사 오는지 궁금하다. 그 물건들은 로즈에게 잘 어울린다. 로즈는 예쁘고 고상한 데다 같이 있으면 기분까지 좋아지는 아이다. 만약 진짜 장미처럼 로즈한테 가시가 있다 해도, 나는 그 가시를 절대 눈치채지 못할 것이다.

페니가 크레파스로 신나게 그림을 그리는 동안 브이 아줌마는 우편함을 확인했다. 아줌마는 몇 개의 봉투를 열어 본 뒤, 한 우편물을 보더니 깜짝 놀라 숨을 헐떡거렸다.

"이것 좀 봐, 얘들아!"

아줌마가 큰 소리로 외쳤다.

"내가 상을 탔대!"

뭔가 재미있는 일이 생긴 것 같아 나는 아줌마를 쳐다봤다. 페니는 우리 둘이 뭘 하는지는 거들떠보지도 않은 채 계속해서 색칠에 열중했다.

"쇼핑몰에 있는 서점에서 글쓰기 공모전을 했는데 거기에 참여했거든."

아줌마가 설명해 주었다.

"주제는 지구 생태계에서 왜 물고기가 중요한가였어."

나는 대화판에서 음식을 가리킨 뒤 히죽거렸다.

"아니지, 단순하긴."

브이 아줌마가 웃으며 내 몸을 간질였다.

"아줌마는 바다와 자연의 균형에 관한 글을 썼어. 어떻게 썼는지는 잘 기억이 안 나지만 아무튼 1등이야! 시내에 새로 생긴 수족관을 무료로 관람하게 해 준대. 동반 5인까지. 굉장하지!"

텔레비전에서 그 수족관 광고를 본 적이 있다. 그곳에는 상어와 거북, 펭귄 등 수없이 많은 동물들이 있다고 했다. 갈 거예요? 나는 대화판을 가리키며 물었다.

"그럼. 그런데 누구를 데려가야 할지 모르겠네."

아줌마가 머리를 긁적이며 싱긋 웃고는 말했다.

나는 허공에 대고 발을 찼다. 저요! 저요! 외치고 싶었지만 말은 못 하고 대신 손으로 나를 가리켰다.

"흠, 누구를 데리고 갈까?"

브이 아줌마가 부엌을 둘러보며 놀리듯 말했다. 나는 아줌마가 가까스로 웃음을 참는 모습을 볼 수 있었다.

저요! 저요! 아줌마를 찔렀다.

"알았어. 물론 너는 데리고 갈 거야, 멜로디."

브이 아줌마가 웃으며 말했다.

"그런데 너와 페니랑 너희 부모님을 데리고 가도 한 명이 남는데… 또 누구를 데리고 갈까?"

아줌마가 얼굴을 감쌌다. 누가 좋을지 생각하는 것 같았다.

그때 갑자기 좋은 생각이 떠올랐다. 로즈가 같이 가면 된다! 나는 대화판을 가리켰다. 알(R), 오(O), 에스(S), 이(E). 알, 오, 에스, 이. 그리고 나서 제발이라는 단어를 툭툭 쳤다.

"흠, 로즈가 학교 친구니?"

나는 몸을 들썩이며 발을 찼다.

"좋은 생각이구나. 그럼 아줌마가 로즈 부모님께 말씀드려 볼게. 아주 멋진 날이 될 거야."

원래 엄마와 아빠 둘 다 쉬는 토요일은 몇 주에 한 번 정도나 돌아왔지만, 추수감사절 연휴 주말에는 두 분 다 쉬었다. 전날 밤, 나는 좀처럼 잠을 이루지 못했다. 엄마가 말하는 걸 들어 보니 로즈 부모님은 정말 좋은 분들 같았다. 나는 로즈가 오고 싶어 한다는 걸 믿을 수 없었다. 로즈는 휠체어를 탄 나와 함께 수족관에 가고 싶어 하는 것이다!

학교에서 로즈가 수족관에 관해 이런저런 말들을 소곤거렸다. 아이들이 서로 비밀을 주고받을 때 하는 행동이었다. 평범한 아이가 된 느낌이었다.

마침내 토요일이 다가왔다. 우리는 아침 일찍 모여 차에 올라탔다. 날씨가 꽤나 쌀쌀했지만 나는 엄마에게 따뜻하지 않아도 좋으니 예쁜 옷을 입혀 달라고 했다. 엄마는 귀여운 청바지를 입혀 주었다. 로즈는 내 옷차림에 대해선 별말을 하지 않았다. 하지만 페니에 대해서는 끊임없이 얘기했다.

"멜로디, 네 동생 정말 귀엽다!"

나는 웃으며 고개를 끄덕였다.

페니는 자신의 통통하고 작은 손을 뻗어 손뼉을 쳤다.

"로-지."

페니가 말했다.

"페니가 내 이름을 말했어!"

로즈가 소리쳤다.

"귀엽기만 한 게 아니구나. 귀여운 천재네!"

차로 이동하는 동안 로즈는 우리 부모님과 브이 아줌마랑 수다를 떨었다. 꼭 전부터 잘 알고 지내던 사람들 같았다. 나는 오늘이 내 인생 최고의 날이 될 거라는 생각을 하며 조용히 그 모습을 바라보았다.

수족관에 도착하자 아빠는 내 휠체어를 내린 뒤 나를 조심스럽게 휠체어에 앉혔다. 엄마는 페니를 유모차에 앉히고 안전띠를 매 주었다. 로즈는 페니를 밀고 엄마는 나를 밀면서 우리는 나란히 앞으로 나아갔다.

수족관은 사람들로 일찍부터 붐볐다. 아마 주말이라 그랬을 것이다. 나를 이상하게 쳐다보는 사람은 없었다. 확실하다. 나도 내가 누구인지 거의 잊고 있었으니까.

안에는 마루부터 천장까지 물로 가득 찬 수족관이 있었다. 올리가 생각났다. 여기였다면 올리도 행복했을지 모른다. 상어들이 머리 위로 헤엄치는 수족관도 있었다. 꼭 바다 밑에서 위를 올려다보는 것 같았다.

나는 그렇게 많은 물고기를 본 적이 없었다. 세상의 모든 물고기가 다 있는 것 같았다. 뾰족한 돌기와 점이 있는 물고기, 색칠한 것처럼 아름다운 무늬를 뽐내는 물고기….

페니는 물고기가 가까이 올 때마다 수족관의 유리벽을 쳤다.

"물꼬기! 물꼬기! 일로 와!"

브이 아줌마는 집에 가서도 내가 공부할 수 있도록 물고기들의 이름을 적고 사진을 찍었다. 엄마와 아빠는 꼭 연애 중인 내 또래 애들처럼 서로 속삭였다. 엄마, 아빠가 그렇게 편안히 즐기는 모습은 여태껏 본 적이 없었다.

우리는 새로운 수조가 나올 때마다 발걸음을 멈추었다. 나는 해파리를 좋아한다. 해파리를 보면 반짝반짝 빛나는 옷이 펼쳐져 있는 것만 같다. 쏠배감펭이라는 물고기도 좋았다. 쏠배감펭은 꼭 수영 중인 사자 같았다. 해마가 있는 수족관을 구경하던 로즈는 해마가 머리를 뒤로 돌리는 광경도 보았다. 로즈가 멋진 시간을 보내고 있는 것 같아 기분이 좋았다.

그러던 중 수족관 모퉁이에서 낯이 익은 두 아이가 걸어오는 게 보였다. 내가 마주치고 싶어 하지 않는 아이들, 바로 몰리와 클레어였다. 그 둘은 걸스카우트에서 함께 온 것이었다. 몰리와 클레어는 스카우트 대장의 인솔에는 아랑곳하지 않고 서로 몸을 부딪치는 장난을 하고 있었다. 걸스카우트 대장은 대원들에게 바닷물에 들어 있는 소금의 비율에 관해 이야기하고 있었다.

청바지와 긴소매 티셔츠, 스카우트 조끼까지 똑같이 차려 입은 그 둘은 놀란 모습으로 로즈를 쳐다보았다.

"야, 로즈! 엄마랑 온 거야?"

클레어가 물었다.

"어? 아니…."

로즈가 우리를 벗어나 두 아이에게 걸어가면서 얼버무리듯 말했다.

"그럼 아빠랑?"

몰리가 내게서 안 좋은 냄새라도 풍기는 것처럼 나를 쳐다보며 말했다. 그리고 우리 엄마, 아빠는 보이지도 않는 것처럼 행동했다.

"멜로디랑 멜로디 부모님하고 같이 왔어."

로즈가 중얼거렸다.

"일부러?"

클레어가 소리쳤다. 클레어와 몰리 둘 다 크게 웃기 시작했다.

"그렇게 나쁘지는 않아."

로즈가 조용히 말했다. 하지만 나는 들을 수 있었다.

엄마가 그 아이들에게 뭔가를 말하려고 했지만 아빠가 엄마 팔을 붙잡았다.

"아직 아이들이야. 그냥 내버려 둬."

엄마는 칼날보다 더 날카로운 눈빛으로 그 아이들을 쏘아보며 주먹을 쥔 채 서 있었다.

하지만 브이 아줌마는 누구도 말릴 수 없었다. 키가 185센티미터나 되는 아줌마는 몰리, 클레어와는 비교도 안 되게 컸다.

"너, 치아 교정기 한 여자애!"

클레어가 깜짝 놀라며 브이 아줌마를 쳐다보았다.

"네?"

클레어는 가까스로 정신을 차리고 대답했다.

"너희 부모님이 왜 비싼 돈을 들여 너한테 치아 교정을 해 주는지 생각해 봤니?"

"네?"

클레어가 어리둥절한 얼굴로 대꾸했다. 몰리는 걸스카우트 대열 사이로 조용히 사라지고 없었다.

"네 이가 불완전하기 때문이야. 그래서 치아 교정을 해 주는 거라고. 너 같은 아이는 아마 남자 친구 사귈 때나 되어서야 너희 부모님 고마운 줄 알걸?"

브이 아줌마가 소리쳤다.

수족관을 구경하던 몇몇 대원뿐 아니라 모든 스카우트 대원이 멈춰 서서 아줌마의 말을 들었다.

"지금 내 이가 무슨 상관이 있다는 거죠?"

클레어가 주위를 둘러본 뒤 짜증을 내며 물었다.

"어떤 사람은 치아 교정기를 하고 있어. 어떤 사람은 목발을 대기도 하고. 부목만으로는 안 되는 사람들은 휠체어가 필요하고, 보행 보조기 같은 것들을 사용하지. 너는 운 좋게 치아만 엉망인 거야. 그걸 기억하라고."

"네, 아줌마."

클레어는 재빨리 대답한 뒤 자기 친구들이 있는 쪽으로 도망치듯 달려갔다.

곧 로즈가 우리 쪽으로 돌아왔다. 로즈는 약간 당황한 것 같았다.

"클레어는 멍청해."

로즈가 내게 속삭였다.

— 정말 그렇게 생각해?

몇 개의 수족관을 더 보고 나자 페니는 지쳐서 징징대기 시작했다. 그래서 우리는 펭귄을 보지 못하고 수족관을 나왔다. 우리 가족은 로즈를 집에 데려다줬다. 로즈는 예의 바르게 고맙다고 인사하며 정말 좋은 시간이었다고 말했다.

정말 좋았을까?

14.

추수감사절이 지난 뒤 월요일, 캐서린과 나는 고든 선생님의 국어 수업을 들으러 교실로 들어갔다. 수업 시작종이 치기 몇 분 전이었다. 수족관 관람에 관한 로즈의 솔직한 생각을 들어 보려고 했는데 그러기는 힘들 것 같았다. 로즈에게 흥미로운 일이 생겼기 때문이다.

아이들이 모두 로즈의 책상 앞에 모여 있었다.

"대단하다!"

"나는 색깔이 너무 맘에 들어. 연녹색으로 올지 몰랐거든!"

"그랬구나!"

"노래는 다운로드 많이 해 놨어?"

"새 이메일 주소는 뭐야?"

"메신저는 이용하니?"

"영화는? 요즘 구하기 힘들던데."

"나도 엄마가 그런 노트북 사 주면 좋겠다."

나도 가까이 다가갔다. 로즈가 새로 산 노트북을 자랑하고 있었다.

"이걸로 인터넷에 접속해서 필요한 자료도 찾을 수 있고 숙제도 할 수 있어."

로즈가 자기를 둘러싼 친구들에게 말했다.

"페이스북에 우리 집 강아지 사진도 몇 장 올렸지!"

캐서린이 나를 자리로 옮기기 위해 다가왔다. 나는 고개를 흔들었다. 노트북. 나는 다른 사람과 대화를 하려면 여전히 브이 아줌마랑 엄마가 내 휠체어에 묶어 놓은 대화판을 이용한다. 판에 있는 알파벳과 얼마 되지 않는 단어와 문장들을 이용해서. 그런데 로즈는 손가락 끝으로 인터넷을 할 수 있다. 나도 그럴 수 있다면 모든 것을 다 가진 기분일 텐데.

나는 눈을 감고 나오려는 눈물을 꾹 참으며 내가 갖고 싶은 완벽한 컴퓨터를 머릿속에 그려 보았다. 우선 그 컴퓨터는 나 대신 말을 할 수 있을 것이다. 그래서 사람들은 내게 그만 좀 떠들라고 해야 할 것이다! 그 컴퓨터는 가장 기본적인 단어로만 붙어 있는 대화판과는 달리 내가 사용하는 모든 단어들을 저장할 수 있을 것이다.

또 그 컴퓨터에는 커다란 자판이 있을 것이다. 내 엄지손가락으로도 버튼을 누를 수 있게. 내 휠체어에도 연결되어 있을 것이다. 이쁜 연녹색이 아니어도 상관없다.

나는 눈을 떴다. 그런 컴퓨터가 있어야만 한다. 그렇지? 아니면 그런 것과 비슷한 무엇인가라도. 혹시…?

나는 캐서린의 팔을 잡고 로즈의 컴퓨터를 가리켰다. 나도. 나는 대화판을 두드렸다. 몇 번을 반복해서 두드렸다.

"로즈가 가진 그런 컴퓨터가 있으면 좋겠어?"

캐서린이 로즈의 노트북을 힐끗 보며 말했다.

"정말 좋아 보이기는 한다. 나도 저런 컴퓨터는 없는데."

아니요. 내가 가리켰다.

"뭐? 컴퓨터를 원하는 게 아니라고?"

캐서린이 어리둥절해하며 말했다.

사람을 대할 때는 참을성 있게 행동해야 한다. 나는 한 번 더 로즈의 컴퓨터를 가리키고 나도라는 단어를 가리켰다. 그리고 대화판을 샅샅이 뒤졌다. 하지만 '더 나은' '더 좋은' '더 멋진'이라는 단어는 없었다. 그래서 나는 좋은을 가리켰다. 그런 뒤 글자판에서 알파벳을 하나씩 찍어 더라는 글자를 만들었다. 좋은, 더. 내가 바보처럼 느껴졌다.

"아! 로즈 것보다 더 좋은 컴퓨터를 원하는 거구나?"

드디어 캐서린이 알아차렸다.

네! 나는 대화판을 가리켰다. 그러고 나서 나와 위해서를 가리켰다.

"알겠다!"

캐서린이 외쳤다.

"너를 위해 특별히 설계된 컴퓨터를 갖고 싶은 거지? 그거 정말 좋은 생각이다, 멜로디!"

나는 알파벳을 한 자 한 자 가리켜 뭘요를 만들었다. 우리는 함께 미소를 지었다.

그때 어느샌가 들어와 계시던 고든 선생님이 자서전 쓰기에 관해 말하면서 수업이 시작됐다.

"내일은,"

선생님이 말했다.

"미디어실에서 수업을 하면서 너희가 쓰기로 한 인물을 최종적으로 선택할 거야. 그리고 다음 주부터는 각자 자서전의 윤곽을 잡을 거고. 질문 있니?"

항상 먼저 나서길 잘하는 코너가 손을 들었다.

"저는 오줌을 참는 시간이 길어질수록 나쁜 결정을 하기 쉽다는 연구를 한 데이비드 다비 박사라는 사람을 골랐어요. 그 사람에 관해 써도 될까요?"

아이들이 와하하 웃었다. 로드니는 너무 웃어서 얼굴이 새빨개질 정도였다.

고든 선생님이 조용히 하라는 신호를 보냈다.

"미안하지만 코너, 쓸 때는 재미있을지 몰라도 성적표를 받을 때는 아닐걸? 자료도 별로 없을 테고. 어때? 그래도 그 사람에 관해 알아볼래?"

코너는 김이 빠진 것 같았다.

"아뇨, 저는 그냥 맥도날드를 만든 사람으로 할게요. 자료를 찾는 데 시간이 많이 걸린다면 오줌에 관한 연구를 한 사람보다는 그게 나을 것 같아요."

로드니가 또 웃음보가 터지려는 걸 애써 막고 있었다. 고든 선생님이 로드니에게 웃지 말라고 다시 주의를 주었다.

"너는 누구 전기를 쓸 계획이니?"

고든 선생님이 교실 안을 돌면서 인물 선정에 관해 아이들과 얘기를 나눌 때 캐서린이 내게 물었다.

나는 잠시 생각했다. 그리고 한 자 한 자 알파벳을 가리켜 **스티븐 호킹**이라고 말했다.

나는 그 사람이 어떻게 먹고 마시는지, 어떻게 일상적인 일들을 하는지 알고 싶었다. 어쨌든 그 사람은 성인인데 아내가 변기에 앉혀 줄까? 자녀들이 있다고 하던데, 어떻게 아빠가 됐지?

또 그 사람의 대화 장비에 관해서도 알고 싶었다. 블랙홀에 관한 놀라운 이야기를 다른 사람에게 할 수 있도록 도와주고 아주 어려운 수학 문제도 풀 수 있는 그 근사한 컴퓨터에 관해서.

나는 캐서린에게 물었다.

나를 위한 컴퓨터는 어떡하죠?

"글쎄…."

캐서린이 대답했다.

"어디 한번 생각해 보자."

15.

다음 날 아침, 첫눈이 내렸다. H-5반 교실 창문 밖으로 함박눈이 내리고 있었다.

프레디가 휠체어로 쌩하고 지나가더니 창문을 건드렸다.

"멋있다."

프레디가 말했다.

섀넌 선생님이 모두를 창문 가까이로 데려다줘서 우리는 풀밭과 나무에 소리 없이 쌓이는 눈을 볼 수 있었다. 뭐라 표현해야 할지 모를 정도로 아름다웠다. 질도 평온해진 것 같았다.

"우리 눈밭에서 노는 거야?"

마리아가 물었다.

"아니야, 마리아. 밖에서 놀기엔 너무 추워. 조금만 참아. 곧 크리스마스가 다가오잖아!"

마리아가 아주 좋아했다.

"해마다 이 낡은 스티로폼 눈사람을 꾸미는 게 이 반의 전통이라며?"

섀넌 선생님이 상자에서 시드니를 빼내면서 말했다. 그리고는 시드니의 몸통과 얼굴을 붙였다.

마리아가 시드니를 안아 주기 시작했다. 그러자 섀넌 선생님이 마리아를 말리며 말했다.

"크리스마스 때는 신선한 나무 향이 나는 진짜 나무가 있어야지. 막대사탕이랑 팝콘 화환도. 내일 선생님이 진짜 나무를 가지고 올 테니까 우리 그때 멋지게 꾸며 보자!"

프레디와 칼은 서로 손바닥을 마주쳤다. 마리아가 잠깐 실망하는 모습을 보였지만 선생님이 부드러운 초콜릿을 나눠 주자 눈사람 같은 건 벌써 잊어버린 듯했다. 마리아는 금세 시드니를 상자에 다시 넣어 놓았다.

섀넌 선생님이 다른 아이들에게 종이 눈송이 만드는 방법을 가르쳐 주는 동안, 캐서린과 나는 오래된 컴퓨터 앞에 함께 앉아 의사소통 장비에 관한 자료를 찾아보았다. 하지만 컴퓨터가 너무 느렸다. 가끔 멈추거나 꺼지기까지 했다. 그럴 때마다 우리는 컴퓨터를 다시 켜서 검색을 계속했다. 다른 반에선 더 이상 이런 크고 낡은 컴퓨터를 쓰지 않는다.

캐서린과 나는 나 같은 사람들을 위해 설계된 여러 종류의 기기들을 찾아보았다. 많은 것들이 이 컴퓨터처럼 투박하고 다루기 힘들어 보였다. 또 어떤 것은 아주 복잡해 보였다. 무엇보다 하나같이 비쌌다. 말도 안 되는 가격이었다. 어떤 사이트는 아예 가격을 밝히지도 않았다. 마치 가격이 공개되는 것을 꺼리는 것 같았다.

일반적인 컴퓨터를 이용하는 장비들은 쓰기 힘들다. 자판을 치기가 어렵기 때문이다. 나에게는 엄지손가락만으로도 작동할 수 있는 장비가 필요하다.

우리는 나 대신 말해 줄 수 있고, 원격으로 조종되며, 눈을 깜빡거리거나 고개를 끄덕이는 것으로도 작동시킬 수 있는 그런 장비를 찾았다. 마침내 가능성이 있어 보이는 기기가 하나 나왔다. 메디토커라는 기기였다. 충분히 버튼이 커서 엄지손가락만으로도 누를 수 있을 것 같았고, 각각의 버튼에 내가 원하는 표현과 수많은 단어를 저장할 수 있었다!

나는 메디토커를 사용하는 내 또래 남자아이가 나오는 영상을 보았다. 남자아이는 입도 뻥긋하지 않은 채 그 기기를 통해 자신의 생일파티에 대해 얘기하고 있었다. 나는 발을 차기 시작했다. 내 팔도 격렬하게 움직였다. 누가 보면 내가 미쳐서 헬리콥터 흉내를 내는 중이라고 생각했을 것이다.

캐서린이 자료를 출력해서 내 휠체어 뒤에 걸린 책가방 안에 넣었다.

"행운을 빈다, 멜로디!"

캐서린이 퇴근하면서 나에게 속삭였다.

학교 버스에서 내리자 브이 아줌마가 평소처럼 나를 기다리고 있었다. 나는 가방에 아주 중요한 것이 있다는 것을 알리기 위해 몸을 비틀며 가방을 가리켰다. 거의 의자에서 떨어질 지경이었다.

"그만, 그만!"

브이 아줌마가 말했다.

"언제부터 그렇게 숙제를 좋아했니? 뭐가 그렇게 좋은 거야?"

나는 그냥 활짝 웃으며 발을 차기만 했다. 집에 들어가서 캐러멜 사탕과 참치 샌드위치를 먹고, 막 낮잠에서 깬 페니까지 사과 주스를 마신 뒤에야 브이 아줌마는 가방에서 종이를 꺼냈다.

"그래, 이게 딱 너에게 필요한 거구나."

그걸 읽고 나서 탁자에 올려놓으며 브이 아줌마가 말했다.

"좋아할 만하네."

네! 네! 네! 내가 가리켰다. 그리고 나서 다른 단어들을 가리켰다. 말해요, 엄마, 그리고, 아빠, 에게, 말해요, 말해요, 말해요.

"너희 부모님이 퇴근하시는 대로 내가 말해 줄게, 멜로디."

브이 아줌마가 약속했다.

얌전히 기다리기가 힘들었다. 페니는 텔레비전을 보고 있었다. 〈세서미 스트리트〉에서 쿠키 대신에 당근을 먹는 쿠키 몬스터가 나왔다. 그 모습을 보면서도 나는 내가 말을 하게 되는 상상을 했다. 말하기…. 말하기….

엄마가 우리를 데리러 오자 브이 아줌마는 엄마에게 그 종이를 보여 주었다. 그뿐 아니라 컴퓨터를 켜고 메디토커에 대해 더 찾아 주기까지 했다. 그런데 페니가 자꾸 자판을 두드렸다. *페니, 제발!* 그래도 엄마는 화면에서 눈을 떼지 않았다. 화면에는 사람들이 그 장비를 이용해 실제로 이야기를 나누고, 농담을 하고, 심지어 학교에도 가지고 다니는 장면들이 나왔다.

브이 아줌마는 그 물건이 나한테 얼마나 필요한지 설명했다. 엄마는 돈을 잘 쓰는 편이 아니지만, 이번만큼은 아무런 고민 없이 그 물건을 사야겠다고 생각하는 것 같았다.

"보험으로 가격을 반은 줄일 수 있을 것 같은데…."

엄마가 인터넷을 검색하며 혼잣말을 했다.

"아빠에게 말해야겠다. 이런 게 더 일찍 나왔어야 했는데."

오늘 밤에?

대화판을 이용해 엄마에게 물었다.

"응! 오늘 밤!"

엄마가 나를 안으며 말했다.

아빠와 엄마는 다음 날 바로 온라인으로 그 기기를 주문했다. 기다려야 했다.

곧바로 무슨 일이 일어나지는 않았다. 먼저 의사 선생님에게 내 증상에 관한 증명서를 팩스로 보내 달라고 요청해야 했다. 그냥 기기를 사는 것뿐인데 그래야 하나? 말도 안 되는 소리 같았다. 이상했지만, 나는 꾹 참고 기다렸다.

그 서류를 여기저기에 보낸 뒤 보험회사의 승인도 얻어야 했다. 서류, 전화, 질문, 답변… 나는 계속 기다렸다.

부모님의 재무 상태 확인서도 제출해야 했다. 장난인 거지? 왜 이렇게 복잡하지? 나는 또 기다렸다.

아… 의료 내역 서류에 사인이 하나 빠져서 서류를 다시 제출해야 했다. 나는 이제 자포자기한 채로 기다렸다.

마지막으로 학교의 승인서를 제출해야 했다. 마지막이었다. 기다렸다.

마침내, 크리스마스 직전에야 메디토커가 도착했다! 다른 선물은 필요 없었다. 학교에서 돌아왔을 때 브이 아줌마가 그 소식을 말해 주었다. 우리 집 앞으로 택배 차량이 오는 것을 보고, 서둘러 우리 집에 갔다 왔다고. 아줌마가 그 물건을 대신 받아 보관하고 있었던 것이다!

큰 갈색 상자가 마루에 놓여 있었다. 나는 몸을 흔들며 소리를 질렀다.

'태풍의 폭발'이 일어나려고 했다. *드디어, 드디어!*

"침착해, 멜로 옐로."

브이 아줌마가 내 어깨에 손을 얹으며 말했다. 하지만 나는 도무지 진정할 수가 없었다.

열어요! 열어요! 열어요! 계속해서 대화판을 두드렸다.

"아이고, 네 엄마도 네가 못 참을 거라고 그랬는데."

브이 아줌마가 말했다.

"그래서 내가 먼저 상자를 열어 보기로 허락을 받았지."

브이 아줌마가 상자를 열자, 심장이 멎을 것만 같았다. 아줌마는 상자 안에 있는 갈색 종이를 나에게 꺼내게 했다. 그 기계는 두터운 비닐 포장재에 싸여 있었다. 메디토커! 생각보다 작았다. 내 휠체어에 붙어 있는 대화판 크기만 했다. 날씬한 모양새에 반짝거리고 차가웠다. 마치 접혀 있는 날개를 막 펼치려는 나비 같은 모양이었다.

나는 더 이상 참을 수가 없었다.

브이 아줌마는 배터리를 충전하기 위해 콘센트에 플러그를 꽂았다. 그리고 커다란 사용 설명서를 꺼냈다.

"휴! 이걸 다 읽고 이해하려면 1년은 걸리겠다."

아줌마가 말했다. 아줌마는 부드럽고 편한 소파에 털썩 주저앉아 페니를 무릎에 앉힌 채 사용 설명서를 읽기 시작했다.

나는 기다렸다. 계속, 계속 기다렸다. 하지만 곧 폭발할 것 같아 참을 수가 없었다. 나는 휠체어를 몰아 메디토커를 놓아둔 탁자로 갔다.

아이들은 설명서를 보지 않고도 핸드폰을 다루고 컴퓨터로 게임을 한다. 나는 오른쪽 엄지손가락으로 전원처럼 보이는 버튼을 눌렀다. 그러자 기계가 빛을 내면서 작동하기 시작하며, 화면에 환영한다는 문구가 나타났다.

나는 또 다른 버튼을 눌러 보았다. 어떤 남자의 목소리가, 코감기에 걸린 사람이 말하는 듯한 영국 특유의 억양으로 내게 불쑥 말을 걸었다.

"메디토커의 세계에 오신 것을 환영합니다."

브이 아줌마가 소파에서 뛰어올랐고 나는 소리를 질렀다.

"나보다 낫구나, 멜로디!"

아줌마는 페니를 바닥에 앉혔다.

"이제 이 기계가 뭘 할 수 있는지 한번 보자!"

콜럼버스가 아메리카 대륙을 발견했을 때 바로 이런 느낌이었을 것이다. 사실 아메리카는 언제나 그 자리에 있었다. 다만 콜럼버스가 유럽 사람으로서 당시 아메리카에 처음 도착해 세상에 널리 알린 것뿐이다. 그때의 콜럼버스도 지금 나처럼 심장이 빨리 뛰었을까?

우리는 곧 메디토커를 본격적으로 사용하려면 여러 설정 단계를 거쳐야 하고, 이 기계는 단 하나의 버튼으로 쉽게 조작할 수 있다는 사실을 알게 되었다. 우선 우리는 내가 아는 모든 사람의 이름을 입력했다. 나, 우리 가족, 학교 친구들과 선생님들, 의사 선생님들, 이웃들, 부모님의 친구들…. 물론 브이 아줌마도 입력했다. 그다음에는 우리가 다양한 색깔의 카드로 만들어 두었던 단어들을 입력했다.

입력, 저장. 입력, 저장…. 브이 아줌마는 나를 위해 단어들을 계속 입력했다. 단어들이 이미 그 기기의 기억장치에 많이 저장되었지만 아줌마는 쉬지 않고 단어를 입력했다.

문장을 만드는 근사한 기능도 있었다. 우리는 명사, 동사, 부사, 형용사 할 것 없이 수천 개의 단어를 입력했다. 그리고 수백 개의 구와 문장도 입력했다. 이제는 단 한 번의 동작으로 그것들을 말할 수 있게 되었다.

그 가수 신곡 들어 봤어?
좋겠다!
단어 시험 잘 봤어?

하루하루 생활 속에서 자연스럽게 쓰는 말들. 누구나 으레 나누는 대화들. 나는 남들과 제대로 말을 나눠 본 적이 없었다.

메디토커는 계산도 할 수 있었다. 이제 나도 수학을 할 수 있다. 이 기능은 학교에서는 비밀로 하는 게 더 나을지도 모르겠다.

미리 입력되어 있는 농담과 속담들도 있었는데, 우리가 다른 것을 더 입력할 수도 있었다. 음악도 들을 수 있었다! 기기를 컴퓨터와 연결해 원하는 음악이나 노래를 내려받으면 됐다. 아마 로즈에게 물어보면 요즘 가장 인기 있는 곡을 알 수 있을 것이다. 로즈…. 그래, 나는 이제 로즈와도 진짜 대화를 할 수 있게 됐다.

우리는 잠시 입력을 멈추었다. 페니가 지루했는지 자꾸 칭얼댔기 때문이다. 그러나 나는 너무 흥분한 나머지 잠시도 가만히 있을 수가 없었다. 브이 아줌마는 페니를 소파 다리 옆에 있는 인형의 집에 앉혀 놓았다. 그런 뒤 우리는 다시 단어와 문장들을 입력했다. 마침내 아줌마가 입력을 멈추고 말했다.

"이제 시험해 볼까?"

방 안이 갑자기 조용해졌다. 조금 뒤 나는 기기의 가장자리를 부드럽게 두드렸다. 그리고 버튼 두 개를 눌렀다.

"고마워요, 브이 아줌마."

컴퓨터 목소리가 말했다.

아줌마는 빠르게 눈을 깜빡였다. 믿기지 않는 듯한 표정이었다. 나 또한 그랬다. 아줌마가 휴지를 집으려고 손을 뻗었다. 우리 둘 다 휴지가 필요했다.

브이 아줌마가 휴지를 자신의 주머니에 넣었다. 그리고 사용 설명서를 다시 읽기 시작했다.

"멜로디, 이거 봐!"

아줌마가 말했다.

"여기에 이야기나 시처럼 네가 쓰고 싶은 글을 쓴 다음 컴퓨터에 저장할 수도 있대."

"와."

브이 아줌마가 고개를 끄덕였다.

"좋지? 하지만 이 기계를 능숙하게 다루려면 연습을 많이 해야 할 거야."

분명 그럴 것이다.

"이제는 이게 네 입이나 마찬가지야. 그러니까 정확히 너한테 필요한 대로 설정해 보자."

나는 정말 행복했다. 그 기계를 꽉 껴안고 싶었다. 하지만 그랬다면 좀 바보 같아 보였을 것이다. 대신, 나는 그 기계에 이름을 붙여 주었다. 정말 멍청하게 느껴지겠지만 때론 아무도 모르는 뭔가를 나 혼자 알고 있는 것도 기분 좋은 일이다. 나는 그 기계를 '엘비라'라고 부를 것이다. 앞에서 얘기한 적 있는, 내가 좋아하는 노래에서 생각해 낸 것이다. 그렇다. 노래 가사처럼 내 마음은 엘비라로 불타고 있었다!

브이 아줌마가 잠시 페니와 놀아 주는 동안 나는 계속해서 엘비라의 기능을 살펴보았다. 가장 먼저 내가 바꾸고 싶은 것은 인사말과 목소리였다. 기계에서 나오는 목소리는 자연스럽지 못하고 귀에 거슬렸다. 그래도 다행히 여자 목소리가 몇 개 있어서 그중 하나로 바꿀 수 있었다. 게다가 다른 나라의 언어로도 말할 수 있었다.

나는 '트리시'라는 이름의 목소리를 선택했다. '트리시'는 내 또래 여자애의 목소리였다. 내가 말을 할 수 있다면 그런 목소리도 괜찮을 것 같았다.

"비엥브뉴."

트리시가 프랑스 어로 말했다. 그 말은 '환영합니다'라는 뜻이었다. 독일어를 고르자 "빌콤멘"이라고 말했다. "환잉"이라는 소리도 있었다. 중국어를 선택하면 나오는 인사말이었다. 프랑스, 독일, 중국에도 이런 기계가 필요한 아이들이 있는 것이다.

나는 기계음으로 '메디토커와의 만남을 환영합니다!'라고 나오던 인사말을 트리시의 목소리로 '안녕, 나는 멜로디야!'로 바꾸었다. 나는 빨리 학교에 가서 모든 사람에게 내 새 컴퓨터를 보여 주고 싶었다. 로즈가 뭐라고 말할지 정말 궁금했다.

엄마와 아빠는 번갈아 가며 전화를 걸어 메디토커에 대해 이것저것을 물었다. 두 분 다 직접 그 기기를 보고 싶어 안달이 난 것 같았다. 브이 아줌마는 엄마, 아빠가 올 때까지 하던 일을 계속하자고 했다. 점점 더 많은 단어가 메디토커 안에 들어갔다. 아줌마는 새 기계를 학교에 가져가려면 2주 동안은 충분히 연습해야 한다고 말했다. 나는 도저히 그때까지 기다릴 수 없을 것 같았지만, 기계를 다룰수록 연습할 시간이 필요하다는 것을 받아들이게 되었다.

나는 세상의 모든 단어를 엘비라에 입력하고 싶었다. 노트북, 숙제, 과제, 시험, 긍정, 부정, 손톱, 매니큐어, 옷, 배낭, 지갑, 무섭다, 자주색….

마지막으로 우리는 수십 개의 문장을 입력했다. 몇 시야? 어떻게 된 거야? 참 웃겨. 좋아요!

그때 초인종이 울렸다. 엄마랑 아빠가 나를 데리러 왔다. 아빠는 캠코더를 들고 있었다. 손이 약간 떨리고 있었다.

"그 기계를 사용해 보렴."

아빠가 말했다.

내가 처음으로 말을 하게 되는 모습을 아빠가 캠코더로 찍는단 사실이 믿기지 않았다. 페니가 처음 말하던 모습을 아빠가 비디오로 찍었을 때와 같은 상황이었다.

나는 하고 싶은 말을 아주 조심스럽게 입력했다. 그리고 그 내용을 말하도록 버튼을 눌렀다.

"안녕, 아빠. 안녕, 엄마. 전 지금 정말 행복해요."

엄마 눈에 눈물이 고였다. 그리고 코가 빨개졌다. 엄마는 부드럽고 따스한 시선으로 나를 바라보았다.

난 지금까지 엄마, 아빠에게 어떤 말도 직접 해 본 적이 없었다. 단 한 번도. 그래서 버튼을 눌러 내가 정말 하고 싶었던, 그러나 한 번도 말할 수 없었던 그 말을 했다.

"사랑해요. 엄마, 아빠."

엄마는 결국 눈물을 쏟으며 아빠를 꽉 붙잡았다.

아빠는 코를 훌쩍이면서 그 모든 일을 캠코더로 찍었다.

16.

나는 엘비라를 학교에 가지고 가기 위해 방학이 끝나기를 기다렸다. 크리스마스 방학 동안 날마다 그 기계 다루는 법을 익혔다. 버튼을 제대로 누르는 방법, 단어를 조합해서 문장을 구성하는 법, 단어를 축약하는 법을 배웠다. '되었다' 대신에 '됐다'를, '이었다' 대신에 '였다'를 사용할 줄 알아야 했다. 별것 아니지만 꽤 어려웠다. 나는 계속해서 실수를 했다. 브이 아줌마는 멈추지 않고 계속해서 내게 연습을 시켰다. 힘들어서 더 이상 하고 싶지 않을 때도 있었다.

돌아온 월요일, 엘비라는 스타가 되었다. 나는 화제의 중심에 있었다. 토하거나 음식을 흘릴 때처럼 어떤 당황스러운 일을 해서가 아니라 정말 근사한 일 때문에 주목을 받은 것이다!

선생님들도 많은 관심을 보였다.

섀넌 선생님이 나를 향해 말했다.

"멜로디가 춤을 추려나 보다, 애들아!"

나는 활짝 웃었다. 그리고 버튼을 눌렀다. 유명한 뮤지컬에서 나온 노래가 흘러나오기 시작했다.

"노래도 나오고 정말 안 되는 게 없구나!"

섀넌 선생님이 노래의 리듬에 맞춰 춤추는 흉내를 내며 말했다. 나는 웃었다.

마리아는 아침 내내 나한테 달라붙어 있었다.

"와, 멜리 벨리."

마리아는 계속 같은 말을 되풀이했다.

"와! 내가 해 봐도 돼?"

마리아는 반짝하고 빛이 들어오는 버튼을 누르고 싶어 했다. 그러자 섀넌 선생님이 마리아의 주의를 다른 데로 돌려놓았다. 교실 컴퓨터에 받아 놓은 새로운 게임을 미끼로 던진 것이다.

국어 수업 시작종이 치기 바로 전에 캐서린이 왔다. 나는 캐서린을 기다리고 있었다. 캐서린은 초록색 체크무늬 셔츠와 파란색 스커트를 입고 무릎까지 오는 오렌지색 양말을 신고 있었다. 캐서린에게 처음으로 해 줄 말을 생각해 냈다. 브이 아줌마와 함께 입력해 놓은 말이었다. 나는 버튼을 누르고 웃었다.

"우리 쇼핑하러 가요."

캐서린은 놀란 눈을 하더니 곧 자지러지게 웃었다. 거의 숨이 넘어갈 정도로 크게 웃었다. 그러더니 달려들어 나를 안아 주었다.

"정말 기쁘구나, 멜로디! 정말 너한테 필요했던 물건이야! 그리고… 그래. 네가 나한테 패션에 대해서 한 수 가르쳐 줄 날짜를 정해야 할 것 같아!"

"서둘러야 해요."

나는 버튼을 눌렀다. 아주 기분이 좋았다.

"짓궂긴!"
캐서린이 웃으면서 말했다.
"이제 통합 수업에 들어가서 아이들에게 네 멋진 새 컴퓨터를 보여 주자!"
긴장이 되어 몸이 떨렸다. 고든 선생님의 국어 수업에 들어갔다. 여느 때처럼 아무도 나를 쳐다보지 않았고, 로즈만이 눈웃음을 지어 보였다.
곧 나는 엘비라의 볼륨을 아주 크게 해 놓고 버튼을 눌렀다.
"안녕, 얘들아. 나한테 새 컴퓨터가 생겼어."
아이들이 돌아보며 서로 속삭였다.
"뭐야?"
"말을 한다고? 내 것은 그런 기능이 없는데."
"너는 말하는 컴퓨터가 필요 없잖아!"
"목소리가 조금 이상해."
"그렇지?"
"그런데 뭘, 어떻게 하는 거지?"
벌떡 일어서는 바람에 자신의 덥수룩한 갈색 머리에 눈이 덮인 코너가 큰 소리로 말했다.
"굉장해, 멜로디!"
코너는 인기 있는 아이였다. 5학년 중에서 가장 키가 크고, 몸집도 좋은 편이었다. 그런 코너가 괜찮다고 말했으니 나머지 아이들도 대부분 괜찮게 생각한 것 같았다.
반에서 맨 처음 노트북을 가져오고, 새로운 아이폰과 위 게임기를 가져와 반 친구들 모두에게 자랑했던 클레어가 콧방귀를 뀌며 말했다.

"그거 정말 웃기게 생겼다! 너 같은 애한테 아주 딱이네."

클레어와 몰리가 서로 쳐다보며 웃었다. 그 아이들은 나를 시각 장애인이라고 생각하는 게 틀림없다.

그러자 그때까지 가만히 계시던 고든 선생님이 말했다.

"클레어, 다시는 내 앞에서 그런 말을 하지 않는 게 좋을 거야. 당장 앉아. 그리고 조용히 있어!"

하지만 나는 클레어의 그런 행동에도 기분이 상하지 않았다. 나는 또 다른 버튼을 눌러 미리 브이 아줌마랑 함께 입력한 문장을 선택했다. 왠지 나는 이 말이 꼭 필요할 때가 있을 거라고 생각한 것이다! 엘비라가 말했다.

"나는 이제 너희 모두와 이야기할 거야. 클레어, 너하고도!"

클레어가 얼굴을 찌푸렸다. 아이들이 모두 웃었다. 모두 내 기계를 만지거나 버튼을 눌러 보려 했지만, 캐서린이 아이들을 가까이 오지 못하도록 해 내가 하고 싶은 말을 할 수 있도록 도와주었다.

나는 초록색 단계로 갔다. 농담이 있는 단계였다.

"왕이 헤어질 때 하는 말은?"

"음…."

아이들이 웅성거렸다.

"바이킹!"

나의 썰렁한 농담에 모두 와 하고 웃었다. 나도 같이 웃어 팔다리가 마구 흔들렸다. 침도 약간 흘러나왔다. 하지만 인생 전체를 통틀어 내가 온전히 한 집단의 일부라고 느낀 것은 그때가 처음이었다.

이 순간을 저장할 수만 있다면 저장 버튼을 눌러서 기억장치에 담아 놓은 다음, 보고 싶을 때마다 다시 꺼내 보고 싶다는 생각이 들었다.

나는 '오늘은 꽤 춥다'라고 입력한 뒤 파란색 버튼을 눌렀다. 잠시 윙윙 하는 소리가 나더니 혀를 내민 것처럼 기계에서 얇은 종이가 나왔다. 종이에 적힌 글자는 방금 내가 입력한 문장이었다.

"우와!"

로드니가 탄성을 질렀다.

"이거 프린터 기능도 있네! 꽤 좋은데!"

고든 선생님이 고개를 끄덕이며 캐서린이 그 종이를 돌리게 해 주었다. 덕분에 모두 내가 쓴 글을 읽을 수 있었다. 캐서린이 아이들에게 말했다.

"멜로디의 메디토커는 복합 컴퓨터야. 음악도 틀 수 있고 말도 할 수 있지. 고화질인 데다가 최신 프로그램들이 깔려 있어. 그리고 무엇보다 멜로디가 너희와 얘기할 수 있도록 도와준단다. 시간이 좀 들긴 하겠지만 멜로디의 말에도 귀를 기울여 주면 좋겠어."

그때 클레어가 손을 들었다.

"그래, 클레어."

고든 선생님이 뭔가 조심하라는 눈빛으로 클레어를 바라보며 말했다.

"정말 심술부리려는 게 아니고요, 저는 멜로디의 생각을 전혀 알고 싶지 않아요."

두어 명의 다른 아이들이 고개를 약간 끄덕였다.

고든 선생님은 목소리를 높이지 않았다. 대신에 조용히 대답했다.

"너는 떠오르는 생각이 있으면 언제든 말할 수 있어, 클레어. 너희 모두 다 그럴 거야. 하지만 멜로디는 그럴 수 없었어. 아마 말하고 싶은 것이 태산 같을지도 몰라."

"맞아요."

내가 메디토커를 이용해 말했다.

나는 고든 선생님에게 감사의 미소를 지어 보였다. 그러고 나서 로드니와 코너에게 메디토커에 있는 비디오 게임을 보여 주었다. 과연 내가 그 게임을 1탄이라도 깰 수 있을지는 의심스러웠지만, 아무런 게임도 없는 것보다는 나았다. 로드니는 아마 1분이면 그 게임을 익힐 수 있을 것이다. 여러 기능을 확인한 고든 선생님도 메디토커를 좋게 보는 것 같았다.

"저장된 단어가 정말 많구나, 멜로디!"

선생님이 말했다.

"뭔가 큰 힘을 얻은 것처럼 든든하겠구나."

나는 고개를 끄덕였다.

"아주 건강하죠."

메디토커가 크게 말했다. 이런!

나는 '아주 대단하죠'라고 말하려고 했다. 클레어와 몰리가 낄낄대며 웃는 소리가 들렸다. 얼굴이 뜨거워지기 시작했다.

로즈가 자기 책상을 내 가까이로 옮겨 왔다.

"이거 정말 대단하다, 멜로디."

로즈가 부드럽게 말했다. 나는 로즈에게 반짝거리는 버튼을 만져 보게 했다.

"맞아."

내가 대답했다. 그러고 나서 로즈를 바라보았다.

"친구?"

내가 입력했다.

"친구!"

로즈가 망설이지 않고 대답했다.

"행복해."

내가 입력했다. 그러고 나서 나는 긴장했다. 뭔가 바보 같은 일을 하고 싶지는 않았는데.

로즈가 나를 뚫어져라 쳐다보더니 말했다.

"나는 내가 하고 싶은 말을 전혀 할 수 없다고 생각해 본 적이 없어. 아니, 상상조차 못 할 것 같아."

"열받는 일이지!"

로즈가 싱긋 웃었다.

"그럴 것 같아."

17.

엘비라 사용에 익숙해진 지난달부터 내 학교생활은 즐거운 편이다. 학교에 가서 코너에게 전날 밤 텔레비전 프로그램에 관해 물어볼 수도 있었고, 제시카에게 새 신발이 참 예쁘다고 말할 수도 있었다.

날마다, 거의 하루도 빠짐없이 눈보라가 몰아쳤다. 그렇게 1월이 끝나갈 무렵의 어느 날 오후, 나는 버튼을 눌렀다.

"눈이 많이 오는 날에는 학교가 쉬면 좋겠다."

모두 맞장구를 쳤다. 이제 내가 반 아이들의 마음을 대변하는 말도 할 수 있게 된 것이다!

엘비라 덕분에 나는 수업 시간에 선생님들이 문제를 낼 때 어려움 없이 답을 말할 수 있게 되었다. 그동안 선생님들은 내가 답을 아는지 모르는지 확인할 수 없었기 때문에 적당히 짐작하여 성적을 줄 수밖에 없었다. 나는 처음으로 내가 제출한 답을 가지고 성적을 받게 되었다.

하지만 쉬는 시간이면 여전히 홀로 앉아 있는 때가 많았다. 너무 추워서 밖에도 나갈 수 없었다. 아이들은 학교식당 구석의 따뜻한 자리에 앉아 있다가 수업종이 울리면 교실로 들어갔다. 남자아이들이 시시하다고 무시하기도 하는, 그런 소소한 일들을 가지고 나와 같이 수다를 떨어 주는 여자아이는 아무도 없었다. 방과 후에 보자는 아이도 없었다. 생일파티나 밤샘파티에 나를 초대하는 아이도. 심지어 로즈도 마찬가지였다.

로즈하고는 1~2분 정도 말을 나누고는 한다. 그러나 제니스나 폴라가 핸드폰에 있는 사진을 보러 오라고 부르면 로즈는 이렇게 말한다.

"있다가 다시 올게!"

그러고는 마치 나랑 얘기가 끝나기만을 기다렸다는 듯 서둘러 그쪽으로 가 버린다.

나는 그저 웃고는 내가 이상한 소리나 하지 않았길 바라며 아무렇지도 않은 척한다. 그렇게 몇 분이 흐르고 나면 나는 버튼을 눌러 "H-5반으로 돌아가요!" 하고 말하고는 캐서린과 함께 복도로 나온다.

그러던 어느 오후였다. 디밍 선생님이 조금 뜸을 들이며 말했다.

"오늘은 수업 대신에 〈위즈 키즈〉 대회에 출전할 팀을 만들기 위한 연습을 할 거란다."

모두 환호했다. 평소대로 수업을 한다면 사하라 사막에 관해 배워야 할 차례였기 때문이다.

해마다 우리 학교는 〈위즈 키즈〉 대회에 팀을 내보낸다. 주에 있는 학교들끼리 벌이는 지역 예선은 시내 호텔에서 열린다. 지난해에는 우리 학교가 지역 예선 2위를 차지했다. 교장 선생님은 매우 자랑스러워하며 학교 전체에 피자를 돌렸다.

각 주의 우승 팀들은 전국 대회를 위해 워싱턴에 간다. 전국 대회는 텔레비전에서 방영해 줄 정도로 아주 큰 대회다.

로즈가 자기 책상을 나에게 가까이 붙였다.

"나, 작년에 〈위즈 키즈〉 팀이었어."

로즈가 말했다.

"알고 있어."

나는 대답했다.

"정말? 기억력이 좋은 건가?"

로즈가 밝게 웃었다. 그러더니 나에게 더 가까이 다가왔다.

"아마 코너는 또 뽑히게 될 거야. 제멋대로지만 일반 상식 문제는 아주 잘 맞히거든."

나는 코너를 힐끗 쳐다봤다. 코너는 친구들에게 지난해 대회를 자랑하느라 입이 바빠 보였다.

"너희가 그 호텔을 안 봐서 모르는 거야. 막 샹들리에가 매달려 있고, 딱 봐도 비싼 게 분명한 물건들이 쭉 깔려 있는데… 거기 난다 긴다 하는 애들이 다 모였지만 우리가 걔들을 다 쌈 싸 먹었다는 거 아냐."

"한 팀은 빼고."

로드니가 옆에서 끼어들었다.

"너희가 걔네한테 쌈 싸 먹힌 거지!"

반 아이들이 키득거렸다.

"그래, 하지만 이번에는 우리가 이길 거야! 그렇죠, 선생님?"

"그럼, 당연히 그래야지."

디밍 선생님이 대답했다.

"올해는 5학년과 6학년으로만 팀을 꾸릴 거야. 이미 대회 경험이 있는 애들도 있으니까 문제없겠지. 지금 실력을 한번 확인해 보기로 하자. 재미 삼아 문제를 몇 개 풀어 보는 거야. 자, 해 볼까?"

"상품이 있나요?"

로드니가 물었다.

"그냥 우리끼리 푸는 건데?"

디밍 선생님이 대답했다.

"그래도 상품이 있으면 더 재미있잖아요."

코너가 덧붙였다.

"좋아, 그럼 내가 이따가 먹으려고 했던 초코바를 상품으로 주마."

선생님이 바지 주머니에서 초코바를 꺼내면서 말했다. 아이들이 모두 웃었다.

"초콜릿 먹으면 여드름 생겨."

로즈가 코너에게 말했다.

"초코바 안 먹어도 돼. 그냥 이기는 걸 보여 주고 싶은 거지."

로즈가 원래 자리로 책상을 옮겨 갔다.

캐서린은 나랑 마주 보고 앉아 있었다.

"애들하고 같이 퀴즈 연습 하고 싶니?"

캐서린이 물었다.

"네!"

나는 대답했다.

"답은 A, B, C, D, E 중에 하나잖아요. 쉽겠네요."

캐서린이 활짝 웃었다.

"좋아, 그럼 해 보자!"

디밍 선생님이 목을 가다듬으며 웃었다.

"선생님은 일 년 중 〈위즈 키즈〉 팀을 꾸릴 때가 가장 신나더라. 그럼 올해는 다들 얼마나 잘하는지 한번 볼까?"

아이들이 환호성을 질렀다.

"먼저 문제를 읽고 보기를 줄 테니 맞는 답을 적으면 돼. 모두 알겠지?"

코너가 손을 들고는 디밍 선생님이 쳐다보기도 전에 커다란 소리로 외쳤다.

"쉬운 문제는 내지 마세요, 선생님! 저는 웬만한 컴퓨터보다 머리가 잘 돌아가니까요."

"머리가 아니라 입이겠지."

로즈가 중얼거렸다.

"1번."

선생님이 문제를 내기 시작했다.

"태양에서 가장 가까운 행성은 뭐지?

A. 금성

B. 지구

C. 수성

D. 화성

E. 목성."

"너무 쉽잖아요!"

코너가 불평했다.

"코너, 제발 조용히 좀 해 줄래?"

디밍 선생님이 낮은 목소리로 말했다. 코너는 입을 다물고 다시 책상을 바라보았다.

나는 C라고 답을 입력한 뒤, 다음 문제를 기다렸다.

"2번."

디밍 선생님이 다음 문제를 냈다.

"칠각형에는 몇 개의 변이 있지?

A. 4개

B. 6개

C. 7개

D. 8개

E. 9개."

나는 다시 C를 입력했다. 같은 답이 연이어 두 번 나올까? 안 될 거 뭐 있어? 그게 답인데.

"3번 문제."

디밍 선생님이 말했다.

"미국 하원의원의 임기는 몇 년일까?

A. 1년

B. 2년

C. 3년

D. 4년

E. 6년."

이 문제는 좀 신중하게 답을 골라야 할 것 같았다. 뉴스에는 계속 같은 정치인들만 나오는 것 같은데…. 나는 답으로 B를 골랐다.

선생님은 50문제를 냈다. 수학 문제도 있었고, 과학이나 문법과 관련된 문제도 있었다. 마지막 50번은 지리 문제였다.

"그랜드 캐니언이 있는 주는 어디지?"

선생님이 문제를 냈다.

"A. 캘리포니아 주

B. 애리조나 주

C. 사우스다코타 주

D. 뉴멕시코 주

E. 유타 주."

나는 그랜드 캐니언에 가 본 적은 없지만, 여행 채널에서 특집 방송으로 그랜드 캐니언을 다루는 것을 본 적이 있었다. 때문에 나는 그랜드 캐니언이 애리조나 주에 있다는 것을 알고 있었다. 나는 B를 입력했다. 그리고 인쇄 버튼을 눌렀다. 캐서린이 출력되어 나온 답지를 들고 선생님의 책상으로 갔다.

"멜로디, 잘했니?"

디밍 선생님이 답지를 받으며 물었다. 선생님은 나를 본 뒤, 손에 든 답지로 시선을 돌렸다.

"잘했는데."

으레 하는 말이었다.

선생님이 채점하는 동안 우리는 이집트의 피라미드에 관한 영화를 보았다. 자꾸만 고개가 선생님 쪽으로 돌아갔다.

마침내, 선생님이 채점을 마치고 안경 너머로 우리를 쳐다보았다.

"결과가 나왔다. 진짜 시험은 아니지만 오늘 아주 높은 점수를 받은 학생은 폴라, 클레어, 로즈, 코너다."

코너가 의자에서 펄쩍 뛰며 환호성을 질렀다.

"그럼, 그럴 줄 알았어! 내가 딱이지! 내가 이렇게 똑똑하다니까! 선생님, 상품 주세요!"

코너는 선생님의 책상을 향해 뛰어나가려고 했다.

"앉아라, 코너!"

선생님이 말했다.

"너도 잘했지만 초코바는 네 몫이 아냐."

"그럼 누구죠?"

코너는 놀란 것 같았다.

"로즈인가요? 좋아요. 진짜 선발 시험에서는 내가 이길 거니까."

나는 로즈를 쳐다봤다. 로즈가 나를 보며 웃었다. 다 예상했다는 듯 약간은 우쭐한 표정이었다.

선생님은 잠시 아무 말이 없었다. 그리고 아주 살짝 고개를 흔들었다. 마침내, 선생님은 목을 가다듬고 말했다.

"오늘 시험에서 1등을 한 사람은, 만점을 얻어 초코바를 받게 될 사람은…."

선생님은 잠깐 멈추었다가 다시 말을 이었다.

"멜로디 브룩스다."

순간, 찬물을 끼얹은 듯 교실이 무거운 침묵에 휩싸였다. 어떤 환호도 없었다. 단지 못 믿겠다는 표정들뿐이었다.

"불공평해요!"

몰리가 불쑥 내뱉었다.

"캐서린 언니가 답을 몰래 알려 줬을 수도 있잖아요!"

"몰래 답을 베낀 게 틀림없어요!"

클레어가 덧붙였다.

캐서린이 의자에서 일어나 클레어와 몰리에게로 성큼성큼 걸어갔다. 새로 산 검은색 가죽 부츠가 교실 바닥에 부딪히는 소리가 날카롭게 들렸다.

"멜로디는 혼자 힘으로 푼 거야! 너희는 멜로디가 얼마나 똑똑한지 몰랐겠지!"

"멜로디는 혼자서 똑바로 앉아 있을 수도 없잖아요!"

클레어가 지지 않고 받아쳤다.

"몸이 불편한 거랑 똑똑한 게 대체 무슨 상관이지? 거울 앞에서 찬찬히 네 몸을 보면 알 텐데?"

"와, 누나 멜로디한테 돈 받았나 보네요!"

코너의 말에 몇몇이 웃었다. 그러나 아이들 대부분은 안절부절못하며 그 모습을 바라만 보고 있었다. 나를 보고 있는 사람은 아무도 없었다. 클레어는 아무 말도 하지 않았다. 몰리도 더 이상 아무 말 하지 않기로 한 것 같았다.

캐서린은 내가 앉은 자리로 되돌아왔다. 나는 책상 밑으로 들어가 사라져 버리고 싶었다. 멍하니 상황을 보고 있던 선생님이 손을 들어 아이들에게 조용히 하라는 신호를 보냈다.

"멜로디, 여기 나와서 초코바를 가져가렴."

선생님이 말했다.

"대단하구나. 다른 아이들도 모두 수고했다. 우리 모두 멜로디에게 박수를 쳐 주자!"

모든 아이가, 아마도 몰리와 클레어는 빼야겠지만, 휠체어를 타고 교실 앞으로 천천히 나아가는 나에게 박수를 쳐 주었다. 박수 소리 사이로 휠체어의 모터 돌아가는 소리가 들렸다. 다행스럽게도 그 소리들 덕분에 쿵쾅쿵쾅 터질 듯 울리는 내 심장 소리는 아무도 듣지 못했을 것이다.

선생님은 내게 초코바를 줌으로써 클레어와 몰리의 입을 다물게 하고 어쩌다 모든 문제를 맞힌 나를 기쁘게 하여 일을 적당히 마무리 짓고 싶어 하는 것 같았다. 그러나 나는 어쩌다 모든 문제를 맞힌 게 아니었다.

디밍 선생님이 내 휠체어 위에 초코바를 놓아 주었다. 나는 머리를 숙인 채로 내 자리로 돌아왔다.

"정말 잘했어! 집에 가서 부모님께 꼭 자랑해야겠다!"

캐서린이 축하해 주려고 속삭였다.

"아니요."

나는 입력했다.

"왜 아니야? 네가 1등이잖아."

나는 긴 시간을 들여 단어를 골랐다.

"사람들은 내 머리도 내 몸의 다른 부분들처럼 엉망일 거라고 생각해요."

나는 울고 싶어졌다.

"그러니까 꼭 열심히 공부해서 사람들이 틀렸다는 것을 보여 줘야 해."

캐서린이 날카로운 목소리로 말했다.

"왜요?"

내가 물었다.

"그래야 네가 퀴즈 팀에 들어갈 수 있지."

캐서린이 대답했다.

"그럴 일은 없어요."

내가 말했다.

캐서린이 막 내 말에 대답하려 할 때, 디밍 선생님이 퀴즈 팀 선발을 위한 공식적인 시험이 일주일쯤 뒤에 있을 거라고 발표했다.

"오늘 연습 시험에서 꽤 많은 아이들이 높은 점수를 받았더구나."

선생님이 말했다.

"하지만 진짜 선발 시험에서는 6학년과도 경쟁해야 한다는 걸 잊지 말도록. 집에 가서 반드시 공부하도록 해라. 성적순으로 팀에 뽑히게 될 거야."

"그럼 저는 무조건이겠네요?"

코너가 소리쳤다.

"시험을 잘 보면."

디밍 선생님이 대답했다.

"지역 예선에서 이기면 나와 함께 워싱턴으로 가게 될 거야. 다들 가고 싶지?"

“네!”

아이들 모두가 소리쳤다. 아이들은 갑자기 공부에 흥미를 느끼게 된 것 같았다. 선생님은 축구 감독이 선수들에게 그러는 것처럼 아이들을 자극했다.

“텔레비전에 나올 수 있게 열심히 공부할래?”

“네!”

“결승에 가면 부모님이 정장도 사 주실걸?”

코너가 불쑥 끼어들어 말했다.

디밍 선생님이 크게 웃었다.

“얘들아, 선생님이 장담한다. 분명 코너는 빨간 조끼 위에다 파란 정장을 입고 올걸?”

반 전체가 웃음과 박수 소리로 떠들썩했다.

“자, 우리 모두 최선을 다하자.”

디밍 선생님이 말했다.

“나는 예상 문제를 많이 만들어 놓을 테니까.”

“맞아, 선생님은 벌써 단어 문제를 엄청 만들어 놨어.”

몰리가 클레어에게 속삭였다. 내게도 그 말이 들렸다.

“어려운가요?”

코너가 우는 소리를 했다.

“생각해 보려무나.”

디밍 선생님이 코너에게 말했다.

“멜로디도 다 맞혔는데 문제가 어려운 건 아니었겠지? 그러니 다들 다음번에는 더 잘해 보자!"

모두 신이 나 소리를 질렀다.

나만 빼고.

18.

수업을 마친 뒤 나는 몹시 우울한 채로 브이 아줌마네 집에 왔다. 브이 아줌마는 새로운 단어 카드를 한 더미나 준비해 놓고 있었다. 페니는 브이 아줌마의 터번 비슷하게 생긴 모자를 쓰고 있었는데 웃기지도 않았다. 페니는 목이 터져라 악을 쓰며 시시한 동요를 불러 댔다. 나는 팔을 들어 카드 더미를 쓸어 버렸다. 카드들이 바닥에 떨어졌다.

"이 아가씨야, 누가 음료수에 소금이라도 넣은 거야?"

브이 아줌마가 말했다. 아줌마는 카드를 줍지 않았다.

페니가 노래를 멈추고 자리에 서서 눈을 깜빡거리며 나를 쳐다보았다.

나는 메디토커를 끈 채 먼 곳을 바라봤다.

"좋아, 그렇게 있어. 하지만 여기 떨어진 카드는 하나도 빠짐없이 네가 다 주워야 해!"

나는 입술을 비쭉 내민 채 벽만 뚫어져라 바라봤다.

페니가 손을 뻗어 내 팔을 흔들었다. 나는 팔을 당겨 페니의 손을 떼어 냈다. 그러자 페니는 더는 관심 없다는 듯이 다시 노래를 부르기 시작했다.

"해피, 해피, 해피, 발을 쳐.

해피(happy),, 새피(sappy), 페피(pappy), 코를 때려.

비디(biddy), 보디(boddy), 보우디(bowdee), 뛰고 또 뛰어."

페니가 발을 구르며 뛰더니 계속해서 노래를 불렀다. 나는 페니가 그냥 입을 다물기를 바랐다. 그런데 계속해서 입과 발을 가만두지 않았다. 뛰고, 튀고, 노래했다. *그만해! 잠깐만이라도 제발 그만!*

그러나 페니는 그렇게 하지 않았다.

"안녕, 디-디야."

페니가 그렇게 말하며 휠체어의 판 위에 두들을 올려놓았다.

나는 두들을 바닥으로 밀어 버렸다.

"두들, 디-디."

페니가 다 낡아 빠진 두들을 집어 판 위에 다시 올려놓았다.

나는 다시 두들을 떨어뜨렸다. 날 좀 내버려 두라고 소리를 지르고 싶었다.

페니는 내 휠체어에서 뭔가가 떨어지는 모습을 보는 게 익숙했다. 그래서 내가 화가 났다는 것을 알아차리지 못했다. 페니가 세 번째로 내 판 위에 두들을 올려놓았을 때, 나는 두들을 팔로 밀치며 그만 페니의 머리까지 치고 말았다. 페니가 넘어져 바닥에 쓰러졌다.

페니가 두들을 붙잡은 채 놀란 얼굴로 나를 쳐다보더니 결국 울음을 터뜨렸다. 페니는 울면서 브이 아줌마에게 달려갔다.

"대체 무슨 일이 있었던 거야, 멜로디?"

브이 아줌마가 페니를 무릎 위에 올려놓고 달래면서 내게 물었다.

어떻게 설명해야 할까?

울고 싶지 않았다. 하지만 눈물이 났다. 나는 휠체어를 돌려 벽을 바라보았다. 그때 전화벨이 울렸다. 나를 보던 브이 아줌마가 전화기로 눈길을 돌렸다. 그리고 한숨을 쉬고는 일어나 전화기로 다가갔다.

"응. 안녕, 캐서린."

캐서린? 나는 전화 내용을 듣기 위해 휠체어의 방향을 전화기 쪽으로 틀었다.

"기분이 안 좋을 거라고?"

브이 아줌마가 말했다.

"사실은 멜로디가 오늘 약간 시무룩한 것 같더라고. 아니, 내가 풀어 줘야지. 멜로디 완전 살벌해."

브이 아줌마가 나를 보더니 우스꽝스러운 표정을 지어 보였다.

나는 아무런 표정도 짓지 않고 아줌마를 바라보았다.

"문제를 다 맞혔다고? 나는 하나도 안 놀라운데? 멜로디는 원래 똑똑하거든!"

— 내 얘기인 거겠지?

"선생님이 뭐라고 했는데?"

이런, 이제 모두 다 알게 될 것이다. 더러운 물 위에 둥둥 뜬 쓰레기가 된 기분이었다.

"아이들 앞에서? 세상에, 선생님이 어떻게 그럴 수가 있어?"

브이 아줌마는 정말 화가 난 것처럼 보였다.

"그래서 멜로디가 어떡했니? 그래, 걱정하지 마. 나는 이미 알고 있으니까. 멜로디 여기 있는데, 수족관에서 본 복어처럼 통통 부어서는 가시까지 뾰족뾰족 돋아 있어."

지금 내 감정에 가장 맞는 표현이었다.

"전화해 줘서 정말 고마워, 캐서린."

브이 아줌마가 말했다.

"그래, 오늘 밤에 멜로디 부모님께 전화드려. 나도 말씀드릴게. 당장 이 문제를 해결해야겠다."

아줌마는 전화를 끊었다. 그러고는 페니를 바닥에 앉힌 뒤 내 쪽으로 돌아서서 엉덩이에 손을 갖다 댄 채 나를 바라봤다.

아줌마가 나를 안아 주었다. 기분이 한결 나아졌다.

"그래서, 네가 퀴즈에서 1등을 했고 사람들이 다들 놀란 거야?"

아줌마가 내게 말했다. 아줌마가 메디토커를 다시 켰다.

— 음···. *왜 나한테 화를 내는 것처럼 들리지?*

나는 놀라서 아줌마를 쳐다봤다.

"선생님 때문에 상처받았어요."

나는 대답했다.

"그래서 어쨌다는 거야?"

브이 아줌마가 물었다.

"아이들이 웃었어요. 로즈까지도."

인정하고 싶지 않았지만 사실이었다. 로즈조차도 웃음을 참으려고 입을 가렸다.

"반에서 네가 가장 높은 점수를 받았니?"

브이 아줌마가 물었다. 아줌마가 날 불쌍히 여겼으면 싶었지만 아줌마는 그런 내 시도를 속속들이 꿰고 있었다. 으, 아줌마가 어떤 사람인지 몰랐던 것도 아닌데.

"캐서린이 어떤 방법으로든 너를 도와주었니? 아주 조금이라도?"

"아니요."

"그럼 시작하자."

나는 약간 어리둥절해서 아줌마를 쳐다봤다. 그리고 물었다.

"뭘 시작하자는 거예요?"

"공부 말이야. 이제 나랑 같이 연습하고 준비하는 거야. 내가 퀴즈를 내면 너는 답을 맞히면 돼. 지리, 과학, 수학을 배우는 거지!"

아줌마는 갑자기 신이 난 것 같았다.

"왜요?"

내가 조심스럽게 물었다.

"선수들이 올림픽에 나가려고 어떻게 준비하는지는 너도 잘 알잖아. 아침 일찍부터 밤늦게까지 운동을 하지. 응원하는 사람이 없어도 몇 시간씩 트랙을 달리고."

"저는 달릴 수가 없어요."

나는 버튼을 눌렀다. 그리고 나서 아줌마를 보고 웃었다.

"그럴지도 모르지만 넌 학교에서 가장 똑똑하잖아. 다음 주에 있는 퀴즈 팀 선발 시험을 너도 치르는 거야."

"아이들이 저를 퀴즈 팀에 못 들어가게 할 거예요."

나는 천천히 입력했다.

"아니, 그렇지 않을 거야! 틀림없이 네가 필요할 거야. 멜로디, 너는 팀의 비밀 무기가 될 테니까."

"정말 그렇게 생각하세요?"

"물론이지. 이제 쓸데없는 생각은 하지 말자. 그리고 공부를 시작하는 거야. 우리에게는 일주일이라는 시간이 있어. 나는 감독이고 너는 선수야. 땀 좀 빼 보자고!"

"냄새날 거예요!"

내가 웃으며 말했다.

"그럼 냄새 한번 풍겨 보지 뭐! 그런데 먼저 이 카드들을 다 주워야겠지?"

말대꾸할 필요가 없었다. 아줌마가 나를 의자에서 내려 바닥에 앉혔다. 내가 어질러진 카드들을 모으는 사이, 아줌마는 화장실에 갔다. 페니가 나를 도와주었다.

카드를 다 줍자 브이 아줌마가 나를 다시 휠체어에 앉혔다. 우리는 공부를 시작했다. 아줌마는 호랑이 감독이 되어 있었다.

"그 시험은 어떤 식으로 보니?"

아줌마가 물었다.

"A, B, C, D."

나는 버튼을 톡톡 두드렸다.

"객관식이구나! 좋았어! 너한테는 식은 죽 먹기네."

난 그렇게 생각하지 않았지만, 아줌마 말에 반대하지도 않았다.

아줌마는 컴퓨터로 가서 미국의 모든 주와 주도가 나와 있는 사이트를 찾았다.

"그런 문제도 있었어요."

내가 말했다.

"좋았어! 그럼 해 보자!"

나는 공연히 힘든 척을 했다.

브이 아줌마는 다른 나라의 수도를 조사했다. 세계에는 정말 많은 나라가 있었다! 아줌마는 각 국가의 수도를 크게 읽어 주었고, 나는 그것들을 머릿속에 차곡차곡 넣어 두었다.

"헝가리의 수도는 어디지?"

아줌마가 문제를 냈다. 나는 아줌마가 보기를 읽기도 전에 정답이 부다페스트라는 것을 알았다.

"A. 아크라

B. 베를린

C. 뉴델리

D. 부다페스트."

나는 D를 눌렀다. 브이 아줌마가 신나서 소리를 질렀다. 아줌마가 또 문제를 냈다.

도쿄는 일본, 아디스아바바는 에티오피아, 오타와는 캐나다, 보고타는 콜롬비아…. 나는 각 국가의 수도 이름을 정확하게 대답했다. 아줌마는 아빠가 우리를 데리러 올 때까지 계속해서 퀴즈를 냈다.

브이 아줌마는 사용하지 않은 기저귀와 두들을 페니의 가방에 쑤셔 넣으면서 오늘 학교에서 무슨 일이 있었는지, 그리고 우리가 어떤 계획을 세웠는지 아빠에게 간단히 설명했다.

"정말이에요?"

아빠가 나를 쳐다보며 물었다.

"어쩌면 생각처럼 잘 안 될지도 몰라요. 그러면 괜히 더 상처를 받을 텐데…."

"그런 말씀일랑 마세요."

브이 아줌마가 자신 있게 말했다.

"멜로디가 조금 더 공부하다 가도 괜찮죠? 저녁밥도 같이 먹은 뒤에 제가 집에 데려다줄게요."

"그래도 괜찮겠니?"

아빠가 나에게 물었다.

"네! 네! 네!"

나는 입력했다.

"그렇게 하면 좋겠어요."

"그럼 그렇게 하렴."

아빠가 말했다. 아빠는 브이 아줌마에게 엄지손가락을 올려 보인 뒤 페니와 함께 집으로 갔다.

저녁을 먹고 나서 우리는 과학으로 넘어갔다. 다리에는 대퇴골, 경골, 슬개골, 비골이라는 뼈들이 있다는 것을 알게 되었다. 그런데 왜 '무릎뼈'나 '얇은 다리뼈'처럼 좀 더 쉬운 이름으로 부르지 않는 걸까? 어쨌든 나는 그 명칭들을 다 외웠다.

또한 곤충이 절지동물이라는 것과 곤충에게도 '경골'이라는 정강이뼈가 있다는 것을 알게 되었다.

"곤충에 관한 학문을 '곤충학'이라고 한단다."

브이 아줌마가 말했다.

"아, 곤충학이라고 하니까 방금 또 다른 공부거리가 떠올랐어. 우리 끝이 '학'으로 끝나는 단어를 배워 보자!"

나는 머리에 손을 얹고 힘든 시늉을 했다. 사실은 아주 신났지만.

"이 중에 무엇이 단어에 관한 학문을 뜻하는 걸까?"

'학'으로 끝나는 단어들을 쭉 훑어본 뒤에 아줌마가 물었다.

"A. 서지학(Bibliography)

B. 고고학(Archeology)

C. 조직학(Histology)

D. 어의학(Lexicology)."

나는 잠시 생각했다. 아줌마는 일부러 헷갈리게 문제를 내고 있었다. 조직학이란 뜻의 히스톨로지(Histology)는 히스토리처럼 들리지만 나는 그것이 피부와 관련이 있다는 생각이 들었다. 그리고 서지학은 단어가 아니라 책과 관계가 있는 것 같았다. 나는 정답으로 D를 골랐다.

이번에도 아줌마는 아주 기뻐했다.

"집에 가자, 멜로디. 선수들은 잠도 잘 자야 해. 내일은 더 많이 공부할 거야."

나는 힘들다는 표정을 지어 보였다가 아줌마를 바라보고는 다시 활짝 웃었다.

브이 아줌마는 캐서린에게 전화를 걸어 상황을 설명하면서 내게 공부를 시키라고 말했다. 점심으로 마카로니를 주라는 말도 잊지 않았다.

다음 날, 캐서린은 바로 내게로 달려왔다. 우리는 H-5반에 있었다. 캐서린이 이어폰을 끼워 주었다. 화산에 관한 내용을 담은 오래된 카세트테이프였다. 긁히는 소리가 나고, 사이사이 소리가 아예 안 들리기도 했지만, 공부에 큰 도움이 되었다. 화산(Volcano)이란 말은 고대 로마의 신 불카누스(Vulcanus)의 이름에서 유래한 것이다. 베수비오 산이 분출했을 때 폼페이라는 도시 전체는 완전히 화산재로 덮여 버렸다. 용암에 관해서도 여러 가지를 배웠다. 귀를 떼려야 뗄 수 없는 내용이었다.

나는 호주와 러시아, 별자리, 행성들을 다루는 테이프도 들었다.

"어때? 좀 도움이 되는 것 같아?"

캐서린이 카세트에 또 다른 테이프를 넣으면서 물었다. 질병에 관한 것이었다.

"그럼요. 지식은 좋은 거예요."

내가 대답했다.

"나도 그렇게 생각해."

캐서린이 말했다.

"혹시 아직도 디밍 선생님 수업 때 있었던 일 때문에 화났어?"

"외울 것을 저장할 공간도 모자라서 그 기억은 지웠어요."

나는 잠깐 테이프 듣는 것을 멈추고 답했다.

캐서린이 내게 엄지손가락을 들어 올려 보였다.

"약간 겁은 나요. 엉망으로 문제를 풀고 놀림감이 될까 봐요."

"할 수 있어, 멜로디."

캐서린이 흘러내린 이어폰을 다시 끼워 주면서 단호하게 말했다.

"너는 아주 똑똑해."

"제가 시험을 보는 동안 멀리 떨어져 있어요."

내가 입력했다.

"클레어가 아무 말 못 하게."

"알겠어!"

캐서린이 손을 들어 내 손바닥을 쳤다. 나는 캐서린의 마음을 알 수 있었다.

점심을 먹을 때와 쉴 때를 제외하고는 계속 테이프를 들으며 공부했다. 캐서린이 사건과 날짜, 왕 이름을 맞히는 문제를 냈다. 수학 문제도 냈다. 난 수학을 잘 못한다. 수학이 고비가 될 것 같다. 단어는 쉽게 머리에 떠오르지만, 수는 돌처럼 바닥으로 가라앉는 느낌이다. 왜지?

"다시 해 보자."

기차의 속도를 맞히는 문제를 내가 이해하지 못하자 캐서린이 조용히 말했다.

"대체 살면서 기차 속도를 맞혀야 할 일이 얼마나 있을까?"

하지만 캐서린은 내가 이해할 때까지 계속 설명해 주었다. 마침내 좋은 방법을 찾아냈다. 문제를 그림이나 이야기로 바꿔서 상상해 보는 것이다!

통합 수업에 갈 시간이었지만 나는 고개를 흔들며 가고 싶지 않다고 캐서린에게 말했다. 대신 반에 남아서 계속 공부하고 싶었다.

왜 내가 수업에 오지 않았는지 궁금해하며 H-5반에 와 보는 사람은 아무도 없었다. 혹시 내가 학교에 안 왔는지, 아니면 어디가 아픈 건지,

어쩌면 교실 바닥 한가운데서 경련을 일으키는 건 아닌지….

내가 수업에 들어오지 않았다는 사실을 아무도 모르는 것 같았다.

19.

한 주가 눈 깜짝할 사이에 지나갔다. 날마다 학교에서는 캐서린과 함께, 방과 후에는 브이 아줌마와 함께 공부했다. 브이 아줌마네 집에서 돌아온 이후에는 집에서 혼자 공부했다. 나는 온갖 난이도의 문제들을 복습했다. 철자가 긴 단어들도 외우고, 역사적 사건과 날짜를 연결 짓고, 그것으로 간단한 게임도 만들어 보았다. 엄마는 식물이나 의학 용어 분야의 문제를 냈고, 아빠는 경제와 스포츠 분야의 문제를 냈다. 나는 모든 지식을 스펀지처럼 빨아들였다.

공부를 하다 지치면 나는 엘비라에 새로운 문장을 저장하고는 했다. 한 글자씩, 천천히. 그렇게 하는 데에는 오랜 시간이 걸렸지만 일단 저장해 두면 버튼을 몇 번 누름으로써 쉽게 하고 싶은 말을 할 수 있었다.

지금까지 내가 가장 많이 받은 질문은 단연코 "너는 어디가 불편하니?"였다. 사람들은 내게 어떤 질병이 있는지, 그 질병으로 어떤 고통을 받고 있는지 또는 병을 고칠 수 있는지 궁금해한다. 그래서 내가 준비한 대답은 두 가지다. 하나는 예의 바르지만 장황한 설명이 뒤따르는 대답이고, 다른 하나는 약간 건방지지만 간결한 대답이다. 나를 진심으로 걱정해 주는 사람에게는 버튼을 눌러 미리 저장해 놓은 예의 바른 대답을 들려준다.

"저는 양쪽 뇌가 경직돼서 몸을 마음대로 움직일 수 없는 병에 걸렸어요. 뇌성마비라고 들어 보셨을 거예요. 마음대로 움직일 수는 없지만 괜찮아요. 생각만큼은 마음대로 할 수 있으니까."

내가 생각해도 마지막 말은 정말 멋지다.

반면 클레어나 몰리 같은 사람들에게는 이렇게 말한다.

"우린 모두 불완전한 존잰데. 어디가 아프세요?"

벌써부터 이 대답이 하고 싶어 온몸이 근질근질할 지경이다. 브이 아줌마는 내가 준비한 대답을 듣고는 호탕하게 웃었다.

시험이 코앞으로 다가온 토요일, 나는 브이 아줌마와 함께 아줌마네 집 현관 앞 베란다에 놓인 벤치에 앉아 있었다. 2월 치고는 드물게 따뜻한 날씨였다. 불쌍한 히아신스는 봄이 왔다고 착각한 모양이었다. 작은 꽃봉오리를 맺었으니. 히아신스의 작은 꽃봉오리를 두 손으로 따뜻하게 감싸면서 이렇게 말해 주고 싶었다.

서두르지 마! 다음 주에 또 눈이 온다고 그랬어. 한 달만 더 참으렴!

너무 일찍 세상 구경을 나오는 꽃들은 여지없이 찾아오는 꽃샘추위에 몸을 떤다.

브이 아줌마와 나는 머리 위를 지나가는 새털구름을 보았다. 카나리아와 비슷하게 생긴 오색방울새가 울타리 위에 앉아 빈 먹이통을 살펴보고 있었다. 오색방울새가 말을 할 줄 안다면 엉겅퀴를 더 달라고 하거나 이렇게 따뜻한 날이 쭉 이어지면 좋겠다고 하겠지.

"멜로디, 하늘을 날 수 있다면 뭘 하겠니?"

오색방울새를 쳐다보던 아줌마가 내게 눈을 돌리며 물었다.

"그런 것도 시험에 나와요?"

나는 활짝 웃으며 물었다.

"글쎄?"

브이 아줌마가 빙그레 웃으며 대답했다.

"조금 무서울 것 같아요."

"떨어질까 봐 무섭다는 거니?"

"아니요, 기분이 너무 좋아서 그대로 멀리 날아가 버리면 어쩌나 무섭다는 거예요."

브이 아줌마는 한동안 입을 열지 않았다. 그러다가 조용히 말했다.

"너도 한 마리 새란다, 멜로디. 월요일이 되어 시험을 다 보고 나면 하늘을 훨훨 날아갈 수 있을 거야."

그때 바로 옆에 있는 우리 집 현관문이 쾅 하고 닫히는 소리가 났다. 나는 아줌마네 베란다를 향해 걸어오는 엄마와 페니에게 손을 흔들었다. 버터스카치는 풀려나서 너무 행복하다는 듯이 엄마와 페니 옆을 정신없이 뛰어다니며 나무 밑동 냄새를 맡았다.

페니는 찌푸리는 건지 웃는 건지 알 수 없는 표정을 하고는 온 신경을 집중해 한 걸음 한 걸음 걸어왔다. 베란다 앞에 이르자 두 팔까지 짚어 가며 계단을 올랐다. 페니는 두꺼운 겉옷을 입고 밀짚모자를 쓰고 있었다. 페니가 수도 없이 깔고 앉은 탓에 파란 지푸라기들이 너덜너덜하게 된 모자였다. 오늘도 불쌍한 두들은 페니 뒤에서 질질 끌려오고 있었다.

"디-디!"

페니가 마지막 남은 계단을 올라서며 외쳤다. 나는 페니가 그렇게 쉽게 말을 할 수 있다는 사실이 언제나 놀랍다.

브이 아줌마가 방금 전에 한 말의 의미가 떠올라 나는 아줌마의 드레스 소매를 가볍게 당겼다.

"자유."

나는 페니를 가리키며 버튼을 눌렀다.

"자유."

브이 아줌마는 이해한다는 듯 고개를 끄덕였다.

"정말 근사한 날이에요!"

엄마가 숨을 크게 들이쉬며 말했다.

"이제 겨울이 끝난 거겠죠?"

"며칠 뒤에 또 추울 거랬어요."

내가 말했다.

"그래, 네 말이 맞아. 하지만 오늘은 정말 멋지다."

엄마가 페니의 겉옷 지퍼를 내리며 말했다.

"그래, 공부는 많이 했니?"

어느새 계단 밑으로 다가온 버터스카치가 웃는 것 같은 표정으로 누워 있었다.

"그럼요."

내가 대답했다.

"바이올렛, 정말 고마워요."

엄마가 말했다.

"덕분에 이렇게 멜로디가 공부도 하고 시험도 보고…."

엄마는 잠시 틈을 두더니 말을 이었다.

"당신이 아니면 꿈도 못 꿨을 거예요."

"페니가 지식을 흡수하고 말을 배운다고 해서 놀라는 사람은 아무도 없잖아요."

브이 아줌마가 어깨를 으쓱하며 대답했다.

"멜로디도 똑같아요."

엄마는 브이 아줌마 말이 옳다는 듯 고개를 끄덕였다.

"그래요, 하지만 멜로디에게는 훨씬 어려운 일이잖아요."

"아니에요. 우리에게 어려운 거지요. 멜로디가 무슨 생각을 하는지 알아야 하니까요."

두 사람이 내가 없는 것처럼 이야기를 나누는 데에는 이골이 나 있었다. 그래서 나는 엘비라의 음량을 한껏 키웠다.

"쿠키 먹어요!"

"쿠키!"

페니가 따라 말했다.

브이 아줌마가 자리에서 일어났다.

"알았어요, 꼬마 아가씨. 아줌마가 어디 먹을 거 없나 살펴보고 올게!"

잠시 뒤 브이 아줌마가 쟁반에 초콜릿 칩 쿠키와 우유 두 잔을 들고 나타났다. 디즈니 공주들이 인쇄된 빨간 플라스틱 컵이었다. 인정하기는 싫지만 내게는 플라스틱 잔이 훨씬 낫다.

"쿠키!"

페니가 소리쳤다. 페니가 쟁반을 향해 손을 내밀자 엄마는 쿠키 하나를 집어 페니에게 주었다. 페니는 쿠키를 한입에 집어넣었다.

"이런 돼지 꿀꿀이를 봤나."

엄마가 웃음을 터뜨리며 말했다.

브이 아줌마는 쿠키를 쪼갠 뒤 작은 조각 하나를 내게 먹여 주었다. 나는 쿠키보단 캐러멜을 더 좋아하지만 이 쿠키만큼은 그 반대인 것 같았다. 브이 아줌마가 내 입에 차가운 우유를 흘려 넣는 동안 나는 쿠키를 삼켰다. 우유와 함께 먹으면 굳이 쿠키를 씹지 않고도 부드럽게 넘길 수 있다.

나는 스스로 먹을 수 있으면 좋겠다고 생각하지만 그건 혼자서 걷고, 혼자서 목욕하고, 또… 그래, 날기를 원하는 내 다른 생각들과 마찬가지로 단지 바람에 지나지 않는다.

그런 생각을 하고 있는데 브이 아줌마가 끼어들었다.

"초콜릿의 원료가 되는 카카오 콩을 대량으로 생산하는 대륙이 어디지?"

"아프리카!"

브이 아줌마는 고개를 끄덕이고 내게 우유 한 모금을 더 주었다.

"그럼 미국에서 우유를 가장 많이 생산하는 주는?"

"캘리포니아."

나는 대답했다.

"멜로디, 준비가 다 된 것 같구나."

브이 아줌마가 자랑스럽게 말했다.

엄마가 손을 뻗어 내 뺨을 어루만져 주었다.

"넌 월요일 시험에 분명히 통과할 거야."

"그다음에는요?"

나는 엄마에게 물었다.

"대통령에 출마하는 거지!"

브이 아줌마가 끼어들었다.

"맞아요!"

나는 신나게 휠체어 위를 두드렸다.

바로 그때 아빠가 차를 몰고 집 앞 진입로로 들어서는 모습이 보였다. 그런데 차 꼴이 말이 아니었다. 당장 세차장에 가서 시커먼 때를 씻어 내야 할 것 같았다.

"오늘은 일찍 퇴근했네요."

엄마가 반가운 얼굴로 말했다.

"저녁을 일찍 먹을 수 있겠어요."

아빠는 운전석에서 내리더니 기지개를 펴고 우리를 향해 손을 흔들어 주었다.

페니의 얼굴이 밝아졌다.

"아빠!"

페니가 소리치며 일어나더니 우리를 보고 장난꾸러기 같은 미소를 지었다.

"페니, 안 돼!"

브이 아줌마가 단호하게 말했다. 아줌마의 목소리에는 농담하는 게 아니라는 뜻이 분명하게 드러나 있었다.

페니는 아줌마의 말을 무시했다.

"빠방 차한테 안녕 하 꺼야."

페니는 차 타는 것을 좋아한다. 가게를 가든 우체국을 가든 상관없다. 뒷좌석에 달린 작은 유아용 시트에 앉기만 하면 된다. 하지만 아무리 생각해도 이해가 되지 않는 것이, 페니는 차가 길모퉁이를 돌아 나가는 순간 잠들어 버리고 만다. 쿨쿨 잠이나 잘 거면서 왜 그렇게 차를 타려고 기를 쓰는 걸까?

페니는 서둘러 베란다 계단 두 개를 뒤뚱뒤뚱 내려갔다. 그러고는 다시 두 계단을 내려가더니 엄마 눈치를 살폈다.

"페니, 마리, 브룩스, 안 된다고 했다."

엄마의 목소리가 한층 높아졌다. 엄마는 분명한 경고의 뜻을 나타낼 때 이름을 전부 부르고는 한다.

페니는 계단 끝까지 내려간 뒤 우리를 향해 돌아서서는 장난기 가득한 웃음을 띠며 말했다.

"아빠! 회사, 회사!"

페니는 그 짤막한 다리로 안간힘을 쓰며 아빠를 향해 달려갔다.

그렇다고 포기할 엄마가 아니었다. 버터스카치도 자리에서 벌떡 일어나더니 엄마가 페니 이름을 부른 것과 비슷하게 페니를 향해 세 번 짖었다. 그리고 페니 앞으로 걸어가 길을 막아섰다.

"옳지."

엄마가 말했다.

"어서 이쪽으로 와, 이 꼬맹이 아가씨!"

엄마도 페니를 데려오기 위해 서둘러 계단을 내려갔다.

"요 녀석 말이에요."

걸어오는 아빠를 향해 엄마가 말했다.

"아주 도망치기 선수라니까요! 눈이 네 개라도 모자랄 지경이에요!"

엄마는 페니의 얼굴에 묻은 초콜릿 쿠키를 손으로 닦아 내고 볼을 맞대어 비볐다.

"그나마 버터스카치가 있어서 다행이군."

아빠가 버터스카치의 머리를 쓰다듬으며 말했다.

"그래, 우리 금쪽 같은 페니 양은 오늘 어떻게 지내셨나?"

아빠는 엄마의 볼에 가볍게 입맞춤을 하고는 엄마 품에서 페니를 안아 올렸다. 페니는 손에 묻은 초콜릿을 아빠의 셔츠에 문질렀다.

"그래, 아빠 마음을 잘도 알아냈구나."

아빠가 셔츠를 내려다보며 말했다.

"초콜릿이 묻은 셔츠, 좋지!"

아빠는 브이 아줌마가 건네준 손수건으로 초콜릿을 훔쳐 냈지만 오히려 얼룩이 더 번질 뿐이었다. 아빠는 너털웃음을 지었다.

"아빠, 회사? 가?"

"아니, 이제 막 집으로 돌아왔단다. 나도 좀 쉬어야지, 요 꼬맹아."

아빠는 브이 아줌마에게 페니를 넘겨주고 베란다에 매달아 놓은 그네에 엄마와 함께 앉았다.

"멜로디는 오늘 어땠니?"

아빠가 물었다.

"좋았어요."

내가 대답했다.

"시험 준비는 다 했어?"

"네!"

다시 대답했다.

아빠가 그네에서 일어나 내 앞에 무릎을 구부리고 앉았다.

"아빠는 네가 일등일 거라고 믿는다!"

나는 아빠가 무슨 의도로 그런 말을 하는지 안다.

나는 나를 믿는다. 우리 가족도 나를 믿는다. 브이 아줌마 또한 마찬가지다.

문제는 다른 사람들은 그렇지 않다는 것이다.

20.

날씨가 추워질 것이라는 내 생각이 옳았다. 기온이 영하권으로 떨어져서, 작은 꽃봉오리를 맺은 꽃들에 자그마한 솜털 이불이라도 덮어 주면 좋겠다는 생각이 들었다. 아침에 교실에서도 몸이 으슬으슬 떨렸다.

여느 월요일 아침처럼 교내 방송에서는 빵 바자회와 축구 연습이 있을 거라는 등의 안내를 했다. 하지만 우리 반 아이들은 방송에 전혀 관심을 기울이지 않는다. 우리는 그 시간에 보통 닌텐도 위로 게임을 하고 있기 때문이다.

나는 어떻게 하는지 잘 모르지만 윌리는 그중에 야구 프로그램을 가장 좋아한다. 윌리가 스크린을 보고 야구 방망이를 휘두르는 흉내를 낼 때는 가급적 멀리 피하는 것이 좋다. 윌리가 치는 공이 종종 멀리 날아갈 때가 있는데, 그때마다 윌리는 승리감에 취해 "홈런!"이라고 외치면서 베이스를 돌 듯 교실 네 귀퉁이를 달린다. 그럴 때는 프레디도 윌리를 따라잡지 못한다.

보통 그 시간이면 나는 머리에 헤드폰을 쓴 채 교실 귀퉁이에 앉아 볼륨을 최대한 높인 채로 있지만, 오늘은 주의 깊게 방송을 들었다. 심장이 마구 뛰었다. 마침내 방송에서 "〈위즈 키즈〉 퀴즈 팀 선발 시험에 참여하고 싶은 학생 여러분은 방과 후 디밍 선생님 반으로 가시기 바랍니다" 하고 안내 방송이 흘러나왔다. 나는 흥분을 이기지 못하고 팔을 마구 휘저었다.

온종일 마음이 가라앉지 않았다. 로즈에게 내 계획을 말할까 생각해 봤지만 그만두기로 했다. 로즈가 말도 안 된다고 한다면? 내가 그 말을 감당할 수 있을 것 같지 않았다.

점심시간에는 하얀 블라우스에 토마토 수프를 죄다 쏟고 말았다. 캐서린이 빨갛게 번진 자국을 닦아 내려고 애를 썼지만 무리였다. 칠칠치 못한 머저리가 된 기분이었다. 이런 일이 일어날 수 있다는 생각을 미리 했어야 했다는 후회가 밀려들었다. 그랬다면 엄마한테 여분의 옷을 준비해 달라고 했겠지만, 이제 와서 후회해 본들 소용없는 일이었다.

나는 온종일 통합 수업에 들어가지 않았다. 마지막 1분까지 시험에 나올 내용을 살펴보고 싶었다. 마지막 종이 울렸다. 나는 캐서린의 팔을 움켜쥐었다.

"어서, 빨리요!"

나는 재촉했다.

"디밍 선생님 반으로 데려다주세요."

전동 휠체어를 타고 있었지만 나는 혼자서 휠체어를 운전하기에는 너무 긴장해 있었다. 나는 캐서린이 밀 수 있도록 내 휠체어를 수동 모드로 바꾸었다.

디밍 선생님 반에 도착해 보니 역사 수업을 함께 듣는 친구들이 와 있었다. 친구들은 소곤소곤 이야기를 나누며 시험 신청서에 자기 이름을 적었다. 캐서린이 휠체어를 밀고 들어오자 아이들이 놀라는 표정으로 나를 쳐다보았다.

"안녕, 멜로디."

로즈가 먼저 인사를 건넸다.

"여기는 웬일이야?"

로즈 목소리가 평소와는 달리 낯설게 느껴졌다.

"나도 시험 보려고."

나는 대답했다.

"잰 팀에 들어갈 수 없잖아."

클레어가 코를 찡그리며 제시카에게 속삭이는 소리가 들렸다.

"잰 장애아라고!"

몰리는 이 상황이 재미있어 죽겠다는 듯 까마귀처럼 깍깍거리며 웃어 댔다.

나는 화가 치밀었지만 무시하기로 했다. 집중력을 흩뜨려서는 안 된다. 그사이 다른 아이들이 삼삼오오 몰려들었다. 6학년도 있었다. 나는 6학년이 우리보다 더 똑똑하면 어쩌나 걱정이 되었다. 우리보다 많이 배웠으니 충분히 그럴 수 있을 것이다.

교실 안에 있는 아이들 대부분이 나를 가리키며 속닥거렸다. 이윽고 디밍 선생님이 시험지가 든 플라스틱 파일을 들고 교실로 들어왔다. 선생님은 주위를 둘러보며 참가한 학생들을 확인했다. 그러다가 나를 발견하고는 살짝 인상을 찌푸렸는데, 이내 표정을 감추고는 시험지를 책상 위에 올려놓고 모두에게 인사했다.

"모두 잘 왔다."

디밍 선생님이 입을 열었다.

"이렇게나 많이 오다니 다들 대견하구나. 즐겁게 풀면 좋겠다. 그럼 시작하기 전에 혹시 질문 있는 사람?"

코너가 모두를 실망시키지 않고 손을 들었다.

"그래, 코너."

디밍 선생님이 조용히 한숨을 쉬었다.

"작년처럼 연습 기간에 피자와 음료수도 주나요?"

"일단 시험을 보는 게 더 중요하지 않겠냐?"

코너의 단짝 로드니가 큰 소리로 외쳤다.

"로드니 말이 맞아. 한 번에 한 가지만 하자꾸나."

디밍 선생님은 책상 위에 놓인 시험지를 들어 올리고는 무슨 보물이라도 되는 양 두 손으로 잡았다.

"지금 내 손에는 워싱턴에 있는 전국 〈위즈 키즈〉 대회 본부에서 보내온 시험지가 있다. 시험은 실제 대회에서 이루어지는 것과 똑같이 내가 여러분에게 직접 문제를 읽어 주는 방식으로 진행할 것이다. 그리고…"

디밍 선생님이 잠시 말을 멈추더니 시선을 한곳에 모았다.

그러자 모두 고개를 돌려 디밍 선생님의 눈길을 끈 것이 무엇인지 살펴보았다. 바로 나였다.

디밍 선생님은 잠시 시험지를 손가락으로 가볍게 두드리더니 목청을 가다듬어 캐서린을 불렀다.

"멜로디가 이 자리에 있는 건 별로 좋은 생각이 아닌 것 같구나. 이건 재미로 보는 시험이 아니란다. 우리가 이 자리에 모인 건 대회에 참가할 학생들을 선발하기 위해서야."

나한테 말을 한 것도 아니었다. 디밍 선생님은 마치 내가 투명인간이라도 되는 양, 내 머리 뒤쪽에 서 있는 캐서린을 보고 이야기했다. 화가 머리끝까지 났다.

나는 엘비라의 소리를 최대로 키웠다.

"전 시험을 보러 온 거예요!"

디밍 선생님이 눈을 깜박였다.

"멜로디, 선생님은 단지 네가 상처를 받을까 봐 그러는 거야. 이 시험은 정말 어려워."

"저도 정말 똑똑해요."

"선생님은 정말로 네가 상처받지 않으면 좋겠어."

진심이 담긴 목소리였다. 적어도 어느 정도는 그렇게 들렸다.

"저도 다른 애들만큼 강해요."

나는 계속 입력했다.

"그래, 그거야, 멜로디."

교실 앞자리에 있던 로즈가 갑자기 소리쳤다. 다른 아이들이 호응이라도 하듯 박수를 쳤다.

그러자 기분이 조금 나아지는 것 같았다. 아주 조금.

캐서린이 입을 열었다.

"장애아라고 차별하면 안 된다는 것은 법에도 나와 있어요. 선생님도 잘 아실 텐데요."

"그래, 그렇지만…"

"선생님은 그냥 계획한 대로 아이들에게 문제를 내 주세요. 멜로디도 정답을 자기 컴퓨터에 입력한 다음 출력해서 선생님께 제출할 거예요."

"캐서린 언니가 멜로디에게 답을 가르쳐 주지 않는다고 어떻게 믿죠?"

클레어가 물었다.

"나는 교실에 없을 거야."

캐서린이 대답했다.

"어떡하지? 네가 기대한 대로 안 돼서!"

캐서린이 클레어를 보고 싱긋 웃었다. 클레어는 눈길을 피했다.

나는 캐서린을 향해 말했다.

"이제 그만 가도 돼요."

나는 캐서린을 거의 떠밀다시피 했다.

"고마워요, 캐서린 언니."

"엄마가 이따 데리러 오시는 거 맞지?"

"네."

"시험 잘 봐, 멜로디. 누가 뭐라고 하든 넌 잘할 수 있어. 알겠지?"

"네, 알겠어요!"

나는 교실을 나가는 캐서린을 향해 손을 흔들었다.

디밍 선생님은 어쩔 수 없다는 듯 어깨를 으쓱하고는 지시 사항을 전달했다.

"시험 문제는 모두 합해서 100문항이다. 각 문항은 한 번씩 읽어 줄 거고, 정답은 하나뿐이다. 각 문항에 정답을 적는 데에는 30초가 주어진다. 보기는 보통 A, B, C, D 네 개지만, 간혹 E까지 있는 경우도 있다. 궁금한 점 있는 사람?"

클레어의 손이 올라갔다.

"클레어, 뭐지?"

"멜로디의 컴퓨터에 커닝 페이퍼가 저장되어 있을지 누가 알아요? 우리들은 시험 볼 때 컴퓨터를 쓸 수 없잖아요."

"멜로디한테 왜 그렇게 신경을 쓰니?"

디밍 선생님이 입을 열기도 전에 로즈가 먼저 말했다.

"멜로디가 너보다 시험을 훨씬 잘 볼까 봐 걱정되니?"

"말도 안 돼!"

"그럼 이제 그만 시험을 보게 조용히 하면 좋겠어."

디밍 선생님이 로즈를 향해 미소를 지었다.

"그럼 이제 종이 두 장을 책상 위로 꺼내 놓도록. 하나는 정답을 쓰는 데 쓰고, 하나는 정답을 가리는 데 쓴다. 여러분이 정직하게 시험을 볼 거라고 믿지만, 조심한다고 손해 볼 건 없으니까."

모두 종이와 연필을 꺼내기 위해 부산스럽게 움직였다. 잠시 뒤, 교실 안이 한순간에 조용해졌고, 아이들은 문제가 나오기만을 기다렸다. 디밍 선생님은 플라스틱 파일을 연 뒤 시험지의 첫 페이지를 펼쳤다.

"그럼 이제 시작한다."

디밍 선생님이 입을 열었다. 선생님의 목소리가 딱딱하게 변했다.

"1번 문제. 콜롬비아의 수도는 어디인가?

A. 브뤼셀

B. 산티아고

C. 보고타

D. 자카르타."

디밍 선생님은 아이들이 답안지를 작성하기를 기다렸다. 나는 C를 골랐다. 그 순간 브이 아줌마가 만든 수도 이름 맞히기 카드가 얼마나 고맙던지!

"2번 문제."

디밍 선생님이 이어서 문제를 냈다.

"노벨문학상 수상자가 아닌 인물은?

A. 헤르만 헤세

B. 윈스턴 처칠

C. 어니스트 헤밍웨이

D. 생텍쥐페리."

나는 D를 눌렀다. 지금까지는 모든 것이 순조롭다.

시험은 그 후로도 30~40분간 이어졌다. 디밍 선생님은 원자에서부터 날씨, 어류, 포유류, 종교, 역대 대통령에 이르기까지 다양한 분야에서 문제를 냈다.

대부분은 답을 알 것 같았다. 두어 문제는 직감으로 풀었다. 수학 문제는 거의 찍다시피 했다. 푸는 내내 긴장한 채였지만 또 그렇게 짜릿했던 적도 없는 것 같았다.

마지막 문제가 제일 까다로웠다.

"마지막 100번 문제다."

디밍 선생님이 다소 긴장이 풀린 듯한 목소리로 말했다.

"성인의 소장을 완전히 폈을 경우 그 길이는 얼마나 되는가?

A. 20~30cm

B. 30~60cm

C. 1.5~2m

D. 6~7m."

나는 내 직감이 맞기를 기도하며 D를 선택했다. 그리고 마침내 안도의 한숨을 내쉬었다. 모두 끝난 것이다.

"자, 모두 연필을 내려놓아라. 이름을 제대로 썼는지 확인하고, 답안지를 가려서 제출하도록."

모두 답안지를 가리고 이름을 쓰는 동안 나는 답안지를 출력했다. 엘비라 옆면에서 답이 적힌 얇은 종이가 나왔다. 디밍 선생님은 내가 앉아 있는 뒷자리로 다가와 답안지를 가져갔다. 그러는 동안 내게 눈길 한번 주지 않았다.

"이제 다 끝났다."

디밍 선생님이 모두를 향해 말했다.

"부모님이 데리러 오기로 한 학생은 시간 맞춰 나가고, 혹 학교에 늦게까지 남을 학생은 내게 말하도록 해라. 난 모두 하교하기 전까지는 학교에 있을 테니까."

나는 가장 마지막으로 교실을 빠져나갔다. 엄마가 나를 데리러 교실로 오리라는 걸 알고 있었지만 혼자 힘으로 교실을 나가고 싶었다. 나는 문을 향해 휠체어 바퀴를 돌렸다.

"멜로디."

디밍 선생님이 나를 불렀다.

나는 휠체어를 다시 선생님 쪽으로 돌렸다.

"오늘 있었던 일로 네가 상처받지 않았으면 좋겠구나. 나는 단지 너를 보호하려 했던 거란다."

"전 괜찮아요."

나는 선생님에게 대답했다.

"내일이면 시험 점수를 알려 주고 팀에 뽑힌 사람을 발표할 거다. 시험 결과가 어떻든 실망하지 않겠지?"

"네, 선생님."

나는 대답했다.

"상위 여덟 명이 팀에 드는 거죠?"

"그래. 넷이 대회에 나가고, 나머지 넷은 후보야."

나는 너무나 지쳐 있었고 이제는 조금씩 침까지 흘리고 있었다. 선생님은 이런 내 꼴을 보고 날 지진아라고 생각하겠지. 하얀 블라우스에 묻은 붉은 얼룩에서 비명 소리가 들려올 것 같았다.

"알겠어요. 안녕히 계세요."

"그래, 조심히 돌아가고 내일 보자. 음… 그리고 말이다. 입을 좀 닦고 가는 게 좋겠다."

나는 소매로 입을 훔쳤다. 토마토 케첩이 소매에 묻어났다. 디밍 선생님이 무슨 생각을 했는지 알 것 같았다.

나는 교실로 들어오는 엄마와 부딪힐 뻔했다.

"수고했다, 내 딸. 오늘 어땠니?"

엄마가 숨을 몰아쉬며 물었다.

"좋았어요. 제 생각엔요."

엄마가 디밍 선생님을 향해 말했다.

"우리 아이에게도 시험 볼 수 있는 기회를 주셔서 감사드려요, 선생님."

"별말씀을요. 멜로디가 최선을 다한 결과죠. 오히려 제가 기쁘고 놀라울 따름입니다."

— *그럼요. 침이 질질 흐르는 입과 더러운 옷을 보고도 그렇게 생각하셨겠죠.*

"어서 가요, 엄마."

마음이 급했다. 빨리 집으로 돌아가고 싶기도 했지만, 그보다는 어서 화장실에 가고 싶었다.

21.

학교에서 화장실에 가는 건 고역이다. 누군가가 나를 휠체어에서 변기로 옮겨 주면 나는 변기 속에 빠지지 않기 위해 손잡이를 꽉 잡고 몸을 지탱한다. 일을 다 보고 난 후에는 도우미 선생님이 뒤처리를 해 준다. 뒤처리를 하는 사람이 엄마라면 그리 나쁘지 않다. 하지만 그 사람이 도우미 선생님일 때는 끔찍하다. 나를 도와주는 사람은 법에 따라 플라스틱 장갑을 끼고 있어야 한다. 나한테 병균이나 질병이 있을지도 모른다고 생각하는 것이다. 쥐구멍에라도 들어가고 싶은 순간이다. 어쨌든 나는 아침에는 화장실에 잘 가지 않는 편이다. 하지만 화요일 아침에는 너무 긴장된 나머지 두 번이나 가야 했다.

통합 수업이 있는 교실은 애들이 어제 시험을 본 일에 관해 떠드는 소리로 소란스러웠다. 나는 아이들이 하는 말을 들었다.

"생각보다 너무 쉬워서 놀랐지 뭐야."

코너가 허세를 부렸다.

"그래도 내가 너보다 잘 봤을걸."

클레어가 건방진 목소리로 받아쳤다.

"지리 문제가 잘못된 것 같아. 그런 나라 이름은 처음 들어 봤거든."

로즈가 끼어들었다.

"난 수학 문제가 어려웠어."

제시카가 고개를 저으며 말했다.

"그따위 퀴즈 팀이 뭐라고 이렇게 다들 난리인지 몰라. 아무튼 웃겨."

로드니가 말했다.

"텔레비전에 나올 수도 있으니까 그렇지, 이 바보야!"

코너가 말했다.

"우리 동네 사람들이 얼마나 텔레비전을 많이 보는지 알아? 결승전에 올라가면 워싱턴에 간다고. 내 얼굴이 온 도시에 깔리겠지. 우승하면 토크 쇼에도 나가. 필라델피아에 있는 할머니랑 샌프란시스코에 있는 고모까지 모두 내 모습을 보게 된다고!"

클레어가 말했다.

"우승을 해야 그렇겠지."

"그렇게 될 거야. 난 벌써 토크 쇼 때 입을 옷까지 사 놨어."

"이 시합은 팀플레이라는 걸 잊지 말라고."

로즈가 눈을 굴렸다.

"우리 팀에 내가 없으면 아무 소용 없잖아."

코너는 이렇게 말하며 손을 높이 쳐들었다.

나는 교실 뒤편에서 아이들이 하는 이야기를 조용히 듣기만 했다. 곧 수업 시작을 알리는 종이 울렸다. 손바닥에 땀이 났다.

캐서린이 휠체어를 밀며 내 귀에 속삭였다.

"멜로디, 긴장 풀어. 잘 봤을 거야."

디밍 선생님이 교실에 들어오더니 차례차례 아이들의 이름을 부르며 출석 여부를 확인했다. 왜 선생님들은 가장 긴장되는 순간에 더 느릿느릿 행동할까?

디밍 선생님이 서류 가방에서 종이 한 장을 꺼냈다.

"어젯밤, 퀴즈 팀 선발 시험 답안지를 채점했다. 지금 이 수업을 듣는 대다수 학생이 이 시험을 보았기 때문에 이 자리에서 결과를 알려 주도록 하겠다. 다른 수업에 들어간 학생에게는 해당 수업을 담당하는 선생님이 내가 가지고 있는 것과 같은 결과지로 선발 여부를 알려 줄 것이다."

"어서 발표해 주세요!"

코너가 자리에서 벌떡 일어서며 소리쳤다.

"코너, 만일 수업 태도로 퀴즈 팀을 뽑는다면 넌 무조건 탈락이야."

디밍 선생님이 말했다.

"잠깐 동안만이라도 조용히 해 주길 바란다."

코너는 선생님의 말과 함께 입을 다물고 다시 자리에 앉았다.

"먼저, 모두 시험을 치르느라 아주 수고했다. 쉽지 않았을 텐데도 다들 잘했어."

로즈가 손을 들었다.

"무슨 일이지, 로즈?"

"나중에 시험 문제와 답안지를 비교해 볼 수 있나요? 틀린 문제는 확인해 보려고요."

"그럼. 이번에 본 시험은 본선을 위한 대비 과정이기도 하니까 이 문제를 가지고 공부해야지. 혼자 문제를 풀어 보는 것도 좋을 거야."

"선생님, 빨리 발표해 주세요."

코너가 지금껏 들어 본 적 없는 아주 예의 바른 목소리로 말했다.

선생님은 미소를 지었다.

"좋아, 먼저 후보 넷을 발표하도록 하지. 둘은 5학년이고 둘은 6학년이다. 아만다 파이어스톤, 몰리 노스, 엘레나 로드리게스, 로드니 모술."

심장이 쿵 하고 신발께까지 떨어졌다. 내가 그렇게 많이 틀렸을까? 어쩌면 손가락이 미끄러져 답을 잘못 눌렀는지도 모른다. 캐서린이 내 손을 꼭 쥐었다.

몰리와 로드니가 기뻐하며 꽥 소리를 질렀다. 아만다와 엘레나는 6학년이었다. 코너는 눈에 띄게 조용했다.

"자, 그럼 이제."

디밍 선생님이 계속해서 말했다.

"시험에서 가장 높은 점수를 받은 네 명을 발표하겠다. 이 네 사람은 우리 학교를 대표해서 지역 예선에 나가게 된다. 네 명의 후보는 이들과 함께 공부하면서, 만약 개인 사정으로 대회에 참가하지 못하는 사람이 생길 경우 그 자리를 대신할 것이다. 모두 알겠지?"

"네."

코너가 작은 목소리로 대답했다. 양손을 꽉 맞잡고 있었다.

"우선 네 명 모두가 우리 반 학생이라는 사실이 몹시 자랑스럽다."

디밍 선생님은 잠시 말을 멈추었다가 다시 입을 열었다.

"네 명이 모두 5학년이라 선생님도 깜짝 놀랐다. 자, 그럼 발표하겠다!"

"우리가 6학년을 이긴 거야? 선생님, 코너가 바지에 실례하기 전에 어서 말씀해 주세요!"

코너가 손을 뻗어 로드니의 뒤통수를 한 대 쳤다.

디밍 선생님이 숨을 깊이 들이마셨다.

"상위 4등 안에 들어 퀴즈 팀으로 뽑힌 학생은 바로… 코너 베이트."

그 순간 코너가 교실이 떠나갈 듯 함성을 지르며 벌떡 자리에서 일어났다. 그 바람에 디밍 선생님이 말을 잇지 못했다.

"자, 계속 부르도록 하마."

디밍 선생님이 안경 너머로 코너를 바라보며 말했다.

"나머지 학생은 바로… 클레어 윌슨과 로즈 스펜서다. 이 두 친구도 함께 축하해 주길 바란다."

클레어가 우쭐해진 표정으로 미소를 지었다.

"하지만 세 명뿐인데요?"

코너가 주위를 둘러보며 말했다.

"나도 숫자는 셀 줄 안다, 코너."

디밍 선생님이 억양 없는 목소리로 대답했다.

"그럼 마지막 한 명은 누구인가요?"

몰리가 물었다.

— 대지진 경보 : 지금 스폴딩 초등학교에 지진이 발생했다고 합니다. 그런데 지진이 발생한 곳이 누군가의 심장이라고 하는데요. 과연 한 사람의 심장이 너무 빨리 뛰어서 온 학교가 흔들리는 게 말이나 되는 일일까요?

디밍 선생님이 목을 가다듬었다.

"발표에 앞서 선생님이 사과할 사람이 있다. 내 생각에는 우리가 반에 있는 누군가를 과소평가한 것 같구나."

— 대지진 발표 : 지진이 어마어마합니다.

디밍 선생님이 계속해서 말했다.

"지난 5년 동안 퀴즈 팀 선발 시험을 책임지고 맡아 진행하면서 지금껏 이런 점수를 얻은 학생은 본 적이 없다. 알다시피 이 시험은 학생들을 떨어뜨리기 위해 치른다. 다시 말해서, 문제가 아주 어렵다는 뜻이다."

"어서 누군지 말씀해 주세요."

코너가 웅얼거렸다.

"지난주, 멜로디가 우리와 함께 예비 시험을 봤을 때 나는 멜로디가 단지 운이 좋아서 높은 점수를 받았다고 생각했다. 하지만 멜로디는 우리 모두의 예상을 뒤엎어 버렸다. 멜로디가 쓴 답안은 틀린 문제 하나 없이 완벽했다."

디밍 선생님은 반 아이들 모두가 이 사실을 받아들일 수 있도록 잠시 말을 멈추었다. 그리고는 다시 입을 열었다.

"모든 문제를 말이다."

— 대지진 발표 : 사방에서 벽이 무너지고 있습니다!

"그럼 멜로디도 팀에 들었다는 말씀인가요?"

로즈가 믿을 수 없다는 목소리로 말했다.

"그래, 멜로디도 팀원으로 선발되었다."

"하지만… 그렇지만… 너무 이상해 보이잖아요!"

클레어가 말했다.

"모두가 우리를 쳐다볼 거라고요."

"그런 얘기라면 다시는 하지 않으면 좋겠구나. 알아들었니?"

디밍 선생님이 단호하게 말했다.

"다들 멜로디를 축하해 주자. 멜로디가 우리 팀원이 돼서 아주 기쁘구나."

— 대지진 발표 : 의무병을 불러! 여기 이 애 지금 터지기 일보 직전이라고!

교실 안에 있던 아이들 모두가 나를 보기 위해 몸을 돌렸다. 캐서린이 나를 껴안았고, 로즈는 내게 미소를 건넸다. 나는 팔다리를 휘두르거나 침을 흘리지 않으려고 안간힘을 썼다. 칠칠치 못한 모습으로 팀원들을 실망시키고 싶지 않았다.

"〈위즈 키즈〉에서 괜찮게 생각할까요?"

몰리가 물었다.

디밍 선생님은 신중한 표정으로 대답했다.

"대회 사무국에 전화를 해서 상황을 이야기했다. 어쨌든 너희들이 신경 쓸 필요는 없어."

디밍 선생님이 계속해서 말했다.

"자, 모두 집중! 선발된 팀원들은 첫 대회에 출전하는 날까지 앞으로 2주 동안 날마다 방과 후에 함께 모여 두 시간 동안 대회 준비를 한다. 준비는 의무니까, 동의서에 부모님 서명을 받아서 내일까지 제출하도록."

— 대지진 발표 : 여진이 계속될 것이라고 합니다! 이런 적은 단 한 번도 없었습니다!

생각할수록 신이 났다. 텔레비전! 긴장되는 순간! 사람들이 다 나를 보게 되겠지! 몸이 점점 오그라들면서 빳빳해졌고, 팔과 다리가 회오리 춤을 추기 시작했다. 어느새 머리까지 제멋대로 움직였다. 그러지 않으려고 죽을힘을 다했지만, 내 마음과는 상관없이 비명 소리가 새어 나왔다.

그 소리에 모두 뒤를 돌아보았다. 몰리와 클레어가 과장되게 손뼉을 치고 발을 구르면서 요란스럽게 웃어 대는 모습이 보였다. 대부분의 아이들이 소리를 죽여 낄낄거렸다. 디밍 선생님의 얼굴이 점점 굳어졌다.

나는 젖 먹던 힘까지 끌어올려 엄지손가락으로 버튼을 눌러 "가요"라고 말했다.

캐서린이 재빨리 나를 교실 밖으로 데리고 나갔다.

쥐구멍에라도 숨고 싶은 심정이었다.

22.

그 뒤 2주는 쏜살같이 지나갔다.

괴상한 모습을 보이는 작은 실수를 했지만, 그다음 날 나는 아무 일 없었다는 듯 아이들 앞에 나타났다. 어쩌면 별일 아니었을지도 모른다. 나는 그저 나였을 뿐이다. 하지만 다른 아이들도 그렇게 생각했는지는 잘 모르겠다. 아무도 그 일에 대해서 말하지 않았다.

퀴즈 팀에 선발된 다른 아이들처럼 나도 수업이 모두 끝난 뒤 학교에 남아 대회 준비를 했다. 모임은 오후 3시 30분부터 6시까지 이어졌다. 내가 팀원 중 한 명이라는 게 믿기지 않았다. 나에게는 팀이 있고, 팀에는 내가 있다. 우린 같은 교실에 있었다. 그러나 우린 진정한 팀이라고 할 수 없었다. 팀원들은 내가 문제를 잘 맞힌다고 인정했다. 하지만….

디밍 선생님이 선다형 문제를 낼 때는 그나마 괜찮다. 잠깐 생각한 뒤, 답을 누르면 된다. 하지만 그럴 때가 아니면 거의 모든 과정이 정신을 차릴 수 없을 정도로 빨리 진행되는 데다, 아이들은 저희끼리 활발하게 의견을 나누기 때문에 나는 넋을 놓고 앉아 있을 수밖에 없다.

"너희, 세상에서 가장 긴 단어가 뭔지 알아?"

어느 날 오후, 코너가 라즈베리 맛 사탕을 씹으며 모두에게 말했다.

"그런 건 문제로 안 나와."

클레어가 코너가 들고 있던 사탕을 확 낚아채며 말했다.

"알파벳 'i' 위에 찍는 점 이름이 뭐지?"

엘레나가 아이들을 향해 물어보았다.

나는 정답을 알고 있었지만 컴퓨터에 입력하려면 시간이 걸렸다.

"답은 '티틀'이야."

6학년인 아만다가 재빨리 대답했다.

"5학년 애들 두뇌 크기가 딱 그 정도쯤 되지?"

"아이고, 그러세요."

로드니가 빈정거렸다.

나도 로드니처럼 빈정거리고 싶었지만 버튼을 누르는 속도가 너무 느렸다. 그사이 아이들은 벌써 다른 문제로 넘어갔다.

"미국 식민지 시대에 처음으로 태어난 아이의 이름은?"

로즈의 손에는 엄청나게 많은 질문 카드가 있었는데, 로즈는 거기서 하나를 골라 질문을 던졌다.

"버지니아 데어"

엘레나가 대답했다.

"좋아, 이제 내 차례야."

엘레나가 색깔별로 분류한 자신의 질문 카드를 넘기며 말했다.

"최초의 미스 아메리카는?"

"아, 유치해."

코너가 말했다.

"대회 본부에서 그런 이상한 문제를 낼 리가 없어."

"너, 누군지 모르는구나?"

클레어가 코너에게 말했다.

"천만에, 당연히 알지."

코너가 코웃음을 치며 대답했다.

"1921년, 마거릿 고먼. 당시 열여섯 살이었고, 너보다 훨씬 예뻤어!"

코너와 로드니가 웃음을 터뜨렸다.

그때 로드니가 갑자기 끼어들며 말했다.

"내가 다른 문제를 내 주지. '이 기생충'이 뭐게?

로즈가 한 치의 망설임도 없이 대답했다.

"머리에 사는 이 얘기잖아. 이게 무슨 문제라고. 너 혹시 머리에 이 생긴 적 있니?"

"무슨 소리야? 난 그냥 문제를 낸 건데."

"내가 어려운 문제를 낼게."

아만다가 아이들을 향해 말했다.

"육지증이란?"

아만다가 낸 문제에 교실에 있던 아이들 모두 한동안 입을 열지 못했다. 그 틈을 타서 나는 버튼을 눌러 '손가락 6'이라고 입력했다. 그런 다음 모두 내 대답을 들을 수 있도록 재생 버튼을 눌렀다.

"멜로디, 대단한데?"

엘레나가 말했다.

"어떻게 저렇게 잘 알지?"

클레어가 로즈에게 속삭였다.
"그야 똑똑해서지!"
로즈가 질문 카드를 넘기며 대답했다.
"하지만 텔레비전으로 보면 괴상할 거야, 안 그래?"
클레어는 내가 듣지 못한다고 생각하는지 계속해서 그렇게 말했다.
나는 클레어의 말을 받아칠 준비가 되어 있었다. 이런 경우를 대비해서 어젯밤에 몇 가지 대답을 미리 저장해 두었기 때문이다.
"텔레비전에는 원래 특이한 사람들이 나오는 거야."
엘비라가 나 대신 말했다.
"그러니까 넌 걱정하지 마, 클레어."
"이야, 누가 제대로 먹인 거 같은데?"
코너가 폭소를 터뜨렸다.
"잘했어, 멜로디!"
내가 마음대로 움직일 수 있다면, 당장 춤을 출 텐데!
하지만 그런 짜릿한 순간은 눈 깜짝할 사이에 지나가 버렸다. 아이들은 입에 모터가 달린 게 아닐까 싶을 정도로 빠르게 문제를 주고받았다. 아이들이 속도를 낼수록 내가 끼어들 틈은 더욱 줄어들었다. 아무튼 나는 아이들이 하는 말을 주의 깊게 들으며 문제를 머릿속에 담아 두었다.
"물 위에 뜨는 돌을 뭐라고 하게?"
"부석."
"사람의 염색체 수는?"
"46개."

"최초로 여성의 투표권을 인정한 주는?"

"와이오밍."

"디밍 선생님의 성은?"

"윌리스!"

마지막 질문에 우리 모두 배꼽을 잡고 쓰러졌다.

자율 학습이 끝날 때마다 디밍 선생님은 전국 〈위즈 키즈〉 대회 본부에서 출제한 문제를 우리에게 나누어 주었다. 그 문제는 선다형으로 나왔기 때문에 별 어려움 없이 풀 수 있었다. 하지만 나는 자율 학습 시간에도 다른 아이들처럼 서로 질문을 주고받으며 공부하고 싶었다.

대회 준비가 한창이던 어느 화요일 오후, 로즈 엄마가 학교로 피자를 시켜 주었다.

"야, 너희 엄마 진짜 멋쟁이시다!"

코너가 말했다.

"코너, 아부가 너무 심한 거 아냐?"

로즈가 웃으며 대답했다.

아이들은 모두 따끈따끈하고 먹음직스러운 냄새를 풍기는 피자 상자 곁으로 모여들었다. 나도 다른 아이들처럼 배가 고팠지만 휠체어에 그대로 앉아 있을 수밖에 없었다.

"멜로디, 너도 피자 먹고 싶지?"

엘레나가 물었다.

"내가 한 조각 가져다줄게."

엘레나는 그다지 말이 많은 편은 아니었지만 언제나 공책에 무언가를 열심히 적었고, 아이들끼리 문제를 내면 정답을 아주 잘 맞혔다.

"괜찮아. 배 안 고파."

어떻게 해야 아이들에게 내가 혼자서는 아무것도 먹지 못한다고 설명할 수 있을까? 누가 도와주지 않으면 나는 아무것도 먹을 수 없다. 먹는 동안에는 주변이 엉망이 된다.

그날, 엄마가 나를 데리고 집으로 돌아가는 길에 피자헛에 들르겠느냐고 물었다. 나는 조용히 고개만 끄덕였다.

23.

마침내 대회 날 아침이 밝았다. 으슬으슬 추웠다. 브이 아줌마와 나는 3월 초의 찬 공기 속에서 오들오들 떨며 학교 버스가 오기를 기다렸다. 겉옷의 감촉이 좋았다. 우리는 전동 휠체어 대신 수동 휠체어를 쓰기로 했다. 만일에라도 경사로가 없는 곳을 갈 때를 대비해서다. 전동 휠체어는 엄마가 들어 나르기에는 조금 무거웠다.

"준비됐니, 멜로디?"

브이 아줌마가 물었다.

"당연하죠!"

"든 게 너무 많아서 머리가 터져 버릴 것 같은 기분이지?"

"어떻게 아셨어요?"

나는 브이 아줌마를 향해 방긋 웃었다.

"넌 잘할 거야. 아니, 그 이상일 거야. 진짜 혜성처럼 나타나는 거지. 얼마나 멋질까!"

브이 아줌마가 말했다.

"그럼요."

나는 맞장구를 쳤다.

"우리도 스튜디오에 갈 거란다. 방청석에 앉아서 너를 응원할 거야."
"우리 팀을요?"
"팀? 다른 아이들도 있니?"
브이 아줌마가 전혀 몰랐다는 듯 이마를 치며 말했다.
"난 너 혼자 대회에 나가는 줄 알았지 뭐니!"
"다른 학교에서도 많이 올 거예요."
"걱정 마, 멜로디. 넌 그 아이들보다 더 똑똑하니까. 우리가 가장 큰 소리로 응원할게. 엄마와 아빠, 페니와 내가 말이야."
"저 괜찮아 보여요?"
브이 아줌마가 나를 위아래로 훑어보았다.
"연예인 같아!"
브이 아줌마가 말했다.
"엄마가 블라우스를 가방 안에 더 챙겨 넣었어. 만일을 위해서 말이야. 캐서린이 도와줄 거야."
캐서린이 온다는 말을 들으니 무척 기뻤다. 아마 디밍 선생님도 다행이라고 생각할 것이다.
"다시 한 번 오늘 계획을 말씀해 주세요."
"엄마가 학교에서 널 데리고 나온 뒤에 간단하게 배를 채울 거란다. 그리고 다른 참가자들이 도착하기 전에 널 스튜디오로 데려가실 거야. 페니와 아빠, 나는 스튜디오에서 만나자꾸나."
"내가 스튜디오에 나타나면 스태프가 놀라지 않을까요?"
"스태프들도 너를 맞을 준비가 되어 있어. 오히려 리포터가 와서 너를 인터뷰하려고 달려들지도 몰라."

"저를요? 왜요?"

기계가 있어야만 대화할 수 있는 아이에게? 왜인지 알 수가 없었다. 내가 리포터라면 얼마나 지루할까.

"네가 얼마나 매력이 넘치는지 아니? 사람들이 다 너를 멋지다고 생각할 거야. 어쩌면 네가 어떻게 생활하는지 더 궁금해할 수도 있어."

"나를 웃음거리로 삼지는 않을까요?"

그렇게 생각하기만 해도 눈가가 축축해졌다.

브이 아줌마가 따뜻한 두 손으로 내 손을 감쌌다.

"전혀 아니란다. 오히려 널 대단하다고 생각할 거야. 내가 장담해. 넌 스폴딩 초등학교의 스티븐 호킹이야. 그 사람들은 널 보는 행운을 잡는 거지!"

"정말 사람들이 그렇게 생각해 주면 좋겠어요."

"자, 버스가 왔구나. 좋은 하루 되렴, 멜로디. 우린 밤에 다시 만나자."

나는 어떻게 해서든 블라우스를 버리지 않기 위해 바짝 긴장한 채 하루를 보냈다. 마지막 종이 울리고 엄마를 만나고 나서야 마음이 놓였다. 엄마와 나는 차 안에서 사과 소스를 곁들인 마카로니로 간단하게 배를 채운 뒤 시내로 향했다. 고맙게도 엄마는 옷을 버릴 만한 음식은 준비하지 않았다.

엄마는 방송국 스튜디오 바로 앞에 자리한 장애인 전용 주차 공간에 차를 세운 뒤, 경사로를 이용해 휠체어를 내렸다. 그런 다음 나를 휠체어에 앉히고 안전띠를 매 주었다. 엄마는 엘비라까지 휠체어에 모두 장착한 뒤 나를 밀고 방송국으로 들어갔다. 두꺼운 화장에 곱슬머리를 한 키 작은 안내원이 우리를 보더니 친절하게 스튜디오로 안내했다.

스튜디오에 들어선 나는 몇 번이고 눈을 깜빡거렸다. 지금껏 텔레비전으로 본 것은 모두 속임수였다. 텔레비전에서는 분명히 시내가 훤히 내다보이는 커다란 창문 앞에 뉴스 앵커가 앉아 있었는데, 실제로 보니 그건 그림이었고 아주 작았다. 뉴스 진행자가 앉는 데스크도 마찬가지였다. 집에서 볼 때보다 훨씬 작았다.

날마다 뉴스에 나오는 진행자 몇 명이 있었다. 아침 뉴스를 진행하는 여자 진행자는 내 눈을 믿을 수 없을 정도로 날씬했다. 텔레비전으로 볼 때는 날씬하지도 뚱뚱하지도 않았는데 그게 아니었다. 카메라에 커다란 풍선처럼 비칠 내 모습을 상상할 수 있었다.

카메라는 바퀴가 달린 어마어마하게 크고 시커먼 기계 장치 위에 있었다. 헤드폰을 낀 남자 스태프와 클립보드를 손에 든 여자 스태프가 그 주위를 바쁘게 오가며 무언가를 확인하는 중이었다. 스튜디오 뒤편은 어두웠지만 대회가 열리는 무대 위로는 조명이 눈부시게 내리쬐고 있었다. 우리가 서 있을 자리와 답을 정할 때 누르는 커다란 버튼이 보였다.

방청석은 카메라와 다른 촬영 장치들 뒤에 있었다. 벌써 와서 앉아 있는 사람도 있었다. 무대와 방청석 사이에는 커다란 유리창이 있었다.

어느새 캐서린이 다가와 내 어깨를 두드렸다. 나는 화들짝 놀랐다.

"멋있지?"

"네, 이런 곳인 줄 몰랐어요."

나는 버튼을 눌러 말했다.

엄마와 캐서린이 수다를 떠는데, 청바지에 헐렁한 후드티를 입은 남자가 우리를 향해 다가왔다.

"실례하겠습니다. 음… 혹시 네가 멜로디 브룩스니?"

남자가 나를 보고 말했다.

나는 깜짝 놀랐다. 그리고 서둘러 버튼을 눌렀다.

"네."

"난 무대 연출자 폴이란다."

폴은 커다란 손으로 내 손을 잡고 악수했다.

"다행히 일찍 와 주었구나. 촬영하기 전에 우리가 자리를 제대로 배치했는지 확인해 보려고 한단다. 네가 출연해서 참 기쁘다."

폴은 엄마나 캐서린이 아닌 나에게 직접 말했다. 나는 바로 폴이 마음에 들었다.

우린 여기저기 널린 전선을 조심조심 피해 무대 위로 올라갔다.

"여기가 각 팀 참가자들이 서는 곳이란다."

폴이 설명했다.

"각 참가자 앞에는 네 개의 커다란 버튼이 놓여 있어. 답이 A면 빨간색, B면 파란색, C면 노란색, D면 초록색을 누르면 되는 거야."

나는 고개를 끄덕였다.

"너는 이곳에 앉으면 돼. 팀원들 바로 옆이야. 내가 널 위해 특별한 정답판을 만들었거든? 휠체어 높이에 딱 맞을 거야."

폴은 정답판을 보여 주며 흐뭇한 표정을 지었다.

"와!"

나는 놀라움을 표시하려고 그렇게 말했다.

"정말 딱 맞아요. 어찌 이리 잘 아세요?"

"우리 아들도 휠체어를 타거든."

폴이 어깨를 으쓱해 보이며 말했다.

"난 러스티를 위해 짬 날 때마다 뭔가를 만든단다. 하지만 러스티는 네가 쉽게 하는 일도 못 하는 경우가 많지."

폴은 내 앞에 무릎을 구부리고 앉아 나와 눈을 마주쳤다.

"자, 그럼 이제 모두를 놀라게 하는 거야! 러스티가 너를 지켜볼 거야."

"좋아요!"

나는 대답했다.

"러스티를 위해서!"

폴은 내가 네 가지 버튼을 눌러 볼 수 있도록 휠체어를 정답판 앞으로 밀어 주었다. 버튼이 아주 커서 메디토커를 사용할 때보다 답을 누르기가 훨씬 쉬웠다.

빨간 버튼을 누르자 글자 A가 앞에 있는 화면에 커다랗게 나타났다.

"고마워요, 폴 아저씨. 아주 많이요."

폴은 내게 윙크를 하고는 앞에 놓인 나머지 버튼 세 개를 눌러 화면에 글자가 제대로 나타나는지 확인했다. 그러고는 내게 나중에 보자고 인사했다.

"할 수 있어요."

엄마와 캐서린에게 말했다.

"전 준비 다 됐어요."

우리 팀원들이 하나둘씩 등장했다. 코너는 검은 정장을 쫙 빼입고 보기 좋은 빨간 넥타이를 맨 채 나타났다. 로즈는 긴장이 되는지 얼굴이 창백했다.

"안녕, 멜로디."

로즈가 말했다.

"긴장되지 않니?"

"아니, 전혀!"

나는 자신 있게 대답했다.

"엄마가 이 넥타이를 억지로 매 줬어."

코너가 넥타이를 느슨하게 풀면서 못마땅하다는 듯이 말했다.

"생방송 중에 질식하게 생겼어!"

어슬렁거리며 스튜디오를 돌아다니는 우리 팀 후보들은 약간 우울해 보였다. 아만다, 로드니, 몰리, 엘레나, 이 넷은 우리 팀원 중 누군가가 예기치 못한 일로 참석할 수 없게 되지 않는 이상 대회에 나갈 수 없다. 가장 유력한 경우는 코너가 질식하거나 내가 경련을 일으키는 것이다.

"아만다, 괜찮아?"

로즈가 아만다에게 묻는 소리가 들렸다.

"응. 하지만 어쩐지 아무짝에도 쓸모없는 사람이 된 것 같은 기분이야."

"그 기분 알 것 같아."

로즈가 대답했다.

"잘해야 돼!"

아만다가 로즈에게 말했다.

"그럴게!"

로즈가 활짝 미소 지었다.

"워싱턴에서 열리는 최종 결승전에는 한 팀에 여섯 명이 나가잖아. 너희가 잘해야 다음에 내가 나가지!"

"그래, 고마워. 꼭 1등 하고 올게."

"좋았어!"

클레어와 몰리는 카메라 앞에서 재미있는 표정을 지어 보이며 생방송에 출연하는 흉내를 냈다. 하지만 그 둘 중 누구도 내게 말을 걸지는 않았다.

"여길 봐, 클레어!"

몰리가 말했다. 신기한 것이라도 본 것처럼 한순간 목소리가 떨렸다.

"우리 모습이 저쪽에 있는 카메라에서도 보여!"

"나 괜찮아 보이니?"

클레어가 드레스를 쓸어내리며 말했다.

"아주 예뻐."

몰리가 클레어의 기운을 북돋아 주었다.

"너도 알겠지만 원래 저 자리는 멜로디 대신 네가 있어야 할 자리야."

클레어는 나더러 들으라고 일부러 큰 소리로 말했다.

"뭐, 멜로디 대신 나갈 준비는 다 돼 있어."

뒤에 서 있던 몰리도 큰 소리로 말했다.

나는 못 들은 체하며 잊자, 잊자, 잊자 하고 중얼거렸다. 두 아이가 나를 방해한다고 해서 가만히만 있을 내가 아니다. 나도 생각해 둔 대처 방법이 많다.

곧 디밍 선생님이 스튜디오에 나타났다. 선생님은 하얀 셔츠와 빨간 조끼, 감청색 정장을 입고 있었다. 빨간 넥타이도 아주 멋졌다. 선생님이 등장하자 우리 팀은 모두 환호를 보냈다. 코너는 선생님과 하이파이브를 했다.

디밍 선생님은 신경이 잔뜩 예민해져서 촬영장을 어수선하게 돌아다니며 이런저런 사항들을 점검하시더니 우리 모두에게 행운을 빌어 준 뒤 곧 방청석으로 가 앉았다. 선생님은 대회가 진행되는 동안에는 참가자들과 이야기를 나누어서는 안 되었다. 캐서린은 혹시라도 내게 문제가 생길 경우를 대비해 카메라 바로 뒤에 자리했다.

다른 팀들도 속속 촬영장에 들어왔다. 그린 힐 초등학교는 모두 진한 녹색 스웨터를 입었다. 나쁜 생각은 아니었지만 스웨터가 싸구려처럼 보였다.

크라운 초등학교를 대표하는 팀은 머리에 작은 왕관 모형을 쓰고 등장했다. 내가 보기엔 너무 유치한 게 아닌가 싶었다.

반면 우리 팀은 특별히 준비한 게 없었다. 그럴 필요도 없었다. 왜냐고? 바로 내가 있으니까.

24.

시작이다.

"카메라 돌아갑니다!"

누군가가 외쳤다. 그러고는 무대 한가운데에 서 있는 남자를 손가락으로 가리키며 말했다.

"5, 4, 3, 2…"

마른 몸에 머리카락을 빳빳하게 고정한 사회자가 턱시도를 쓸어내리고 빨간 줄무늬 넥타이를 만지작거리더니 큐 소리와 함께 입을 열었다.

"안녕하세요, 여러분!"

조율이 잘된 악기 같은 목소리였다.

"모두 잘 오셨습니다. 서부 오하이오 지역 〈위즈 키즈〉 퀴즈 대회에 참가하신 여러분을 환영합니다."

여기저기서 환호성이 터져 나왔다.

"지역 예선에서 우승한 팀은 2주 뒤 워싱턴으로 날아가 전국 대회에 참가하게 됩니다."

더 큰 환호성이 이어졌다.

"대회에 참가한 이 퀴즈 천재들에게 행운이 있기를 기대합니다!"

사회자는 스튜디오가 조용해지기를 기다렸다.

"규칙은 간단합니다."

사회자가 계속해서 설명했다.

"문제는 모두 25문제입니다. 각 팀 네 명 모두 각각 문제를 푸는데, 정답을 맞힌 사람은 1점을 얻습니다. 따라서 한 팀이 받을 수 있는 최고 점수는 100점입니다."

사회자는 카메라가 점수판을 비출 수 있도록 잠시 말을 멈추었다.

"예선전에서 가장 높은 점수를 받은 두 팀이 결승에 오릅니다. 그러니 각 팀의 합계 점수가 중요하겠죠? 결승전에서 승리한 팀은 워싱턴에 가게 됩니다. 그리고 전국 대회에서 승리를 거머쥔 팀은 다음 날 생방송으로 진행되는 〈굿모닝 아메리카〉 토크 쇼에 출연하여 미국 전역의 텔레비전에 나가게 될 것입니다!"

환호성과 박수 소리가 터져 나왔다.

"오늘 밤 처음으로 대결할 두 팀은 우드랜드 초등학교와 스폴딩 초등학교입니다. 참가자들은 무대로 나와 주세요."

우드랜드 초등학교에서 나온 참가자들과 우리 팀 참가자들이 카메라를 향해 손을 흔들며 무대 위로 걸어 나갔다.

캐서린은 나를 자리로 안내한 다음, 정답 버튼이 잘 닿는 곳에 있는지 확인했다. 그리고 재빨리 나를 껴안고 나서 무대 밖으로 사라졌다.

"잠시 여러분께 소개할 사람이 있습니다."

사회자인 킹즐리 씨가 말했다.

"오늘 밤, 이 대회에 참석한 아주 특별한 학생입니다. 여러분, 멜로디 브룩스 양을 소개합니다."

카메라가 일제히 나를 향했다. 조명은 믿을 수 없을 정도로 뜨겁고 밝았다. 눈꺼풀이 파르르 떨렸다. 온몸에서 식은땀이 흐르는 것 같았다.

"다른 학생들은 모두 서서 문제를 풀지만 멜로디 양은 앉아서 문제를 풉니다. 멜로디 양이 정답을 쉽게 누를 수 있도록 저희가 정답판의 위치를 바꾸긴 했지만, 그 외 다른 조건은 모두 똑같다는 사실을 알려드립니다. 듣자 하니 멜로디 양이 이 팀의 비밀 병기라고 하더군요."

방청객을 향해 손을 흔들려고 했지만 내 모습이 바보처럼 보일 것 같아 불안해서 손을 들었다가 그대로 내렸다.

내 옆에는 로즈가 서 있었고 코너는 가운데, 클레어는 맨 끝에 서 있었다.

"토할 것 같아."

클레어가 작게 말하는 소리가 들렸다.

"그러기만 해 봐!"

코너가 낮은 목소리로 말했다.

"자, 먼저 참가자들이 정답 버튼에 익숙해지도록 연습 문제를 내겠습니다. 모두 준비됐나요? 다음 중 포유동물은 무엇입니까?

A. 고양이

B. 새

C. 거북

D. 거미."

모두 A를 눌렀다. 자리 앞 화면에 일제히 글자 A가 표시됐다.

"앞으로 나올 문제가 이렇게 쉽다면 정말 좋겠죠?"

킹즐리 씨가 싱긋 웃으며 말했다.

— 네, 맞아요.

"두 가지를 기억하세요."

킹즐리 씨가 모두에게 주의를 주었다.

"이 대회는 개인 대결이 아닌 팀 대결이고, 얼마나 정답을 빨리 맞히느냐가 아니라 얼마나 정확히 맞히느냐가 중요합니다. 각 팀 참가자들의 점수 총합에 따라 예선전에서 가장 높은 점수를 얻은 두 팀이 결승전에 진출하게 됩니다. 그럼, 모두 준비됐나요?"

"네!"

일곱 명의 참가자들이 일제히 대답했다.

나도 "준비됐어요" 하고 소리를 내려다 대회에 집중하기로 하고 그만두었다.

"첫 라운드는 모두 25문제입니다. 자, 그럼 시작하겠습니다. 첫 번째 문제입니다."

나는 바짝 긴장했다. 자, 시작이다!

"하루살이의 평균 수명은 얼마나 될까요?

A. 1분에서 한 시간

B. 30분에서 하루

C. 하루에서 일주일

D. 2주에서 한 달."

띵! 띵! 띵! 띵! 모두 제 앞에 놓인 정답판을 눌렀다.

우리 팀은 모두 B를 눌렀다. 우드랜드 팀은 한 명이 A를 눌렀다.

킹즐리 씨가 미소를 지으며 말했다.

"정답은… B입니다. 우드랜드 초등학교가 3점을 얻었고 스폴딩 초등학교는 모두 정답을 맞혀서 4점을 얻었습니다."

— *우린 할 수 있어. 난 할 수 있어. 다음 문제도 식은 죽 먹기야!*

"두 번째 문제입니다."

킹즐리 씨가 차분한 목소리로 말했다.

"렉싱턴 전투(미국 독립혁명 때 영국군과 아메리카 민병대가 싸웠던 최초의 전투)는 언제 일어났을까요?

A. 1774년

B. 1775년

C. 1776년

D. 1777년."

이번 문제는 조금 까다로웠다. 나는 B를 눌렀다. 다른 참가자들도 모두 B를 눌렀다. 이제 점수는 7대 8이었다.

킹즐리 씨가 계속해서 문제를 냈다.

"문학에서 사용하는 '모순 어법'이란 용어는 무슨 뜻일까요?

A. 서로 모순이 되는 단어의 조합

B. 연속적인 사건의 결과

C. 문학이나 역사적 사건에 관해 함축적으로 표현한 말

D. 상징적인 이야기 또는 해설."

나는 버튼을 눌렀다. 화면에 정답이 나타났다. 코너의 답이 틀렸고, 우

드랜드 초등학교에서도 둘이나 잘못된 답을 선택했다. 따라서 지금까지 총점은 우드랜드가 9점, 스폴딩이 11점이었다. 우리 팀이 여전히 이기고 있었다. 그러나 아직도 22문제나 남아 있었다.

"자, 다음은 수학 문제입니다."

— 오, 세상에! 난 끝이다.

"어느 미술관에는 총 2,357점의 그림이 전시되어 있습니다. 그런데 이 미술관에는 124개의 전시실이 있다고 합니다. 그렇다면 각 전시실에는 몇 점의 그림이 전시되어야 적당할까요?

A. 10점

B. 20점

C. 60점

D. 200점."

— 난 이제 죽었다. 자, 침착하게… 머릿속으로 미술관을 상상하자… 그리고 전시실도 상상하고… 훌륭한 그림들도 생각해 보자…. 그럼 전시실 하나당 몇 점의 그림이 전시되어 있을까? 으… 잘 모르겠다. 뭐에서 뭘 나누어야 하지? 아, 모르겠어. 그냥 60점이라고 찍자.

화면에 B가 정답이라고 나타나자 부끄러움이 밀려들었다. 왠지 멍청이가 된 것 같았다. 하지만 로즈도 이번 문제에서 틀린 답을 골랐다. 우드랜드 참가자 둘도 마찬가지였다. 점수는 13대 11로, 여전히 우리 팀이 앞서고 있었다.

시간은 흘러 이윽고 25번 문제에 이르렀다. 온몸이 땀으로 축축하게 젖었고 갈증이 났지만 신경 쓰지 않았다. 두 팀은 문제를 푸는 동안 계속 엎치락뒤치락하며 점수 차를 좁혔다 벌렸다 했다.

우드랜드 초등학교가 우리를 앞지를 때도 있었고 우리가 큰 점수 차로 우드랜드를 앞설 때도 있었다. 나는 국어 문제에서 점수를 땄지만 으레 수학 문제에서 발목이 잡혔다.

코너는 단어에 약했기 때문에 단어 문제에서 여러 번 틀린 답을 골랐다. 로즈는 역사에 약했고 클레어는 과학을 어려워했다. 우드랜드 초등학교 아이들도 마찬가지였다. 다들 어떤 부분에서는 강했고, 어떤 부분에서는 약했다.

"이제 두 학교가 마지막 문제를 남겨 놓고 있습니다."

킹즐리 씨가 방청객을 향해 말했다. 그리고 목청을 가다듬고 마지막 문제를 냈다.

"릭터 규모는 어떤 현상을 측정할 때 쓰는 척도일까요?

A. 토네이도

B. 허리케인

C. 지진

D. 쓰나미."

띵! 띵! 띵! 띵!

C를 누르고 나자 긴장이 풀렸다. 다행인지 퀴즈를 푸는 동안 회오리바람처럼 손발을 휘두르는 짓은 하지 않았다. 코너와 로즈, 클레어도 마지막 문제의 정답을 맞혔다. 우드랜드에서는 두 명이나 '허리케인'을 선택했다. 우리 팀은 총 81점을 냈고, 우드랜드는 77점에 그쳤다.

"스폴딩 초등학교, 축하합니다!"

킹즐리 씨가 품위 있는 미소를 지으며 말했다.

"오늘 밤 가장 높은 점수를 얻은 두 팀이 결승전에서 만나게 됩니다. 스폴딩 초등학교에 행운이 있기를 바라며 다시 만나기를 기대해 보죠."

첫 번째 대결은 우리의 승리였다!

중간 광고가 나가는 시간에 우리는 스튜디오 뒤에 특별히 마련된, 참가자들을 위한 대기실로 안내되었다. 우드랜드 초등학교의 참가자들은 완전히 실망한 표정이었다. 우드랜드 팀에게는 첫 대결이 마지막 대결이 된 셈이었다. 이제 우드랜드 팀은 다른 팀들이 조명 환한 무대 위에서 문제 푸는 모습을 지켜보아야만 했다.

엄마와 아빠, 페니, 브이 아줌마, 캐서린이 대기실에서 나를 기다리고 있었다. 내가 들어서자 식구들은 꼭 로또에라도 당첨된 사람들처럼 나를 껴안고 뽀뽀를 퍼부었다. 잠깐 동안이지만 캐서린은 춤까지 추었다. 아빠는 내 모습을 하나도 빠짐없이 캠코더에 담아 놓았다고 말했다.

"정말 멋졌어, 멜로디!"

브이 아줌마가 들뜬 목소리로 말했다.

"엄마는 네가 저어어엉말로 자랑스럽단다!"

엄마가 말했다.

"나 콜라 마셔도 돼요?"

나는 재빨리 버튼을 눌렀다. 숨이 막힐 것 같았다.

모두 내가 한 말에 웃음을 터뜨렸다. 캐서린은 서둘러 종이컵을 가지러 갔다. 대기실에는 참가자들을 위해 준비해 놓은 차가운 탄산음료가 있었던 것이다.

엄마는 얼음처럼 차가운 콜라를 셔츠에 흘리지 않게 조심하며 내게 먹여 주었다. 나는 목이 너무나 말라 다른 팀 아이들이 콜라를 마시는 내 모습을 훔쳐보는 것도 신경 쓰지 않았다.

디밍 선생님이 로즈와 코너 그리고 클레어에게 차례차례 축하 인사를 한 뒤, 기쁜 표정으로 우리에게 다가왔다.

"정말 짜릿했어, 멜로디! 대단하더구나! 선생님은 우리 팀이 정말 자랑스럽다. 특히 네가 말이다."

"감사합니다."

나는 버튼을 눌렀다.

"이제 어떻게 되나요?"

"다른 팀들이 모두 예선전을 치를 때까지 기다려야지. 그리고 우리 팀 말고 가장 높은 점수를 받은 팀과 결승전에서 맞붙은 뒤에 짐을 싸서 워싱턴으로 가면 된다!"

"아직 짐을 싸진 마세요."

나는 싱긋 웃어 보이며 버튼을 눌렀다.

"선생님은 10년부터 짐을 싸 뒀단다."

선생님이 나를 보며 말했다.

"지금까지 적당한 팀이 나타나기만을 기다렸지. 그게 바로 올해 우리 팀이야. 보기만 해도 알 수 있어."

선생님은 다른 학부모들과 이야기를 나누러 곧 자리를 떴다. 나는 선생님의 꿈이 무엇인지 여태껏 한 번도 생각해 본 적이 없었다. 이번 대회가 선생님한테 얼마나 중요한지도 알지 못했다.

로즈가 다가와서 페니 옆에 쪼그리고 앉았다.

"페니, 모자가 정말 예쁘다."

로즈가 빨간 깃털이 달린 파란 물방울무늬 모자를 쓴 페니에게 말했다. 페니는 두들을 꼭 껴안고 있었다.

"루-시!"

페니가 신이 나서 대답했다.

"우리 귀여운 아가는 그동안 뭐하고 지냈을까?"

로즈가 속삭이듯 말했다.

"루-시!"

페니가 대답했다.

"정말 잘하더라, 멜로디!"

로즈가 내게 말했다.

"너도."

내가 버튼을 눌러 말했다.

"우리가 결승에 올라갈 수 있을까?"

"응!"

"그리고 워싱턴에도 가고?"

"그럼!"

"〈굿모닝 아메리카〉에도 출연할 수 있겠지?"

"당연하지!"

클레어는 대기실 맞은편에 부모님과 함께 있었다. 코너가 느긋한 걸음으로 로즈 옆에 다가와 섰다.

"너 잘하더라, 멜로디."

코너가 말했다.

"나는 틀렸는데 맞힌 문제도 많았어!"

"넌 수학 문제를 잘 풀었잖아."

나는 코너에게 말했다.

"나도 알아."

코너가 웃으며 말했다.

"그래도 단어 문제는 너무 어려워! 결승전에는 단어 문제가 안 나오면 좋겠다."

"난 화장실에 다녀와야겠다."

로즈가 서둘러 말했다.

"결승전이라니, 정말 긴장돼!"

로즈가 서둘러 자리를 떠났다. 나는 로즈의 기분을 알 것 같았다. 내 가슴 역시 커다란 호박벌이 심장으로 날아온 것처럼 요동치고 있었다.

무대 위에서는 백만 년이라도 지나는 것처럼 시간이 느리게 가더니, 대기실에서는 채 몇 분도 되지 않은 것 같은데 우리 다음에 올라간 팀들이 대결을 마치고 돌아왔다. 두 번째 대결에서는 작은 왕관을 쓴 크라운 초등학교가 79점으로 이겼다. 30분 뒤에는 에디슨 초등학교가 80점으로 상대 팀을 이겼다.

마지막 네 번째 예선전에서는 페리 벨리 초등학교가 우리보다 한 점 앞선 82점으로 상대를 눌렀다.

"페리 벨리 초등학교가 하는 걸 지켜봤어."

브이 아줌마가 대기실로 들어오면서 말했다.

"정말 잘하더구나."

"우리보다 더 잘해요?"

내가 물었다.

"말도 안 돼! 당연히 우리 팀이 최고지. 우리 팀에는 비밀 무기가 있잖니. 바로 너 말이야!"

그때 갑자기 무대 담당자가 대기실로 다급하게 뛰어왔다. 무대 담당자는 우리를 찾고 있었다.

"페리 벨리 초등학교와 스폴딩 초등학교 팀은 결승전에 나가야 하니까 빨리 무대로 올라와 주세요! 두 팀이 최고 점수를 받았습니다. 축하합니다!"

우리는 서둘러 무대 위 자리로 돌아갔다. 무대 조명이 아까보다 더 강렬하게 내리쬐는 것 같았다.

사회자 킹즐리 씨도 다시 무대 위로 올라왔다. 무대 담당자가 마이크를 달아 주자 킹즐리 씨는 기다렸다는 듯이 목소리를 높였다.

"여러분, 다시 인사드립니다. 이제부터 지역 예선 결승전이 있겠습니다! 이번 대결에서 우승한 팀은 2주 뒤, 서부 오하이오 지역 초등학교를 대표해 워싱턴으로 가게 됩니다! 보호자를 포함한 참석자 전원에게 워싱턴으로 가는 여행 경비 일체를 지급해 드리며, 3일 동안 호텔에서 묵으실 수 있는 숙박권과 관광에 필요한 경비를 드립니다."

"트로피! 트로피!"

누군가 외쳤다.

"아, 〈위즈 키즈〉 퀴즈 대회의 유명한 트로피를 빼놓을 뻔했군요! 워싱턴에서 열리는 전국 대회에서 승리한 팀은 커다란 황금 트로피를 받게 됩니다. 그리고 〈굿모닝 아메리카〉에 게스트로 출연하죠. 그뿐만이 아닙니다. 우승을 한 팀의 학교는 학비 지원금으로 2,000달러를 받게 됩니다!"

더 큰 함성 소리가 이어졌다.

"자, 그럼 시작하겠습니다. 각 팀 참가자들, 준비됐나요?"

"네!"

참가자 모두 소리 높여 한목소리로 대답했다.

나 역시 준비됐다.

25.

너무나 흥미진진한 밤이었다. 마지막 결승전이 시작됐지만 나는 여전히 뭐가 어떻게 되어 가는지 알 수 없었다.

"결승전 문제는 지금까지보다 더 어렵다는 것을 알려드립니다. 점수를 주는 방식은 같습니다. 최고점은 100점이고, 더 높은 점수를 얻는 쪽이 이번 대회의 우승 팀이 됩니다."

킹즐리 씨가 문제가 적힌 카드를 들고 미소를 지었다.

"자, 첫 번째 문제입니다. '복시증'이란 무엇일까요?

A. 형체가 이중으로 보이는 증상

B. 오른손잡이를 뜻하는 말

C. 잇몸병의 한 종류

D. 암의 한 종류."

맙소사. 킹즐리 씨가 허풍을 친 게 아니었다! 결승전은 쉽지 않을 것이다. 하지만 정답은 A가 확실하다.

정답이 화면에 나타났다. 역시 A가 정답이었다. 휴우!

나와 로즈와 코너는 정답을 맞혔지만 클레어는 틀렸다. 한편 페리 벨리는 참가자 모두 정답을 맞혔다. 점수는 3대 4.

"두 번째 문제입니다. 재즈 곡 '랩소디 인 블루'의 작곡가는 누구일까요?

A. 모차르트

B. 거슈윈

C. 코플랜드

D. 베토벤."

띵! 띵! 띵! 띵!

이번 문제는 부모님과 브이 아줌마 덕분에 쉽게 풀 수 있었다. 나는 B를 눌렀다. 페리 벨리 팀에서 누군가 한 명이 틀렸고, 우리 팀에서는 클레어가 틀렸다. 점수는 6대 7. 여전히 페리 벨리가 한 점 앞서 있었다. 모두가 바짝 긴장해 있었다. 이어 20개의 문제가 다양한 분야에서 출제됐다. 정글에 사는 사자, 우주에서의 중력, 유명한 책의 작가, 수학 문제 등등에 대한 것들이었는데, 어떤 것들은 도무지 답을 알 수가 없었다.

띵! 띵! 띵! 띵!

코너가 어려운 용어 문제에서도 정답을 맞히고, 클레어가 까다로운 역사 문제에서 점수를 땄지만, 여전히 페리 벨리 초등학교가 1점에서 2점 차이로 우리를 앞서고 있었다.

대결이 점점 끝나가고 있었다. 페리 벨리 초등학교는 수학 문제를 우리보다 훨씬 잘 맞혔다. 어느덧 점수는 3점 차로 벌어져 78대 81이었다. 이러다가 지는 건 아닐까 우울했다. 나는 코너를 쳐다보았다. 코너의 콧등에 땀방울이 맺혀 있었다.

그 순간 킹즐리 씨가 입을 열었다.

"소리를 들었는데 빛깔이 느껴지거나, 향기를 맡았는데 색채가 보이는 등 한 가지 감각이 다른 감각으로 전이되어 느껴지는 현상을 일컫는 말은 무엇일까요?

A. 합성

B. 공생

C. 공감각

D. 상징주의."

나는 자신 있게 웃고는 C를 눌렀다. 브이 아줌마의 단어 카드에 적혀 있던 문제이기도 했지만, 내가 바로 그랬기 때문이다!

코너와 클레어, 로즈도 똑같이 정답을 맞혔다. 안도의 한숨이 절로 나왔다. 페리 벨리 초등학교에서는 단 한 사람만이 정답을 맞혔다. 점수는 82대 82였다!

단 한 문제가 남아 있었다. 딱 한 문제로 워싱턴에 갈 팀이 판가름 나는 것이다. 나는 로즈와 나머지 팀원들을 쳐다보았다. 모두가 동시에 침을 꿀꺽 삼켰다. 그만큼 긴장되는 순간이었다.

"자, 드디어 마지막 문제입니다."

킹즐리 씨가 입을 열었다.

"수학 문제입니다."

저절로 신음 소리가 흘러나왔다.

— *워싱턴으로 갈 수 있는 마지막 기회야! 이걸 놓치면 다시 H-5반으로 돌아가서 죽을 때까지 지내야 돼!*

"25번 문제입니다."

킹즐리 씨가 뜸을 들이며 천천히 말했다.

"리사는 매일 아침 학교에 갈 준비를 합니다. 옷을 입는 데 22분이 걸리고, 아침을 먹는 데 18분, 그리고 학교까지 걸어가는 데 10분이 걸립니다. 리사가 학교에 7시 25분까지 도착하려면 몇 시에 일어나야 할까요?

A. 아침 6시 15분

B. 아침 6시 20분

C. 아침 6시 25분

D. 아침 6시 35분."

— 먼저 시간을 모두 더한 다음에 빼야 해. 시간을 어떻게 빼는 거였더라? 시계를 봐야 하는데! 아, 뒤죽박죽이야! 시간이 거의 다 됐는데! 여기까지 왔는데 망칠 수는 없어!

계산으로는 C가 답이었지만, 어째서인지 C가 아니라 D가 답일 것 같다는 생각이 들었다. 나는 잠깐 고민한 뒤에 D를 눌렀다. 토할 것 같았다. 화면에 각자가 고른 답이 나타났다. 우리 팀은 모두 D를 선택했다. 모두 정답을 맞혔든지 아니면 우리 모두 시간 감각에 문제가 있든지 둘 중 하나였다. 페리 벨리 팀에서는 세 명이 D를 선택하고 나머지 한 명이 C를 골랐다.

"신사 숙녀 여러분, 오늘 대회의 우승 팀이 결정된 것 같습니다! 올해 서부 오하이오 지역을 대표해 워싱턴 전국 대회에 나가는 팀은 바로 86 대 85, 단 일 점 차로 승리한…."

킹즐리 씨가 뜸을 들였다.

"스폴딩 초등학교입니다!"

믿을 수가 없었다. 꽥액 소리가 입에서 저절로 터져 나왔다. 다리가 제멋대로 뻗어 나가고 팔은 허공을 홱홱 날았다. 가만 있으려고 안간힘을 썼지만 아무 소용이 없었다. 내 몸은 이미 내 몸이 아니었다.

"멜로디 좀 말려 봐!"

클레어가 낮은 목소리로 신경질을 내며 말하는 소리가 들렸다.

"쉿, 멜로디."

로즈가 입술만 달싹이며 말했다.

"지금까지 방송을 시청해 주신 여러분께 감사드립니다."

킹즐리 씨가 말하면서 재빨리 내게 눈길을 던졌다.

"2주 뒤 워싱턴에서 열리는 전국 대회에서 다시 뵈면 되겠지요? 지금까지 찰스 킹즐리였습니다. 안녕히 계세요!"

킹즐리 씨가 끝났다는 신호를 보내자 카메라에 불이 꺼지고 조명도 어두워졌다.

나는 여전히 발을 차고 있었고, 태엽이 고장 나 제멋대로 움직이는 장난감처럼 팔을 휘둘렀다. 너무나 기쁜 나머지 소리를 꽥꽥 질러 댔다. 하지만 무대 위로 몰려든 사람들이 내지르는 함성에 파묻혀 이번만큼은 아무도 내가 소리 지르는 것을 알아채지 못했다.

아빠는 한 손에 페니를 안고 다른 손에는 캠코더를 든 채 무대 위로 올라왔다. 엄마와 캐서린 그리고 브이 아줌마도 나를 향해 뛰어왔다. 셋은 숨이 막힐 정도로 나를 껴안았다. 브이 아줌마는 지역 예선에서 우승한 것은 별로 놀랄 일도 아니라는 듯 애써 기쁜 표정을 아꼈지만 따뜻한 미소만큼은 감출 수 없었다.

무대 위는 사람들로 북새통이었다. 참가자들을 격려하는 소리가 들리고, 헹가래를 치거나 등을 다독여 주는 모습이 보였다. 우리 머리 위로 종잇조각을 날리는 사람도 있었다. 어디선가 나타난 풍선이 공중을 떠다녔고, 스튜디오의 스피커에서 축가가 흘러나왔다.

카메라 플래시가 수천 번은 터지는 것 같았다. 놀랍게도 나를 찍는 사람들이 아주 많았다. 나는 최대한 침착한 척, 여유가 있는 척 노력했다.

"웃으세요!"

야구 모자를 쓴 남자가 말했다.

찰칵, 찰칵!

"멜로디 양이 바로 앉게 누가 좀 도와주세요!"

찰칵, 찰칵!

"저쪽, 휠체어를 찍어요!"

찰칵, 찰칵!

"다른 팀원들은 다 어디 있죠?"

다른 리포터가 큰 소리로 물었다.

"신문에 실을 우승 팀 사진이 필요해요! 다른 참가자들이 멜로디 양 주위를 빙 돌아 서는 게 어떨까요? 그래요, 그렇게요. 자, 모두 웃어 주세요!"

찰칵, 찰칵!

간신히 눈을 뜨고 있었다. 빛이 너무 밝아 파란 점들이 눈앞에서 춤을 추는 것 같았다.

"인터뷰부터 따야지!"

누군가가 소리쳤다.

"우승 팀을 이쪽으로 부를 수 있을까요?"

사람들이 이리저리 움직였고, 무대 담당자가 우리가 인터뷰를 할 수 있도록 자리를 만들어 주었다. 코너와 로즈, 클레어가 내 옆에 앉았다. 아만다와 몰리, 엘레나, 로드니가 우리 뒤에 서고 디밍 선생님도 바로 그 옆에 섰다.

— 머리가 단정해 보여야 할 텐데…. 덜떨어진 아이처럼 보이지는 말아야 할 텐데….

카메라맨이 자리를 잡자 리포터는 다른 사람들에게 조용히 해 달라고 주의를 주었다.

"안녕하세요, 채널6 뉴스의 엘리자베스 오초아입니다. 지금 스튜디오 안에는 스폴딩 초등학교에서 온 참가자들이 있는데요. 오늘 밤 열린 〈위즈 키즈〉 지역 예선에서 우승을 한 학생들입니다. 이들 여덟 명은 우리 지역에서 가장 뛰어난 인재들로, 우승을 차지하기 위해 부단히 노력했다고 하는데요. 그럼 지금 만나 보도록 하죠. 먼저 뒤에 서 있는 학생들부터 만나 보겠습니다. 대회에 참석할 수 없는 참가자가 생길 경우를 대비해 뽑힌 후보 학생들입니다. 이름과 나이를 말씀해 주실까요?"

리포터가 마이크를 들고 한 사람씩 돌아가며 이름을 물었다.

"아만다 파이어스톤이고 나이는 13살입니다."

"몰리 노스, 12살이에요."

"엘레나 로드리게스고요, 13살이에요."

"로드니 모술이고요, 12살 반이에요."

로드니의 대답에 모두가 웃음을 터뜨렸다.

리포터가 계속해서 말했다.

"제 앞에 앉아 있는 학생들이 바로 오늘의 우승 팀입니다! 이름을 말씀해 주세요."

"제 이름은 클레어 윌슨이고 12살이에요. 오늘 문제를 가장 많이 맞혔어요."

"대단하군요! 오늘 대회를 위해 아주 열심히 공부한 결과가 나타난 거겠죠?"

리포터가 말했다. 그리고 서둘러 로즈 앞으로 마이크를 옮겼다.

"이름이 뭐죠?"

"로즈 스펜서예요. 12살입니다."

로즈가 수줍은 목소리로 대답했다.

"오늘 밤 가장 기쁜 일이 있다면요?"

리포터의 카메라가 로즈 앞으로 더욱 바짝 다가왔다.

"전 작년 대회에도 참가했었는데 그때는 우리 팀이 몇 점 차이로 아깝게 졌어요. 그래서 오늘 우승이 더욱 기쁘고 값진 것 같아요. 우리 팀이 자랑스러워요."

로즈가 신이 나서 대답했다.

"참 멋진 대답이네요! 정말 자랑스러워할 자격이 있습니다."

리포터가 말했다.

"자, 그럼 이제 여기 키 큰 남학생한테로 마이크를 넘겨 볼까요? 이름이 뭐죠?"

리포터가 코너에게 물었다.

"코너 베이트입니다. 엄마! 나 봐 봐!"

코너가 마이크에 대고 크게 외쳤다.

"오늘 밤 가장 어려웠던 문제가 있다면요?"

리포터가 다시 질문했다.

"없었어요. 완전 식은 죽 먹기죠."

코너가 웃으며 대답했다.

"다른 참가자들이 너무 풀이 죽을까 봐 몇 개는 일부러 틀린 거예요."

코너의 대답에 리포터가 큰 소리로 웃었다.

"그렇다면 아주 특별한 친구와 한 팀이 된 기분은 어떤가요?"

"아, 멜로디 말씀이세요? 아주 좋아요. 멜로디가 얼마나 똑똑한데요. 제가 멜로디를 소개해 드릴…"

내게 온 기회를 코너에게 빼앗길 수는 없었다.

"제 이름은 멜로디 브룩스고, 12살이에요."

메디토커에서 소리가 터져 나왔다.

리포터는 놀라는 눈치였다.

"와, 정말 놀랍군요! 오늘 우승 팀의 일원이 된 기분이 어떤가요?"

"끝내줘요!"

나는 버튼을 눌러 말했다.

리포터가 활짝 웃었다.

"대회 준비를 하는 데 어려움은 없었나요?"

"네, 많은 사람들이 도와줘서 괜찮았어요."

"오늘 밤 대회에서 가장 힘들었던 일은 무엇인가요?"

"내가 대회를 망치면 어떡하지 하는 생각이 들었던 거요."

내 대답에 리포터가 미소를 지었다.

"다들 자기가 대회를 망치면 어쩌나 생각했을 겁니다. 이제 워싱턴으로 가게 됐는데, 기쁜가요?"

"네, 기뻐요!"

"워싱턴에 가 본 적 있나요?"

"아니요."

"오늘 우승한 일이 앞으로 학교생활에 변화를 줄까요?"

나는 그게 아주 좋은 질문이라고 생각했다.

"별로 그렇진 않을 거예요."

나는 사실대로 대답했다. 리포터는 내가 버튼을 눌러 계속해서 말할 수 있도록 참을성을 가지고 기다려 주었다.

"그렇지만 저한테 말을 거는 아이들이 많아질지도 몰라요."

그때 클레어가 불쑥 끼어들었다.

"전 멜로디와 자주 얘기를 나눠요."

로즈와 코너가 일그러진 얼굴로 클레어를 쏘아보았다.

리포터는 나에게서 클레어로 마이크를 옮겼다.

"그렇다면 클레어 양이 멜로디의 친구인 거군요?"

"당연하죠."

클레어는 고불고불한 짙은 갈색 머리를 뒤로 넘기며 대답했다.

"멜로디와 저는 매일 같이 점심을 먹어요. 그리고 이번 팀에 들기 위해 서로 질문을 주고받으며 공부했죠. 멜로디는 보기보다 훨씬 똑똑해요."

로즈가 손을 들어 무언가를 말하려 했지만 리포터는 고개를 저었다.

"미안하지만, 이제 시간이 다 됐군요."

그리고 카메라를 향해 다시 입을 열었다.

"여러분, 들으셨나요? 정말 감동적인 이야기입니다! 이런 아름다운 우정이 있기에 아마 좋은 결과도 뒤따르지 않았나 싶습니다. 이제 워싱턴에서 만날 일만 남았군요. 모두 축하드립니다!"

나는 기가 차서 꼼짝할 수도 없었다. 세상에, 클레어가?

26.

떠들썩한 분위기가 이어지는 가운데 디밍 선생님에게 뭔가 좋은 생각이 떠오른 모양이었다.

"얘들아, 그만 이곳을 나가 오늘 밤을 축하하자꾸나!"

스튜디오를 밝히던 조명이 모두 꺼지자 디밍 선생님이 말했다.

"좋아요!"

코너가 그 말만 기다렸다는 듯이 냉큼 대답했다.

"배고파요! 텔레비전에 나오지는 못했지만 너무 긴장돼서 온종일 뭔가를 먹었는데도 그래요."

아만다가 말했다.

"저도요!"

엘레나가 맞장구쳤다.

"링귀니스에 가는 게 어때요? 스파게티 맛집인데."

코너가 제안했다. 코너는 맛집 찾는 데에 일가견이 있다.

"네가 나타난 걸 보면 식당들이 다 문을 닫겠는데?"

디밍 선생님이 웃으며 말했다.

"선생님 체면을 생각해 주면서 먹겠지?"

"걱정 마세요, 선생님. 열두 접시 정도만 먹을게요."

"정말 링귀니스가 좋겠네요."

로즈의 아버지가 말했다.

"방송국 건물만 돌아가면 바로 나오니 거리도 멀지 않고요. 오늘 밤은 모두 고생했으니 만찬을 즐겨야죠."

나는 엄마를 쳐다보았다. 어떡하는 게 좋을지 확신이 서지 않았다.

그때 엘레나가 내 옆으로 오더니 말했다.

"멜로디, 너도 우리와 함께 가는 거지? 그렇지?"

"그래, 멜로디."

로즈도 와서 말했다.

"우리 같이 가자. 너도 오늘 밤에 정말 잘했잖아."

"네가 아니었으면 우린 아마 졌을 거야."

코너가 외투 단추를 잠그며 말했다.

친구들이 하는 칭찬에 나는 헬륨 풍선처럼 둥둥 날아갈 것 같았다.

"글쎄, 그 정도는 아니잖아?"

몰리가 클레어를 흘낏 쳐다보며 말했다.

그 순간 풍선이 팡 터져 버렸다.

"넌 무대에 오르지도 못했잖아."

코너가 몰리에게 쏘아붙였다.

"멜로디, 같이 가는 거지?"

로즈가 다시 물었다.

"그럼."

나는 버튼을 눌렀다.

"재미있겠다."

엄마를 올려다보자 엄마는 고개를 끄덕였다. 아빠는 페니를 데리고 집으로 먼저 돌아가기로 했고, 브이 아줌마는 나를 껴안으며 내일 아침에 만나자고 작별 인사를 했다.

밤공기는 차가우면서도 상쾌했다. 식당으로 향하는 동안 우린 유치한 이야기들로 웃음꽃을 피웠다.

"저 빌딩에 창문이 모두 몇 개인지 아는 사람?"

눈앞에 보이는 큰 빌딩을 가리키며 코너가 물었다.

"5,274개."

로즈가 대답했다.

"와, 너 대단하다! 그걸 어떻게 알아?"

로드니가 놀라워하며 말했다.

"내가 괜히 대회에 참가한 줄 아니? 내가 얼마나 똑똑한데!"

"로즈는 되는 대로 말한 거야, 이 바보야. 넌 너무 잘 믿어서 탈이야."

몰리가 로드니에게 말했다.

우리가 찾아가는 음식점은 몇 년째 같은 자리에 있다. 마치 이탈리아의 작은 마을에 있는 식당처럼 꾸며 놓은 곳이다. 여기저기에 포도 잎사귀가 그려져 있고, 작은 조명등이 출입구 둘레의 벽을 비추고 있었다.

출입문.

코너의 아버지가 모두 들어갈 수 있도록 문을 잡아 주자, 코너와 로드니가 계단을 뛰어 올라갔다.

계단.

실내로 들어가려면 돌로 만들어진 계단을 올라야 한다. 디밍 선생님을 포함한 모두가 나와 엄마를 뒤로하고 서둘러 식당 안으로 들어갔다. 가장 뒤에 있던 코너의 아버지가 문밖으로 나와 계단을 보더니 무언가를 알아챈 듯 물었다.

"이런, 도와드릴까요?"

부전자전이라고 코너처럼 덩치가 큰 코너의 아버지가 물었다. 내가 장담하는데 코너의 아버지 역시 스파게티 열댓 그릇쯤은 뚝딱 해치울 것이다.

"괜찮으시다면 점원에게 경사로가 어디 있는지 물어봐 주시겠어요?"

엄마가 대답했다.

코너의 아버지는 도움을 주는 게 무척 기쁘다는 듯 웃어 보이며 다시 문을 열고 실내로 들어갔다.

잠시 뒤, 검은색 유니폼을 입은 점원 한 명이 계단을 뛰어 내려왔다.

"죄송합니다. 식당 뒤쪽에 엘리베이터가 있긴 한데 오후부터 작동이 되질 않습니다. 내일 아침에나 사람이 온다는군요."

"그럼 지금 당장은 쓸 수 없는 거네요, 그렇죠?"

엄마가 침착한 말투로 직원에게 말했다.

"괜찮으시다면 제가 직접 휠체어를 들고 옮겨 드리겠습니다."

직원이 말했다.

"싫어요."

나는 버튼을 누르고 사정하는 눈빛으로 엄마를 쳐다보았다.

엄마가 말했다.

“그러지 말고 문을 잡아 주세요. 우리가 하죠.”

직원은 엄마 말대로 했다. 엄마는 계단을 등지고 서서 휠체어 손잡이를 단단히 잡은 뒤 휠체어 앞부분을 살짝 들어 올리고 심호흡을 했다. 오늘 아침에 수동 휠체어를 탄 게 정말 잘한 일이라는 생각이 들었다.

엄마는 조심스럽게 뒷걸음질하여 휠체어를 계단 앞으로 옮겼다.

당겨서, 올리고, 쿵. 첫 번째 계단.

당겨서, 올리고, 쿵. 두 번째 계단.

당겨서, 올리고, 쿵. 세 번째 계단.

엄마는 잠시 멈춰 서서 숨을 골랐다. 이런 일이라면 예전에도 많이 겪었다.

당겨서, 올리고, 쿵. 네 번째 계단.

당겨서, 올리고, 쿵. 다섯 번째 계단.

그렇게 해서 우리는 식당 안으로 들어갔다. 식당 안은 사람들의 말소리와 웃음소리로 떠들썩했다.

“멜로디, 여기야!”

디밍 선생님이 우리를 보고 외쳤다.

엄마는 우리 팀이 앉아 있는 커다란 테이블로 휠체어를 밀었다. 사람들이 나를 위해 자리를 비워 둔 것을 보자 마음이 놓였다. 친구들과 부모님까지 모두 모여 사람이 많았기에 우리는 식당에서 가장 큰 테이블을 차지했다. 식당에 있는 테이블들은 내가 앉기에 터무니없이 낮은 경우가 많지만 이곳은 그렇지 않았다. 나는 휠체어를 탄 채 내 자리로 쏙 들어갔다. 엄마는 내 외투를 벗겨 준 뒤 옆에 앉았다. 그리고 물을 한 잔 쭉 들이켜더니 한 잔 더 달라고 했다.

웨이트리스가 우리 자리로 와서 주문을 받기 시작했다.

로드니와 로드니의 부모님은 커다란 버섯과 양파 피자를 주문했다.

"우리 가족은 채식을 해요."

로드니가 말했다. 전혀 모르던 일이었다.

"아빠, 저 스테이크 먹어도 되죠?"

코너가 묻자 코너의 아버지가 아들의 등을 툭툭 두드렸다.

"그럼! 안 그래도 아빠도 하나 주문하려고 했다. 오늘 밤만큼은 마음껏 먹어라!"

코너의 눈이 동그래졌다.

"초콜릿 케이크 하나 다 먹어도 돼요?"

"토하지 않을 자신 있으면."

"저는 파스타 정식으로 주세요. 치즈는 듬뿍 넣어 주시고요."

로즈가 웨이트리스에게 주문했다.

"저도요."

아만다가 말했다.

"저는 미트볼 스파게티로 주시겠어요?"

엘레나가 주문했다.

클레어와 몰리는 라자냐를 주문했다.

웨이트리스가 다가오기 전에 나는 무얼 주문할지 다 정해 놓았다.

"저는 맥앤치즈로 주세요."

엘비라가 탁자 밑에 있어서 보이지 않았기 때문인지 웨이트리스는 약간 놀라는 눈치였다. 하지만 웨이트리스는 메디토커에게 주문을 받는 게 늘 해 오던 일이라는 듯이 아주 침착하게 행동했다.

"네, 손님. 그렇게 준비해 드리겠습니다. 샐러드를 곁들여 드릴까요?"

"아니요, 괜찮아요."

웨이트리스는 나를 향해 활짝 웃은 뒤 엄마의 주문을 받았다. 이탈리아 레스토랑에서 생선구이를 주문하는 사람은 우리 엄마뿐일 것이다.

음식을 기다리는 동안 유쾌한 분위기가 이어졌다. 우리 자리에는 식탁보 대신 하얀 종이가 놓여 있었는데, 그 위에는 색연필과 사인펜이 놓여 있었다.

"자, 여길 보세요. 제가 거대 괴물 토끼를 그렸어요."

코너가 말했다. 코너는 로즈가 그린 그림을 힐끗 보더니 자기 그림에 커다란 초록색 이빨을 그려 넣었다.

"그렇게 작은 곤충은 내 괴물 토끼한테 한 입 거리도 안 돼."

로즈의 그림을 가리키며 코너가 말했다.

로즈가 웃음을 터뜨렸다.

"아닐걸? 이건 독거미거든. 그 바보 같은 괴물이 내 독거미한테 물리지나 않게 조심해!"

로드니와 코너는 소금과 후추 통을 한 줄로 늘어놓더니 숟가락과 포크를 투석기 삼아 설탕이 든 작은 봉지를 서로의 경계선 너머로 날렸다. 그사이, 나는 클레어가 색연필로 그림도 그리지 않고 유난히 조용하다는 사실을 눈치챘다.

"적을 포위하라! 승리하라!"

코너가 소리쳤다.

"내 땅으로 들어오지도 못했으면서! 그리고 이건 그냥 설탕 봉지라고!"

나는 앉아서 아이들이 장난치는 모습을 지켜보고만 있었다. 낙서하고, 웃고, 놀리고, 농담하고. 나는 정말 재미있는 일을 구경하는 듯 앉아 있었지만, 사실은 어서 집으로 돌아가고 싶었다.

웨이트리스가 음식을 가져오자 아이들은 장난을 그만두었다. 탁자 위를 오가던 대화도 차차 줄어들고 다들 자기 앞에 놓인 접시에만 집중했다. 코너는 스테이크를 한 조각 크게 썰었다.

"음, 진짜 맛있어요."

코너가 입안 가득 스테이크를 물고서 말했다.

엄마가 주문한 생선 요리는 양이 정말 적어 보였지만 어쨌든 엄마는 포크로 생선을 먹기 시작했다.

내가 주문한 음식은 나온 그대로 내 앞에 놓여 있었다.

그 순간, 나는 엄마도 나와 같은 생각을 하고 있다는 걸 알았다.

나는 집 밖에서 식사하는 걸 꺼리지 않는다. 엄마와 아빠가 내 입에 음식을 넣어 주는 모습을 뚫어져라 쳐다보는 사람도 있지만 그냥 무시해 버린다.

학교에서 밥을 먹을 때는 다른 장애아들과 함께 구내식당의 특별석에 앉는다. 그러면 도우미 선생님들이 와서 우리 목에 턱받이를 해 준 뒤 음식을 먹여 주고 입을 닦아 준다. 그런데 방송국 대기실에서 콜라를 마셨을 때를 제외하면 지금까지 내가 뭘 먹는 모습을 본 사람은 우리 팀에 아무도 없었다. 누군가가 내게 밥을 먹여 주는 모습을.

어떻게 해야 할지 알 수 없었다. 음식은 식고 있었다. 나는 엄마를 쳐다보았다. 엄마도 나를 쳐다보았다. 엄마는 숟가락을 들고 내 생각이 어떤지 알고 싶다는 표정을 지은 채 나를 바라보았다.

나는 고개를 끄덕였다. 그러자 엄마는 숟가락에 마카로니를 떠서 조심스럽게 내 입에 넣어 주었다. 나는 마카로니를 삼켰다. 다행인지 하나도 흘리지 않았다.

몰리가 클레어를 손으로 쿡쿡 찌르는 모습이 보였다. 둘은 서로 눈길을 주고받았다. 엄마가 음식을 한 숟가락 더 떠서 내 입안에 넣어 주었다. 나는 그것을 그대로 삼켰다. 흘리지 않았다. 우리는 한 번에 한 숟갈씩 식사를 해 나갔다. 배가 너무 고팠다.

탁자 위로 침묵이 흘렀다. 아무도 말을 하지 않았다. 사람들이 눈을 접시 위에 묶어 둔 채 모른 척한다는 것을 알 수 있었다. 코너조차 입을 다물었다.

음식이 많이 남았지만 접시를 밀어 두는 수밖에 없었다.

"멜로디, 남은 건 집으로 가져갈까?"

엄마가 조용히 속삭였다.

나는 좋다는 뜻으로 고개를 끄덕였다. 엄마는 후식을 가져온 웨이트리스에게 남은 음식을 싸 달라고 부탁했다.

후식이 나왔다. 코너는 후식으로 케이크 하나를 통째로 주문하는 대신 두 조각을 주문했다. 로드니는 애플파이, 로즈는 푸딩을 주문했다.

클레어는 먹다 남은 음식을 포장하는 것으로 식사를 마무리했다. 클레어는 주문한 음식을 거의 먹지 않았을뿐더러 식사 내내 거의 말을 하지 않았다.

"결승전 어땠어? 너무 어렵지 않았어?"

로드니가 물었다.

"껌이었지, 뭐!"

코너가 대답하며 웃음을 터뜨렸다. 그러고는 두 번째 케이크 조각의 크림을 포크로 마구 문질렀다.

"사회자 아저씨 머리 봤니? 완전 고정이더라니까!"

아만다가 짓궂은 목소리로 말했다.

"플라스틱으로 만든 모형인 줄 알았어."

로즈가 웃으며 답했다.

"워싱턴에 갈 땐 무슨 옷을 입을 거야?"

로즈가 클레어에게 물었다.

클레어는 어깨만 들썩거릴 뿐이었다.

"백악관에도 가 볼 수 있을지 궁금하다. 그럼 진짜 좋을 텐데."

아만다가 혼잣말로 중얼거렸다.

"토요일 관광 일정에 있을지도 모른단다. 나도 기대가 되는데?"

디밍 선생님이 말했다.

"그건 그렇고, 너 멜로디와 절친된 기분이 어떠니, 클레어?"

엘레나가 물었다.

클레어는 손으로 이마를 문지르더니 힘없이 대답했다.

"나 별로 몸이 안 좋아. 그런데 여기 좀 더운 것 같지 않니?"

클레어는 아이들이 무어라 대답하기도 전에 자리에서 일어서더니 손으로 입을 틀어막고는 휘청거렸다.

"클레어, 괜찮니?"

디밍 선생님이 걱정스러운 표정으로 물었다.

그 순간이었다. 클레어는 디밍 선생님의 말이 채 끝나기도 전에 선생님의 반짝반짝한 새 신발 위에 토해 버리고 말았다.

"아이고 하나님!"

코너가 말했다. 코너는 웃음이 터져 나오려는 것을 간신히 참고 있는 것 같았다.

"이게 뭐야!"

로즈가 말했다.

"으웩, 냄새가 지독해!"

로드니가 코를 막았다.

클레어의 어머니는 클레어를 데리고 서둘러 화장실에 갔다.

디밍 선생님도 신발을 닦으러 자리를 떴다.

우리의 작은 축하파티는 이렇게 막을 내렸다. 부모님들은 서둘러 외투를 챙기고 신용카드를 꺼내 각자 음식 값을 계산했다. 창백한 표정으로 클레어가 돌아왔다. 아무도 방금 전의 일을 입 밖에 내놓지 않았다. 우리는 모두 계단으로 향했다.

— *식당에서 사고를 친 건 클레어인데 모두들 날 쳐다보고 있어.*

나는 생각했다.

일행은 나와 엄마를 기다렸다. 내려가는 데 시간이 좀 걸렸다.

조심스럽게 밀어서 바퀴를 내리고, 쿵. 한 계단.

조심스럽게 밀어서 바퀴를 내리고, 쿵. 한 계단.

조심스럽게 밀어서, 바퀴를 내리고, 쿵. 한 계단….

나는 여전히 배가 고팠다.

27.

"일어나세요, 우리 꼬마 스타님!"

엄마가 날 깨우러 들어와 말했다.

"무슨 일이 있게?"

꼬마 스타라고? 엄마는 지금 단단히 착각하고 있다.

나는 고개를 돌려 '무슨 일인데요?' 하는 표정으로 엄마를 쳐다봤다.

"네가 유명인이 됐단다."

— *네?*

엄마는 나를 침대 밖으로 안아 올려 휠체어에 앉힌 다음 안전띠를 매주었다. 그리고 충전 중이던 메디토커를 휠체어에 연결한 다음, 그 위에 조간신문을 올려놓았다.

신문 일 면을 보자 깁스를 한 것처럼 온몸이 빳빳하게 굳어 버렸다. 기사는 컬러로 인쇄되어 있었다.

"우와!"

나는 버튼을 눌렀다.

"신문에 온통 우승 팀 얘기뿐이란다. 하지만 사진은 네 것만 실렸어. 신기하지?"

"왜 저만요?"

엄마의 얼굴에 미소가 번졌다.

"왜냐하면 네가 특별하고 똑똑하고 다른 5학년 아이들보다 더 재치 있기 때문이지."

엄마가 말했다.

"우리 팀 아이들은 싫어할 거예요."

"엄마가 장담하는데, 아이들도 진심으로 기뻐해 줄 거야."

"아니, 그렇지 않을걸요."

"자, 잘 들어 보렴."

엄마는 내게 기사를 읽어 주기 시작했다.

"어젯밤 열린 〈위즈 키즈〉 대회 지역 예선에서 스폴딩 초등학교 팀이 우승했다. 이들은 손에 땀을 쥐게 하는 승부를 펼친 끝에 마지막 문제에서 팀원 모두가 정답을 맞히며 86:85라는 점수로 페리 벨리 초등학교 팀을 제치고 최종 승자가 되었다.

스폴딩 초등학교의 팀원 중에서 가장 관심을 끄는 학생은 바로 열두 살의 멜로디 양이다. 뇌성마비를 앓고 있는 이 소녀는 몸이 불편함에도 뛰어난 실력으로 팀을 승리로 이끌었다."

"아이들이 절 싫어할 거예요."

나는 침울한 표정으로 버튼을 눌렀다.

그때까지도 방 안에서 자고 있던 버터스카치가 어슬렁어슬렁 다가오더니 내 손을 핥았다. 버터스카치는 언제나 내 기분을 이해해 주는 것 같다. 하지만 오늘은 별로 위로가 되지 않았다.

"너무 걱정하지 마. 엄마가 보기엔 훌륭한 기사인걸. 아이들도 분명 그렇게 생각할 거야."

"엄마는 몰라요."

엄마는 내 말을 들은 체도 않고 학교에 갈 준비를 했다. 파란색 티셔츠 두 벌. 한 벌은 입고 한 벌은 만일을 위해 챙겨 둔다. 바지도 두 벌. 엄마는 절대로 청바지를 챙겨 주는 일이 없다. 하지만 나는 그런 일로는 불평하지 않기로 했다. 어쩐지 오늘 하루는 좋지 않은 날이 될 것 같다는 예감이 들었다.

"사진이 잘 나왔어! 한 장 복사해서 간직해야겠다."

엄마는 기운차게 얘기하며 내게 양말과 운동화를 신겼다.

"병원 사람들에게도 보여 줘야지."

한편 아빠는 페니에게 옷을 입힌 뒤 페니를 안고 내 방으로 들어왔다. 신문에 실린 사진을 본 페니는 들고 있던 두들을 떨어뜨리며 소리쳤다.

"디-디!"

그러고는 손으로 신문을 움켜잡고 내 사진에 뽀뽀했다. 아빠도 허리를 구부려 내 뺨에 뽀뽀했다.

"정말 자랑스러워, 멜로디. 정말 놀랍구나."

아빠가 자상한 목소리로 말했다.

"사랑한다, 아가야."

그 말을 듣자 눈물이 나올 것 같았다. 단 한 번이라도 좋으니 사랑스러운 여동생을 안아 보거나 아빠에게 사랑한다고 말해 보면 좋겠다. 메디토커가 아닌 내 입으로 직접.

학교에서의 반응은 내가 예상했던 대로였다.

아이들은 내게 축하한다고 했지만 눈으로는 다른 말을 하고 있었다. 아이들은 마치 내가 리포터를 때려 억지로 사진을 신문에 실은 것처럼 냉담한 시선으로 나를 쳐다봤다.

로즈마저 나를 멀리했다.

"사진 멋지더라, 멜로디."

로즈가 말했다.

"고마워, 다 같이 찍은 사진이면 좋았을 텐데."

"그러게."

로즈가 말했다.

한숨만 나왔다.

— 어쩔 수 없는 일인걸. 내가 바란 건 이런 게 아니야. 난 내가 다른 아이들과 똑같기를 바랄 뿐이야.

디밍 선생님 수업 시간이 되었다. 선생님은 처음 보는 옷을 입고 교실 안으로 성큼성큼 들어왔다. 선생님은 너무나 기뻐서 어찌할 바를 모르는 것 같았다. 손에는 오늘 아침 신문을 들고 있었다.

"선생님은 어젯밤에 너무 기뻐서 한숨도 못 잤단다!"

반 아이들이 대표 팀에게 환호를 보내자 선생님은 말없이 기다렸다. 로즈, 몰리, 클레어는 환하게 웃었고, 코너와 로드니는 고개를 숙여 가볍게 인사했다. 몇몇 아이들은 뒤로 돌아 나에게 미소를 보냈다.

"그럼 우리 피자 먹을 수 있는 거예요?"

코너가 말했다.

"그럼!"

디밍 선생님이 대답했다.

"교장 선생님이 다음 주 금요일을 〈위즈 키즈〉 대표 팀의 날로 정했단다. 그날 전교생에게 피자와 음료수를 돌리실 거야."

디밍 선생님이 이어서 말했다.

"특히 선생님은 멜로디에게 고맙다고 다시 한번 말하고 싶다! 자, 모두 멜로디에게 박수를 보내자!"

디밍 선생님이 박수를 치자 아이들도 따라서 박수를 쳤다. 하지만 그건 예의상 쳐 주는 박수였다. 피자보다도 못한 존재가 된 기분이었다.

"어젯밤에 11시 뉴스 본 사람 있니?"

디밍 선생님이 여전히 즐거운 표정으로 물었다.

아이들 중 절반이 손을 들었다. 나는 어젯밤에 너무 피곤해 죽은 듯이 잠들어서 11시 뉴스를 놓치고 말았다.

"선생님은 녹화하는 것도 모자라 페이스북에 올리기까지 했단다!"

선생님이 신이 난 목소리로 말했다.

"자, 그럼 축사는 이쯤 하고 수업을 해야겠지?"

아쉬운 목소리였다.

"워싱턴으로 가는 날까지 또 방과 후에 대회 준비를 하나요?"

로즈는 선생님을 이대로 놔주지 않겠다는 듯 말을 꺼냈다.

디밍 선생님은 다시 미소를 짓더니 심호흡을 했다.

"그럼. 시간이 2주밖에 없단다. 그래서 선생님이 이 봉투를 준비했지."

선생님이 우리에게 서류 봉투를 넘겨주며 말했다.

"이걸 집으로 가져갔다가 내일 가져오도록 해라. 봉투 안에는 비행기 표를 교환하는 방법, 워싱턴에서 묵을 호텔에 관한 정보, 일정표 등이 들어 있단다. 또 오늘부터 시작하게 될 계획표도 들어 있으니 참고하길 바란다. 〈위즈 키즈〉 대표 팀은 날마다 방과 후에, 토요일에는 반나절 동안 함께 모여서 대회 준비를 한다."

"토요일요?"

코너가 믿을 수 없다는 듯 물었다.

나도 코너와 같은 생각이었다. 토요일이라고? 만약 캐서린이 못 오면 화장실은 어떻게 가고 밥은 어떻게 먹지?

"아침으로 베이글이랑 과일을 준비하마. 점심에는 햄버거를 먹으면 되지."

디밍 선생님이 코너에게 말했다.

"참 건강한 식단이네요. 어쨌든 전 참석할게요."

코너가 웃으며 말했다.

"말없이 빠지는 날에는 대회에 못 나가는 수가 있어. 꼭 이겨야 해."

"코너, 며칠 쉬어. 내가 대신 나갈게."

로드니가 말했다.

"됐어, 내가 나갈 거야."

몰리가 손을 들었다.

"선생님, 후보자들도 워싱턴에 가나요?"

"당연하지!"

"그럼 새 옷을 사야 할까요? 대회에 참석할 수도 있잖아요."

"그건 네가 결정할 일이란다, 몰리."

선생님이 대답했다.

클레어도 손을 들었다.

"몰리가 무슨 말을 하는 거냐면요, 워싱턴 대회 참가자는 4명이 아니라 6명이잖아요. 후보자 중에서 누가 시합에 나가는지 알고 싶은 거예요."

"점수로 뽑을 거란다. 대회를 준비하면서 최종 퀴즈 팀도 같이 선발할 거야. 앞으로 2주 동안 연습 점수가 높은 여섯 명이 결승전에 나가는 거지. 어때, 공평하지?"

클레어는 선생님의 대답에 만족스러운 표정을 짓고 몰리와 하이파이브를 했다.

더 이상 질문이 없자 디밍 선생님은 스페인과 포르투갈의 역사에 관한 수업을 시작했다. 나는 최선을 다해 수업에 집중했다. 이상한 소리를 내지도, 발로 허공을 차지도 않았고, 괜히 나서서 선생님의 질문에 대답하지도 않았다. 그저 교실 뒤편에 앉아 오전 수업이 빨리 끝나기만을 기다렸다.

오후에는 H-5반에만 있었는데, 세 시간 내내 텔레비전으로 〈톰과 제리〉를 봐야 했다. 톰과 제리? 난 5학년인데?

수업이 모두 끝난 뒤에 캐서린이 푸딩과 주스를 먹여 주었다. 한 모금 남은 주스를 마저 들이키려는데, 캐서린이 눈살을 찌푸리며 말했다.

"멜로디, 무슨 고민 있니? 날아다니는 것처럼 기분이 좋아야지. 뭣 때문에 누구한테 혼난 것처럼 시무룩한 거야?"

“내가 팀에 있는 걸 아이들이 좋아하지 않아요.”

“말도 안 돼. 어젯밤에 넌 완전 연예인이었다고.”

“그게 문제예요.”

“네가 없었으면 못 이겼을 거야!”

“저를 피해요.”

나는 설명하려고 노력했다.

“제가 이상하다고 생각하는 모양이에요.”

“여태까지 그런 문제는 신경 쓰지 않았잖아.”

캐서린이 말했다.

메디토커를 이용해 감정을 표현하는 일은 어려웠다. 아이들이 나를 불편해하는 상황을 설명할 방법이 달리 떠오르지 않았다. 처음에는 그냥 봐 줄만 하다고 생각했겠지. 하지만 지금은 상황이 달라졌다. 전국 방송에 나가는 큰 대회를 앞두고 있으니까.

“나 때문에 아이들이….”

잠시 망설이다가 다시 입력했다.

“이상해 보일 거예요.”

“넌 팀에서 가장 똑똑하잖아.”

캐서린이 목소리에 힘을 실어 말했다.

“그치만 침을 흘리잖아요.”

“휴지를 가져가면 되지!”

“이상한 소리도 내요.”

“코너는 가끔 방귀도 뀌는걸, 뭐!”

캐서린의 말에 웃음이 났다.

"이상한 생각하면서 자기 탓하는 일은 그만둬. 가서 본때를 보여 주자."

"좋아요. 어서 가요."

캐서린은 디밍 선생님 교실로 내 휠체어를 밀었고, 나는 용기를 내어 고개를 꼿꼿이 들고 교실에 들어갔다. 이제 신문 기사 이야기는 아무도 하지 않았다. 대회 준비는 평소대로 이어졌다. 거의가 아는 문제였다. 시간에 맞춰 엄마가 나를 데리러 왔다. 기분이 조금 나아졌다.

하지만 나는 교실을 나서며 로즈와 클레어, 몰리가 내 뒤에서 속닥거리는 모습을 보았다. 새로 나온 뮤직비디오 이야기를 한 걸지도 모르지. 같이 옷이나 사러 가자고 했거나. 이도 저도 아니면 그냥 내 얘기를 한 걸지도.

28.

비행기 표, 여행 허가서, 정체를 알 수 없는 잡다한 서류들…. 겨우 2주 안에 대회 준비를 마치는 게 가능할까? 말도 안 돼!

2주간의 준비 기간이 끝나 가고 있었다. 그사이 나는 매일 저녁마다 브이 아줌마와 공부를 했다. 도시, 주, 나라, 수도, 바다, 강, 색깔, 질병, 기후, 수, 연대, 동물, 왕, 왕비, 조류, 곤충, 전쟁, 대통령, 행성, 작가, 장군, 법, 인용, 측량…. 내 머리는 온갖 지식으로 빈틈없이 들어찼다. 이제 완벽하다. 준비가 끝났다.

디밍 선생님은 약속을 지켰다. 며칠 전에 마지막 연습이 끝난 뒤, 선생님은 대회에 나갈 여섯 명을 발표했다. 나도 예선전에 나간 다른 아이들처럼 높은 점수를 받았기에 후보가 아닌 정식 참가자로서 대회에 나가 전국 방송을 탈 게 분명했다.

대회 참가자를 발표할 때 디밍 선생님의 두 눈은 기대감으로 반짝반짝 빛났다. 선생님은 왠지 신이 난 걸음걸이로 교실에 들어오셨다. 조금 부추기면 춤이라도 추실 것 같았다.

"자, 이제 발표하겠다."

선생님이 말했다.

“두구두구두구 하는 북이라도 치고 싶은데?”

“어서 발표해 주세요!”

코너가 조바심을 내며 외쳤다.

디밍 선생님이 천천히 입을 열었다.

“스폴딩 초등학교 대표로 〈위즈 키즈〉 퀴즈 대회에 나갈 최종 여섯 명은….”

선생님이 뜸을 들였다. 까딱하다간 코너가 선생님을 향해 뭐라도 뿜어낼 것만 같았다.

“로즈, 코너, 멜로디, 엘레나, 로드니, 몰리 이렇게 여섯 명이다. 안타깝지만 클레어와 아만다는 후보구나.”

“후보라고요?”

클레어가 믿을 수 없다는 듯 한숨을 쉬며 말했다.

“몰리가 너보다 2점이 높았어, 클레어. 하지만 워싱턴에는 함께 갈 테니 가서 응원도 하고 관광도 하면 되겠지?”

“하지만 제가 몰리 공부하는 걸 도와줬다고요! 이건 불공평해요!”

클레어가 참을 수 없다는 듯 소리를 높였다.

나는 고개를 젓고 그저 웃었다. 클레어는 정말 불공평하다는 게 뭔지 아직 모르나 보다.

몰리는 클레어에게 미안한 표정 하나 없이 오히려 우쭐거렸다. 곧 몰리네 엄마가 몰리를 데리러 왔다. 마지막 대회 연습 모임은 그렇게 끝났다.

대회는 바로 내일, 목요일 저녁에 열리기로 되어 있었다. 만일 우리가 결승전에서 이긴다면 금요일에는 〈굿모닝 아메리카〉에 출연하고 백악관에 갈 것이다. 토요일에 워싱턴 관광까지 하고 나면 일요일이나 되어서야 집에 돌아오겠지. 그럼 월요일에는, 이건 어디까지나 희망사항이지만, 전국 챔피언이 되어 학교로 돌아온다. 영광의 트로피를 안은 채.

그날 밤에는 짐을 챙겨야 했다. 나는 지금껏 한 번도 이렇게 멀리 떠나 본 적이 없었다. 때문에 우리 가족은 온 신경을 곤두세우고 여행 계획을 짰다. 심장이 가슴 밖으로 튀어나올 것 같았다. 아빠가 바퀴 달린 빨간 여행가방을 사 주었는데, 새것이라서 그런지 새 차에서 나는 냄새가 났다. 여행가방을 만지기만 해도 웃음이 나왔다.

대회를 대비해 엄마와 함께 쇼핑도 했다. 엄마와 나는 쇼핑을 잘 하지 않았다. 엄마는 내가 지금껏 한 번도 입어 보지 못한, 치마를 고르도록 내버려 두었다.

쇼핑몰 안에는 예쁜 카드 가게가 있었다. 갑자기 좋은 생각이 났다.

"엄마, 여기 들어가요. 카드 사고 싶어요."

"누구한테 주려고?"

엄마가 내 휠체어를 가게 안으로 밀면서 물었다.

"캐서린한테요. 대회 준비를 도와줬잖아요. 고맙다고 하려고요."

"오호, 우리 딸 다 컸는데?"

엄마가 흐뭇한 표정으로 말했다.

"브이 아줌마한테도 드릴까요?"

"물론이지!"

마침 가게에 브이 아줌마에게 딱이다 싶은 게 있었다. 파란 배경 중앙에 딱 하나, 노란 오렌지가 그려진 카드였다. 카드를 펼치면 이런 문구가 보였다.

'수많은 사람 중에 단 한 사람, 바로 당신입니다. 감사합니다.'

"브이 아줌마가 아주 좋아하겠다."

엄마가 말했다.

캐서린에게 줄 카드로는 어느 여자가 이어폰으로 무언가를 듣고 있는 그림을 골랐다. 카드에는 이런 문구가 쓰여 있었다.

'언제나 내게 귀 기울이는 당신, 감사드립니다.'

"그게 가장 나아."

엄마가 카드 값을 내며 말했다. *그런 것 같아요.*

저녁 7시 즈음, 현관 초인종이 울렸다. 짐 싸는 일을 도와주기 위해 브이 아줌마가 온 것이었다. 엄마와 브이 아줌마는 손발을 맞추어 짐을 챙겼다.

"디밍 선생님이 말해 준 게 있어서 거기에 맞춰서 싸 봤어요."

엄마가 말했다.

"대회 때 입을 검은 스커트와 하얀 블라우스."

"챙겼어요."

브이 아줌마가 옷 두 장을 얇게 포개어 가방 안에 넣으며 답했다.

"쩨어써요."

페니가 브이 아줌마를 흉내 냈다.

"혹시 모르니까 블라우스 한 장 더 챙길까요?"

엄마가 물었다.

"그게 낫겠네요."

브이 아줌마가 고개를 끄덕이며 대답했다.

엄마는 셔츠 두 장과 내가 좋아하는 청바지를 조심스럽게 가방에 접어 넣었다.

"관광할 때 입을 편한 옷, 기념품 살 때 쓸 용돈, 선글라스, 카메라."

"챙겼고… 챙겼고… 챙겼고… 챙겼어요."

브이 아줌마가 하나씩 확인하며 대답했다.

"잠옷, 칫솔, 머리핀."

"챙겼어요."

"외투."

"쎄어써요!"

페니가 외쳤다.

"메디토커 충전기, 배터리, 휴지랑 물티슈."

"챙겼어요."

"우산도 필요할까요?"

"일기예보를 보면 알 수 있지 않을까요?"

브이 아줌마가 웃으며 물었다.

"그나저나 가족들 짐은 챙기셨어요?"

"네, 대충 챙겼어요. 좀 떨리네요."

엄마가 좀 뜸을 들이다 말했다.

"바이올렛, 정말 고마워요. 우리가 없는 동안 페니도 잘 돌봐 주세요."

"버터스카치도요."

내가 끼어들었다.

엄마와 브이 아줌마가 함께 웃었다. 엄마가 계속해서 말했다.

"솔직히 말해서, 당신이 없었으면 여행가방을 챙기는 일도 없었을 거예요."

"엄마, 카드요."

책가방이 걸려 있는 의자를 향해 팔을 뻗었지만 팔은 가방 모서리에도 미치지 못했다.

엄마가 가방에서 봉투를 꺼내 휠체어 위에 올려 주었다. 나는 카드를 브이 아줌마 앞으로 내밀었다.

브이 아줌마는 봉투를 열어 카드를 읽고는 나를 껴안아 주었다. 숨이 막힐 정도로 꽉.

"우리 집 냉장고에 붙여 놔야겠다!"

브이 아줌마가 약간 울먹이며 말했다.

"매일 볼 수 있도록."

나는 아줌마에게 솔직히 털어놓았다.

"사실 조금 무서워요."

"걱정하지 마. 너는 3미터도 넘는 트로피를 안고 〈굿모닝 아메리카〉에 나올 거야!"

"그렇게 되면 정말 좋겠지만요."

"자, 그럼…."

브이 아줌마가 엄마에게 말했다.

"내일 비행기 시간이 어떻게 돼요? 이 말썽꾸러기야, 머리에 언니 팬티를 쓰면 어떡하니!"

"정오에 이륙하니까 아침 9시 전에는 집에서 출발해야 돼요. 그럼 10시에는 공항에 도착할 테고, 휠체어가 짐칸에 잘 실리는지 확인할 거예요. 그다음에는 이륙할 때까지 잠시 쉬면 돼요."

브이 아줌마가 머리를 긁적였다.

"왜 정오에 이륙하는 비행기를 예약했는지 모르겠네. 그럼 워싱턴에는 2시에나 도착할 텐데. 대회는 7시잖아요. 너무 빠듯하지 않아요?"

"디밍 선생님 말로는 숙소 체크인 시간이 늦어서 그렇대요. 스튜디오가 호텔 바로 맞은편이라니까 괜찮겠죠, 뭐."

엄마가 여행가방의 지퍼까지 잠그자 나도 모르게 눈물이 났다. 내게 이런 일이 일어나다니 믿기지 않았다. 하루만 지나면 나는 워싱턴에 있다. 전국 방송을 타고 텔레비전에 얼굴을 비춘다. 나는 혹여라도 내가 일을 망치지 않기를 간절히 기도했다.

로즈에게 전화를 해 보고 싶었다. 로즈도 나처럼 떨릴까? 백악관에 간다면 어떤 옷을 입을 건지도 궁금했다. 영부인을 만난다는 상상을 하자 당장에라도 어디론가 날아갈 것 같았다! 비행기 안에서 로즈 옆에 앉을 수 있을까?

밤새 나는 제대로 자지 못했다. 아침이 되자 엄마는 기록에 남을 만한 속도로 나를 씻기고 입혔다. 그사이 아빠는 페니를 챙겼다.

"비행기 보러 가?"

페니는 몇 번이나 같은 질문을 했다.

"그래, 그래. 난다! 슝!"

아빠는 페니를 번쩍 들어 방안을 휘휘 돌았다. 페니는 아빠에게 안겨 비행기 타는 걸 무척 좋아한다.

우리는 서둘러 집 밖으로 나왔다. 브이 아줌마가 허둥지둥 카메라를 들고 나와 휠체어 위에 앉아 웃고 있는 나를 향해 셔터를 누르더니 아빠의 캠코더로 같은 모습을 다시 촬영했다. 잊지 못할 하루가 될 것 같았다.

페니는 세차를 해서 반짝반짝 광이 나는 차 주위를 맴돌며 버터스카치를 쫓아다녔다. 유행이 지난 운동화를 신은 엄마가 여행가방을 차에 싣자 모든 준비가 끝났고, 시계는 8시 45분을 가리키고 있었다.

아빠가 버터스카치를 집 안으로 들여놓은 뒤 현관문이 잘 잠겼는지 살폈다.

"모두 준비됐지?"

아빠가 물었다.

"출발해요!"

엄마가 힘차게 외쳤다. 페니도 덩달아 신이 나는지 손뼉을 쳤다. 나도 웃음이 나오는 걸 멈출 수 없었다.

시간이 충분하다는 건 알고 있었지만 나는 아빠가 더 빨리 운전해 주기를 바랐다. 혹시라도 비행기를 놓치게 될까 봐, 아니면 비행기 표를 깜빡하고 두고 왔을까 봐, 그것도 아니면 내가 토하는 바람에 다시 집으로 돌아가게 될까 봐 걱정됐다.

공항에 도착한 뒤 우리는 어렵지 않게 장애인 전용 주차 공간을 발견했다. 엄마와 아빠는 나와 내 휠체어, 여행가방, 페니, 두들을 차에서 내려 주었다. 브이 아줌마는 계속해서 사진을 찍었다.

내 휠체어는 브이 아줌마가 밀고, 페니는 엄마가 안았다. 아빠는 짐과 두들을 실은 카트를 밀었다. 탑승 창구에 도착하자 정확히 10시였다.

"안녕하세요."

엄마가 유니폼을 입은 채 창구에 앉아 있는 여자 직원에게 밝게 인사했다.

"워싱턴행 정오 비행기 탑승 수속하러 왔는데요."

엄마기 비행기 표를 건네주며 말했다.

"정오 비행기 말씀이신가요?"

직원이 살짝 눈살을 찌푸리며 되물었다.

직원은 컴퓨터에 무언가를 입력하고 클릭하더니 입을 꾹 다물고 키보드를 두드렸다. 잠시 동안 아무 말이 없던 직원이 우리를 올려다보며 입을 열었다.

"죄송합니다만 해당 편은 결항인데요. 북쪽에서 눈보라가 몰아쳐서 근방으로 가는 여객기는 모두 취소되었습니다."

— *취소? 내가 잘못 들었나?*

"눈이라고요?"

엄마가 큰 소리로 되물었다.

"이렇게 맑고 화창한데요?"

"워싱턴 일대에는 벌써 10센티도 넘게 눈이 왔다고 합니다. 오후에는 눈이 더 내릴 거라는 예보도 있고요. 오후에 출발 예정인 여객기가 거의 다 결항인 상황입니다. 죄송합니다."

직원은 말을 마치고는 다시 재빨리 무언가를 입력하기 시작했다. 그러더니 엄마를 보며 말했다.

"하지만 다음번 직항 여객기를 타도록 도와드릴 수는 있는데요. 오후 7시 23분에 출발, 9시 7분에 도착 예정인 비행기가 있습니다. 그때 잠깐 날이 갠다는 것 같아요. 그 비행기를 이용하시는 게 좋지 않을까 싶습니다. 내일은 또 비가 내린다고 해서요."

심장이 멈추는 것 같았다.

"그렇게 해 드릴까요?"

직원이 친절하게 웃으며 물었다. 우리가 얼마나 심각한 상황인지 모르는 것이다.

"그치만 대회는 7시에 시작하는데…."

엄마가 힘없이 중얼거렸다.

"죄송합니다. 못 들었는데 뭐라고 하셨죠?"

직원이 물었다.

숨을 쉴 수가 없었다.

엄마가 조금 목소리를 높여 말했다.

"그럼 다른 애들은요? 같이 출발하기로 한 일행이 있어요. 학교에서 단체로 퀴즈 대회에 나가거든요. 그 애들도 같은 비행기를 타기로 했는데, 그 애들은 어디 있죠?"

"아, 기억나네요. 대회 이야기를 한 아이들이 있었어요. 트로피를 집으로 가져갈 거라고…. 근데 그 아이들은 아침 일찍 왔었는데…."

"아침 일찍이요?"

"네, 같이 아침을 먹고 바로 공항으로 온 거 같았습니다."

"지금은 어디 있죠?"

엄마가 물었다.

"그 아이들은 9시 비행기로 바꿔 탔는데요…. 동부 지역으로 가는 마지막 비행기였어요. 서둘러서 탑승구로 뛰어갔으니까 아마 제시간에 탔을 거예요. 잠시만요, 다시 확인해 보겠습니다."

직원은 컴퓨터를 들여다보았다.

"네, 1시간 전에 출발했네요."

"출발했다고요?"

엄마가 믿을 수 없다는 듯 중얼거렸다.

나는 숨이 턱까지 차올랐다.

"혹시 아이들을 응원하려고 모두 워싱턴으로 가시는 건가요?"

직원이 물었다. 직원은 아직도 상황을 전혀 이해하지 못하고 있었다.

"우리 딸도 대회에 나가요."

엄마가 대답했다.

"당장 워싱턴으로 가야 해요. 혹시 다른 방법은 없을까요?"

직원은 나를 보더니 눈을 깜빡거렸다.

"따님이 어디에 나간다고요?"

직원은 질문을 하다 말고 입을 다물더니 모니터로 시선을 옮겨 재빨리 무언가를 치기 시작했다. 손톱이 자판에 부딪치는 소리가 들렸다.

아빠가 창구에 두 손을 짚고 직원이 있는 쪽으로 몸을 기울였다. 아빠가 이렇게 화내는 모습을 본 건 처음이었다.

"어떻게 일처리를 이따위로 합니까? 비행이 취소됐다고 미리 알렸어야 하는 거 아니에요?"

"죄송합니다. 너무 급작스럽게 일어난 일이라서요."

직원이 정말 미안하다는 듯 대답했다.

"그냥 워싱턴에 가고 못 가고 하는 문제가 아니란 말입니다! 이번 여행이 우리 딸에게 얼마나 중요한지 아마 상상도 못 할 거요!"

나는 질끈 두 눈을 감았다. 공항 곳곳에 달린 작은 스피커를 통해 우아한 음악이 흘러나오고 있었다. 아무런 색깔도 없었다. 아무런 냄새도 나지 않았다. 오로지 막막한 어둠이 내 눈앞에 흐르고 있었다.

"정말 죄송합니다."

직원이 말했다.

"경유해서 가는 방법이라도 없습니까? 오늘 오후에는 꼭 도착해야 해요!"

직원이 다시 자판을 두드리고 마우스를 클릭했다. 찰나가 영원 같았다. 마침내 직원이 고개를 들었다.

"현재로서는 다른 비행편도 없습니다. 기상 상황 때문에 모두 결항이에요. 저녁에 출발하는 직항 말고는 다른 방법이 없겠네요. 정말 죄송합니다."

직원이 기어드는 목소리로 말했다.

나는 눈을 떴다. 두 눈에서 눈물이 흘렀다.

아빠가 딱딱하게 굳은 얼굴로 뒤돌아섰다. 그리고 나서는 내가 등지고 앉아 있는 벽면을 주먹으로 쳤다.

나는 고개를 들었다. 아빠는 주먹을 감싼 채 고개를 숙이고 있었다.

"여보, 무슨 짓을 하는 거예요!"

엄마가 아빠에게 달려갔다.

바보 같지만, 나도 주먹을 휘두를 수 있다면 아빠처럼 했을 것이다.

아빠를 보던 브이 아줌마가 고개를 돌려 내게 물었다.

"멜로디, 혹시 친구들한테 전화 온 거 없었니? 선생님한테나?"

브이 아줌마가 이를 악물고 말했다.

"선생님한테서도?"

"다들 준비하느라고 바빴을 거예요."

엄마가 체념 섞인 목소리로 말했다.

"난 한 명이라도 연락을 했는지 알고 싶은 거예요. 설마… 설마 아이들이 일부러 멜로디를 떼어 놓고 갔다고는 생각할 수 없어요."

나는 여전히 숨을 쉴 수가 없었다.

"저… 손님."

창구 직원이 다시 입을 열었다.

"가까운 도시에 있는 항공편까지 찾아봤는데 오늘 저녁까지는 전 항공이 결항입니다. 저녁에 이륙하는 우리 항공편에 좌석이 아직 많이 남아 있습니다. 괜찮으시면 그 비행기라도 예약해 드리겠습니다."

"아니에요, 고맙습니다."

엄마가 침착하게 말했다.

"너무 늦어요."

공항에 공기가 모두 사라진 것처럼 그 어떤 소리도 들리지 않았다. 사람들이 금붕어처럼 입만 뻐끔거렸다.

엄마가 천천히 내게 다가왔다.

나는 파란색과 하얀색이 섞인 새 옷을 입고 옷에 맞춰 산 테니스화를 신은 채 무기력하게 앉아 있었다. 내 옆에는 반짝반짝 빛나는 빨간 여행 가방이 있었다. 정말로 바보가 된 기분이었다. 점점 화가 치밀었다.

— *아이들이 어떻게 나한테 이럴 수 있지?*

절망감이 몰려왔다. 이런 기분은 진저리가 날 정도로 싫다. 뒤집어지면 거북이처럼 버둥거리는 수밖에는 없는 어린 시절로 되돌아간 것 같았다. 꼼짝도 못 하고, 아무것도 할 수 없는 나. 아무것도 할 수 없다. 아무것도.

"차로 가면 몇 시간이나 걸릴까요?"

브이 아줌마가 물었다.

나는 들은 체도 하지 않았다. 뻔했기 때문이다.

"10시간은 걸릴 거예요."

아빠가 화를 가라앉히고 대답했다.

"비행기 타요?"

페니가 물었다.

"오늘은 아니란다."

아빠가 페니의 머리를 부드러운 손길로 쓸어 넘기며 말했다.

엄마는 나를 밀고 탑승 구역 맞은편으로 가 무릎을 꿇고 앉았다. 엄마는 울고 있었다.

숨이 막혔다. 다시는 숨을 쉴 수 없을 것 같았다.

엄마가 나를 끌어안았다.

"멜로디, 괜찮아. 넌 여전히 최고고, 그 누구보다도 똑똑하고, 세상에서 가장 멋진 아이야. 지금은 힘들어도 다 지나갈 거야. 어떻게든 극복해 낼 거야."

— 아니요, 전 못할 것 같아요.

나는 그저 조용히 앉아 있었다. 아침 햇살이 크리스털처럼 눈부시게 빛났다. 내 하루가 산산조각 난 유리처럼 깨져 버렸다.

29.

집으로 돌아오자마자 나는 엄마에게 침대에 눕혀 달라고 했다. 그리고 점심을 먹지 않겠다고 했다. 눈을 감았지만 잠이 오지 않았다. '왜'라는 의문이 계속 머릿속을 맴돌았다.

왜 아이들은 내게 전화를 안 한 걸까?

왜 아이들은 나를 아침 식사에 부르지 않았을까?

왜 나는 다른 아이들처럼 될 수 없을까?

나는 결국 베개에 얼굴을 묻고 울음을 터뜨렸다.

— *일부러 그런 거야! 아니면 어떻게 그럴 수가 있어? 아이들이 나를 일부러 남겨 둔 거라고!*

짓밟힌 기분이었다. 짓밟히고, 짓밟히고, 또 짓밟힌 기분이었다. 그런 생각을 하자 더 화가 났다. 왜냐하면 나는 그 애들에게 복수조차 할 수 없기 때문이다.

페니가 내 방을 살짝 들여다보았다. 내가 깨어 있다는 걸 알아채고는 침대 위로 올라와 내 옆을 바싹 파고들었다. 페니에게서 베이비 로션 냄새가 났다. 벌써 목욕을 한 모양이었다. 페니는 내 손가락의 개수를 세어 보더니 자기 손가락의 개수를 세기 시작했다. 하지만 다섯까지밖에 셀 줄 몰랐기 때문에 똑같은 숫자를 계속 반복했다. 그러더니 두들에게 숫자를 가르쳤다.

"둘! 두들, 둘!"

페니를 보고 있자니 기분이 조금 풀어졌다.

"페니가 여기 있었구나!"

아빠가 내 방문 앞에 서서 말했다.

"그래, 네가 디디 언니 기분을 좀 풀어 줬니?"

"디디, 예뻐."

페니가 아빠에게 말했다.

"그럼, 당연하지. 세상에서 가장 예쁜 언니야."

아빠가 다가와 내 머리를 토닥였다.

"멜로디, 괜찮니?"

나는 고개를 끄덕였다. 그리고 아빠의 왼쪽 손목을 가리켰다. 아빠의 손목에는 붕대가 감겨 있었다.

"아프다."

아빠가 말했다.

"바보 같은 짓이었지만 그래도 기분은 좀 풀렸어."

나는 다시 고개를 끄덕였다.

아빠가 침대 위에 있던 페니를 오른팔로 번쩍 들어 올렸다.

"아가씨, 간식 시간인데 그만 가실까요?"

아빠가 페니에게 말했다.

"핫도그!"

페니가 소리쳤다.

"멜로디, 먹을 것 좀 가져다줄까?"

아빠가 물었다.

배고프지 않았다. 고개를 젓고 시계를 가리켰다.

"나중에 가져다줄까?"

아빠가 다시 물었다.

내가 고개를 끄덕이자 아빠는 알았다는 얼굴로 조용히 페니를 데리고 방을 나갔다.

전화가 울렸다.

엄마가 전화를 받는 소리가 들렸다.

"네, 안녕하세요, 디밍 선생님."

엄마는 핸드폰을 귀에 댄 채 서둘러 내 방으로 들어왔다. 어찌나 전화를 세게 쥐었는지 손등에 불거진 핏줄이 다 보일 정도였다.

"아니요, 전 이해할 수가 없는데요."

엄마가 입술을 잘근잘근 씹으며 말했다.

"왜 전화하지 않으신 거죠?"

엄마는 선생님의 말을 잠시 듣는 것 같더니 버럭 소리를 질렀다.

"그럼 우리도 어렵지 않게 한 시간 일찍 공항에 도착했을 거예요. 그럼 워싱턴에는 문제없이 갈 수 있었겠죠! 이 일로 우리 딸이 얼마나 절망하고 있는지 알기나 하세요?"

잠시 침묵이 흘렀다.

"네, 우리 딸이 팀에서 가장 똑똑한 아이라는 건 잘 알고 있어요. 하지만 그건 옛날 얘기네요. 옛날요!"

엄마가 잠시 말을 멈추고 다시 귀를 기울였다.

"또 기회가 있을 거라고요? 지금 장난하세요?"

엄마는 전화를 끊더니 전화기를 내던졌다. 그러고는 책상 위에서 휴지를 뽑아 흘러내린 눈물을 닦았다. 엄마는 몸을 비틀거리며 내 침대 옆에 놓인 의자에 앉았다. 나는 엄마가 코를 다 풀 때까지 기다렸다.

"멜로디. 엄마가 어떡하면 좋겠니."

엄마가 다시 눈물을 흘리며 말했다. 내 눈에서도 눈물이 흘렀다.

엄마는 나를 안아 무릎 위에 앉혔다. 예전처럼 엄마 품에 쏙 들어가지는 못하지만, 엄마 품은 여전히 아늑했다. 엄마는 나를 가만가만 흔들며 자장가를 불러 주었다. 나는 엄마의 심장 소리를 들으며 깊은 잠 속으로 빠져들었다.

30.

모두 내 잘못이다. 엄마 말을 들었어야 했다. 다 같이 집에 남아 시간을 보내야 했는데 내가 심술을 부렸다. 모두 내 탓이다.

아침에 눈을 떠 보니 비가 내리고 있었다. 천둥과 번개가 치고 바람이 거셌다. 비가 너무 세차게 내려 우산도 비옷도 아무 소용이 없을 것 같았다. 하늘이 잿빛으로 잔뜩 흐렸고 공기는 눅눅했다. 내 방 유리창을 거세게 두드리는 빗소리가 내 마음도 같이 두드리는 것 같았다.

아빠가 방으로 들어오더니 오래된 의자에 앉았다. 내게 책을 읽어 줄 때 늘 앉는 의자다. 엄마는 아빠 팔에 붕대와 팔걸이를 해 주었는데, 아빠는 손목에 무리가 가지 않도록 조심하고 있었다.

“날씨가 안 좋네.”

아빠가 말했다. 나는 고개를 끄덕였다.

“잘하다가 후반 라운드에서 결국 졌다는구나.”

아빠가 말했다.

“9등을 했단다. 작은 트로피 하나만 받게 된 거지.”

어쨌거나 이제 나와는 상관없는 일이었다. 나는 힘겹게 눈물을 참으며 벽면을 바라보았다.

"아빠가 해 줄 수 있는 게 없어서 미안하다."

아빠가 내 방을 나가면서 조용히 말했다. 눈에서 눈물이 흘러내렸다.

처음에는 학교에 가지 않으려고 했다. 원래 나는 지금쯤 워싱턴에 있어야 하기 때문이다. 학교에 가도 어차피 온종일 H-5반에 있어야 한다. 그건 너무 무의미한 일이었다.

그런데 다시 곰곰이 생각해 본 뒤 학교에 가기로 했다. 내가 스스로를 진짜 쓸모없는 애라고 생각하는 것 같아 부끄럽고 화가 났다. 그리고 일단 그렇게 생각하자 버려진 강아지처럼 집에 틀어박혀 있으면 안 되겠다는 생각이 들었다. 당당히 학교에 가서 그 누구도 나를 짓밟을 수 없다는 것을 보여야 했다.

바로 그때 엄마가 나타났다. 엄마가 방문에 기대어 선 채 나를 보며 말했다.

"오늘은 집에 있을래? 그렇게 해도 괜찮아."

나는 휠체어 발판을 마구 차며 머리를 저었다. *싫어요! 싫어! 싫어!*

엄마가 한숨을 쉬었다.

"알았다, 알았어. 근데 멜로디, 날씨가 정말 안 좋아. 그리고 엄마는 오늘따라 머리가 너무 아프구나. 페니도 아프고 버터스카치까지 양탄자에 토를 해 놨어. 조금 전에 버터스카치를 지하실에 가둬 놨단다."

엄마는 나를 씻기고 옷을 입힌 뒤 아래층으로 옮겨 주었다. 원래 나를 옮기는 일은 아빠가 하지만, 지금은 아빠가 팔을 못 쓰니 엄마가 혼자 끙끙거리며 나를 안아서 옮기는 수밖에 없었다. 엄마는 나를 수동식 휠체어(번개 치는 날에는 전동 휠체어에 타지 않는 것이 좋다)에 앉히고, 오래된 대화판(엘비라를 사기 전에 사용하던 것)을 장착한 뒤에야 비로소 자리에 앉아 숨을 골랐다.

"오늘은 온종일 난리도 아닐 것 같아."

창문 밖으로 비바람이 치는 모습을 보며 엄마가 말했다. 그리고 빗으로 내 머리를 빗겼다.

"멜로디, 정말 미안해. 정말로, 정말로. 모든 일이 다 미안해."

엄마는 아침 식사로 준비한 스크램블에그와 시리얼을 떠먹여 주었다. 그러는 동안 계속 한 손으로 이마를 짚고 있었다. 평소와 달리 말이 없었다. 혹시 언제까지 나한테 밥을 먹이고 뒤치다꺼리를 해야 하는지 생각하며 지쳐 있는 건 아닐까 걱정이 됐다. 나는 손을 뻗어 엄마의 손을 만졌다.

비가 그칠 줄 모르고 계속 내리고 있었다.

어디선가 콜록콜록하는 소리가 났다. 페니가 제 머리보다 훨씬 큰 노란 모자를 쓰고 오리발 모양의 노란 슬리퍼를 신은 채 부엌으로 들어왔다. 페니는 노란 콧물을 흘리고 있었다.

엄마가 화장지를 뽑아 페니의 코를 닦아 주었다. 코 닦는 것을 세상에서 제일 싫어하는 페니는 역시나 고문이라도 당하는 것처럼 꽥꽥 소리를 지르며 발버둥을 쳤다.

다른 때라면 엄마는 장난스럽게 두들의 코를 먼저 닦았겠지만 오늘은 그럴 기분이 아닌 것 같았다.

그때 갑자기 전화가 울렸다. 엄마는 한 손에 숟가락을 들고, 다른 한 손에는 페니의 코를 닦은 화장지를 든 채 전화를 받았다.

"뭐라고요? 오늘 출근하라고요? 하지만 전 휴가 중이에요. 원래는 지금 워싱턴에 있어야 한다고요."

엄마가 잠시 말을 멈췄다.

"휴, 얘기하자면 길어요."

페니가 계속해서 시끄럽게 징징거렸다. 지하실에서는 버터스카치가 발로 문을 긁는 소리가 났다.

"페니, 제발 좀 조용히 해!"

엄마가 한 손으로 수화기를 막고 페니에게 소리쳤다.

"무슨 말인지 하나도 안 들리잖니!"

잠깐 조용해지는 것 같더니 이내 페니는 버터스카치의 물통 앞에 쪼그리고 앉아 두 손을 물통 안에 넣었다. 물이 죄다 바닥에 튀었다.

엄마는 수화기에 귀를 대고 한동안 듣고만 있다가 입을 열었다.

"사고가 얼마나 심각한데요? 부상자가 많아요? 좋아요, 알겠습니다. 금방 갈게요. 하지만 딸을 먼저 학교에 보내야 하니까 조금 늦을지도 몰라요."

전화를 끊은 엄마가 한숨을 내쉬고는 들고 있던 화장지를 꾸깃꾸깃 뭉쳤다.

"여보, 나 지금 병원에 가 봐야 할 것 같아요."

엄마가 아빠를 부르며 소리쳤다.

"고속도로에서 연쇄 추돌 사고가 났대요. 당신 출근 준비는 다 끝났어요?"

아빠가 잠옷 차림으로 위층에서 내려왔다.

"회사 안 가려고."

"그래도 괜찮아요?"

엄마가 놀란 목소리로 아빠에게 물었다.

"손목도 아프고 날씨도 안 좋으니까. 페니도 아픈 것 같고."

그러더니 아빠는 나한테 물었다.

"멜로디, 너도 오늘은 아빠랑 집에 있을까?"

나는 발을 차고 소리를 지르며 학교에 가겠다고 고집을 피웠다.

무조건 갈 거예요. 나는 신경질적으로 대화판에 있는 단어들을 가리켰다. **가야 해요! 꼭 가야 해요!**

엄마는 체념한 듯 손으로 이마를 짚었다.

"페니나 어서 데려가요."

엄마는 그렇게 말한 뒤 입을 닫았다.

아빠는 두루마리 휴지를 뜯어서 페니가 튀겨 놓은 물을 훔치고, 물티슈로 페니의 코를 닦아 주었다. 페니가 다시 징징거리기 시작했다. 페니의 징징거림은 점점 비명 소리로 변했다.

그런데 갑자기 페니가 손을 뻗더니 내 휠체어 위에 놓여 있던 오렌지 주스를 엎질렀다. 입고 있던 블라우스가 오렌지 주스로 완전히 엉망이 돼 버렸다.

— 일부러 그런 거야!

나는 잔뜩 심술이 나서 그렇게 생각했다.

엄마는 어깨를 한 번 으쓱하더니 내 블라우스를 벗겨 내며 아빠에게 말했다.

"멜로디는 학교에 가기로 마음먹은 모양이에요. 왠지는 모르겠지만 어쨌든 가야 할 것 같네요."

나는 캐서린을 만나고 싶었다. 하지만 그 까닭을 부모님께 어떻게 설명해야 할지 알 수 없었다. 캐서린을 만나 이야기를 나누다 보면 기분이 나아질 것 같았다. 캐서린은 대학생이니까 내가 어떻게 하는 게 좋을지 알려 줄 것 같았다. 또 캐서린에게 카드도 줘야 한다. 오늘 말이다.

엄마는 한참 동안이나 서랍을 뒤진 뒤에야 깨끗한 옷이 모두 여행가방 안에 들어 있다는 사실을 알아차렸다. 나는 엄마가 끌고 들어온 빨간 여행가방에 눈길도 주지 않았다. 더 이상 울고 싶지 않았다.

어째서인지 학교 버스는 평소보다 일찍 도착했다. 나는 겨우 블라우스를 새로운 셔츠로 갈아입었을 뿐 가방도, 점심도, 캐서린에게 줄 카드도 챙기지 않은 채였다. 화장실에도 다녀와야 한다. 빗소리와 천둥소리를 뚫고 학교 버스가 요란하게 울리는 경적 소리가 들렸다. 꼭 거위가 우는 소리 같았다.

아빠가 현관문을 열고 손을 내저으며 기사 아저씨에게 말하는 소리가 들렸다.

"기다리지 마시고 그냥 가세요. 멜로디가 아직 준비를 못 했어요!"

"멜로디, 오늘은 그냥 집에 있으면 안 될까? 응? 엄마 부탁이야."

엄마가 나를 변기에서 내려 주며 말했다.

"날씨가 엉망이잖아."

하지만 나는 발을 차고 울부짖으며 머리를 세차게 저었다. *아니요. 싫어요. 싫다고요!* 학교에 가는 일이 왜 그렇게 중요한지 설명할 수는 없지만, 오늘은 꼭 학교에 가야 한다. 어쩌면 우리 팀 아이들이 내게 어떤 짓을 저질렀는지 온 세상에 알리고 싶은 건지도 모른다.

엄마는 한숨을 내쉬고 내 청바지를 올려 주었다. 휠체어로 다시 돌아가자 나는 대화판에 있는 **고마워요**와 **엄마**를 가리켰다. 엄마는 묵묵히 고개를 끄덕이고는 도시락을 챙겨 내 가방에 넣었다.

비는 수그러들 것 같지 않았다. 엄마는 숨을 크게 들이쉬고 나를 차에 태울 준비를 했다. 학교 버스를 탈 때는 집 앞에 설치된 경사로를 내려가기만 하면 된다. 그럼 기사 아저씨가 휠체어용 승강기로 나를 버스에 태워 주고 장애인석에 휠체어를 고정시킨다.

하지만 다른 차에 탈 때에는 나와 휠체어, 여타 다른 짐들을 일일이 옮겨 실어야 한다. 오늘은 아빠가 도와줄 수도 없었다. 아빠는 팔걸이 붕대를 멘 채 미안한 표정으로 엄마에게 어깨를 으쓱해 보였지만 내가 보기에 아빠는 조금은 이런 상황을 즐기는 듯했다. 그래서 엄마는 더 기분이 상했는지도 모른다.

비바람이 점점 더 거세졌다. 엄마와 나는 우비를 입은 뒤 밖으로 나섰다. 이대로 차까지 가면 되겠다 싶었는데 그것도 잠깐, 거센 바람에 모자가 벗겨지며 머리가 홀딱 젖고 말았다. 엄마와 나는 사방에서 휘몰아치는 빗방울을 고스란히 맞으며 경사로를 천천히 내려갔다.

찝찝했지만 왠지 짜릿했다. 오전 8시인데 하늘이 이렇게 어둡다니. 내 머리는 짧고 곱슬곱슬하니까 비에 젖으면 귀엽게 보이지 않을까? 기분이 좋았다. 나와는 반대로 엄마는 머리가 젖는 걸 엄청 싫어하는데, 엄마 머리는 물에 닿으면 쉽게 헝클어지고 늘어지기 때문이다.

엄마가 조수석의 문을 열려고 하는데 바람이 너무 세게 불어서 문이 닫혀 버렸다. 엄마는 나와 내 휠체어를 받침대 삼아 다시 문을 열었다. 자동차에 비가 들이쳐서 자리가 모두 젖고 말았다. 엄마는 나를 안아 조수석에 앉히고 안전띠를 매 준 뒤 수동 휠체어를 접기 시작했다. 수동 휠체어는 플라스틱, 가죽, 금속으로 돼 있어 젖어도 별문제는 없지만, 온종일 엉덩이가 축축할 것 같았다. 어쩔 수 없는 일이었다.

엄마는 내 휠체어와 대화판을 트렁크에 실은 뒤, 트렁크 문을 세게 닫았다. 계속해서 비가 내렸다. 온몸이 비에 젖은 엄마는 기분이 완전히 엉망이었다.

"다시 침대 속으로 들어가고 싶다."

엄마가 자동차에 열쇠를 꽂으며 말했다. 우울한 목소리였다.

"머리가 깨질 것 같아. 왜 출근한다고 했지? 오늘은 원래 너랑 워싱턴에 있어야 하는데…."

엄마가 한숨을 내쉬었다.

난 발을 차며 맞장구를 쳤다.

엄마가 차를 출발시키려 했다. 나는 무심결 발치를 내려다보았다. 그런데 가방이 없었다. 엄마가 잊어버리고 내 가방을 챙겨 오지 않은 것이다. 캐서린에게 줄 카드가 그 안에 있는데! 나는 손을 뻗어 엄마의 팔을 잡은 뒤 발치를 가리켰다.

"왜?"

엄마가 짜증 섞인 목소리로 말했다.

나는 발을 차고 손으로 발께를 가리키고 우는 소리를 냈다. 그런 다음

집을 가리켰다. 어느새 짙은 회색 스웨터로 갈아입은 아빠가 현관 앞에서 오른손에 가방을 든 채 웃고 있었다. 아빠 뒤에는 노랑 오리가 그려진 잠옷과 노란 우비를 입은 페니가 서 있었다. 페니는 두들과 엄마의 빨간 우산을 손에 들고 있었다. 번개가 치고 천둥소리가 이어졌다. 비는 억수같이 퍼부었다. 나는 운전대를 꼭 쥐고 있는 엄마의 손을 보았다.

뒤이어 "으아아악!" 하는 소리가 터져 나왔다. 내가 화를 낼 때 내는 소리를 엄마가 내고 있었다. 엄마는 차 문을 열어젖히고는 다시 퍼붓는 빗속으로 들어갔다. 경사로를 올라 아빠 손에서 가방을 가로챈 다음 차로 돌아왔다. 운전석에 올라탄 엄마는 완전히 비에 젖은 생쥐 꼴이었다. 아빠는 현관 앞에서 붕대 감은 팔을 흔들어 주고 집 안으로 들어갔다. 현관문이 닫혔다.

그런데 바로 그때 노란 형체가 빨간 우산을 끌고 집에서 뛰쳐나왔다. 아주 잠깐이었지만 나는 그 모습을 보았다. 페니였다. 분명 페니였다!

나는 소리를 지르고 발을 굴렀다. 팔을 휘둘렀다.

자동차 창문에 김이 서려 바깥 모습이 보이지 않았다. 내가 귀신에 홀린 것처럼 고래고래 소리치고 이리저리 움직일수록 더 뿌예졌다. 엄마는 나를 미친 사람 보듯이 쳐다보았다. 그러더니 내게 소리를 질렀다.

"멜로디, 그만! 너 정신 나갔니?"

하지만 나는 멈추지 않았다. 그럴 수 없었다. 나는 창문을 쾅쾅 때리고 엄마의 셔츠를 잡아당기고 머리를 쳤다. 그리고 온 힘을 다해 엄마를 꼬집었다.

"멜로디, 엄마한테 지금 또 집까지 다녀오라는 거야?"

엄마가 소리쳤다.

"네가 이럴 때마다 엄마는 정말 싫어. 너도 감정을 다스릴 줄 알아야지! 그만둬!"

엄마는 열쇠에 손을 올리고 시동을 걸려고 했다.

나는 짐승처럼 울부짖었다. 그리고 팔을 뻗어 엄마의 손에서 열쇠를 빼앗으려고 했다. 그러다가 엄마의 손등을 할퀴었다.

엄마가 손을 들어 내 다리를 때렸다. 엄마는 지금까지 한 번도 나를 때린 적이 없었다. 장난으로라도. 그래도 나는 계속해서 소리치며 발을 차고 팔을 휘저었다. 페니가 저기 밖에 있다고 말해야 했다.

"빨리 학교에 가자. 네가 그렇게 가고 싶어 했잖아?"

나는 정신이 아득해졌다. 엄마는 신경질적으로 시동을 걸었다. 시동이 걸리자 창문에 서린 김이 사라지기 시작했다. 와이퍼가 세차게 움직이며 자동차 앞 유리창에 내리치는 비를 사정없이 쓸어내렸다.

나는 울었다. 온몸을 떨며 큰 소리로 흐느꼈다. 나는 엄마의 팔을 한 번 더 꽉 잡았다. 하지만 엄마는 내 팔을 뿌리쳤다.

엄마는 나를 한 대 더 때릴 것 같았지만 그러지는 않았다. 엄마는 입을 꾹 다물었다. 그리고 백미러를 보며 자동차 기어를 후진에 넣었다.

나는 악을 쓰고 비명을 질렀다. 비는 계속해서 퍼부었다. 천둥이 쳤다. 천천히, 우리가 탄 차가 후진하기 시작했다. 무언가 부드러운 것이 차에 퍽 하고 부딪히는 소리가 났다.

엄마는 차를 세우고 천천히 고개를 왼쪽으로 돌렸다. 그리고 다시 천천히 오른쪽으로 돌렸다. 모든 상황이 슬로 모션 같았다. 아빠가 새파랗게 질린 얼굴로 집에서 뛰어나오고 있었다.

"페니!"

아빠가 외치는 소리가 들렸다.

"페니 어디 있지?"

엄마가 조수석 창문을 내렸다. 비가 내 얼굴로 사납게 들이쳤다.

"무슨 소리예요? 페니는 당신과 함께 있었잖아요!"

엄마가 넋이 나간 목소리로 말했다.

엄마는 차 문을 열고 차 뒤쪽으로 향했다.

오랫동안, 아주 오랫동안 엄마의 비명 소리가 들렸다.

31.

공기는 비명과 사이렌 소리 뒤에 찾아온 고요처럼 무겁고 축축했다. 빗줄기가 점점 잦아들었다.

엄마와 아빠가 구급차를 타고 병원으로 간 뒤 브이 아줌마는 나를 차에서 내려 휠체어에 앉혀 주었다. 아줌마는 비에 젖어 더러워진 두들을 내 휠체어 판 위에 올려놓았다.

"이걸 차 밑에서 찾았어."

브이 아줌마가 떨리는 목소리로 말했다.

나는 두들을 만지며 울음을 터뜨렸다.

"아줌마네 집에 가서 두들을 깨끗이 빠는 거야. 페니가 다시 집에 올 때 두들이 더러우면 안 되니까. 알겠지?"

나를 달래려고 하는 말인지 아니면 아줌마 스스로를 달래려고 하는 말인지 알 수 없었다.

머리가 어지럽고 속이 메스꺼웠다. 계속해서 몸이 떨렸다.

브이 아줌마가 편안한 운동복으로 갈아입혀 주었다. 라디오에서 잔잔한 노래가 흘러나오고 있었다. 음악이 전부 잿빛으로 들렸다.

브이 아줌마가 내 뒤에 가만히 서서 어깨를 주물러 주었다.

"배고프니?"

나는 고개를 저었다.

"메디토커를 가져오고, 버터스카치도 데려오는 게 낫겠지?"

아줌마는 잠시 기다렸다가 다시 물었다.

"혹시 필요한 게 있니?"

나는 고개를 저었다.

얼마 뒤, 브이 아줌마가 버터스카치를 데리고 돌아왔다. 버터스카치는 왠지 모르게 불안해 보였다. 뭔가를 찾는 것처럼 허공으로 코를 쳐들고 냄새를 맡았다.

"페니를 찾나 보구나. 개들도 다 알거든."

브이 아줌마가 엘비라를 내 휠체어에 달아 주고 스위치를 켰다. 하지만 우리는 서로 무슨 말을 해야 좋을지 알 수 없었다.

"네 잘못이 아니야, 멜로디."

마침내 브이 아줌마가 입을 열었다.

나는 머리를 세차게 흔들었다. 괜히 나를 위로하려는 말 따위는 듣고 싶지 않았다.

"정말이야, 멜로디. 이건 네 잘못이 아니야."

"아니요, 제 잘못이에요!"

나는 메디토커의 볼륨을 높인 뒤 대답했다.

브이 아줌마가 가까이 다가오더니 허리를 구부려 내게 얼굴을 바싹 들이밀었다.

"넌 엄마한테 알려 주려고 최선을 다했어. 그리고 그건 아주 잘한 일이야."

"잘하지 않았어요. 충분하지 않았다고요."

"세상일이라는 게 우리 맘대로 되지 않기도 하는 거야. 넌 최선을 다했어."

죄책감이 가슴을 파고들었다.

"전 페니한테 화가 나 있었어요."

나는 천천히 입력했다.

"하지만 페니는 네가 자기를 얼마나 사랑하는지 알고 있을 거야."

뺨 위로 눈물이 흘러내렸다.

"학교에 데려다 달라고 억지를 부렸어요."

"그게 어떻다는 거니? 넌 어제 그런 일을 당하고도 학교에 가겠다고 했어. 네가 너희 팀에 있는 그 누구보다 강한 사람이니까 할 수 있는 일이야. 아줌마는 그런 네가 자랑스러워."

"아니에요."

"페니는 괜찮을 거야."

그렇게 말하는 아줌마의 목소리에는 아무런 확신도 없었다.

"혹시 죽는 건 아니겠죠?"

"구급차가 올 때까지만 해도 괜찮아 보였어. 그러니 괜찮을 거야. 어린 아이들은 회복이 아주 빠르니까."

"머리는요? 머리는 괜찮을까요?"

머리를 다쳐 정신에 문제가 생긴 사람들이 나오는 방송을 본 적이 있었다. 학교 친구인 질도 교통사고를 당해 그렇게 된 경우였다. 나는 페니가 장애아가 되는 걸 볼 자신이 없었다.

브이 아줌마는 조금 머뭇거리다가 말했다.

"네가 생각하는 그런 일은 일어나지 않게 해 달라고 기도하고 싶구나."

"장애아 둘."

그런 생각을 하자 숨이 막혀 왔다.

"그런 일은 없을 거야, 멜로디."

그렇게 말하는 브이 아줌마의 목소리가 가늘게 떨렸다.

"나한테 일어나야 할 일이었어요."

"뭐? 그게 무슨 말이니?"

"아무도 절 보고 싶어 하지 않으니까요."

"그런 바보 같은 소리는 그만둬! 너한테 무슨 일이 생기면 세상이 다 무너지는 것 같을 거야. 네 부모님도 그러실 테고."

브이 아줌마의 말을 믿어야 할까. 나는 갸우뚱 고개를 기울인 채 다시 입력했다.

"정말이에요?"

"네 대학 졸업식 날 보라색 옷을 입혀 주려는 계획까지 하고 있는걸!"

"저한텐 힘든 일이잖아요."

"퀴즈 팀에 들기 전에도 그렇게 생각했었지, 아마?"

"아이들이 절 따돌렸어요."

"그래서 대회에서 졌잖아?"

커다란 유리창 너머로 비에 젖은 나뭇가지가 흔들리는 모습이 보였다. 어떻게 설명해야 할까? 나는 다시 메디토커로 눈을 돌리고 천천히 버튼을 눌렀다.

"전 다른 아이들처럼 되고 싶었어요."

"그래, 그 아이들처럼 버릇없고 생각 없어지고 싶니?"

나는 어이없는 표정으로 브이 아줌마를 올려다보았다가 눈을 피해 버렸다.

"아니요, 평범해지고 싶다는 말이었어요."

"평범?"

브이 아줌마가 씩씩거리며 말했다.

"사람들이 널 사랑하는 건 네가 멜로디이기 때문이야. 네가 평범하거나 평범하지 않아서 널 사랑하는 게 아니야."

"다시 어제로 돌아가면 좋겠어요."

"친구들 때문에 상처를 받았잖아. 벌써 잊은 거야?"

"오늘 일어난 일보단 나아요."

"그래, 무슨 말인지 알아."

"두려워요."

"나도 그렇단다."

나와 브이 아줌마는 생각에 잠겼다. 그 생각들이 고요한 방 안에 소리 없이 메아리쳤다.

"옛날에 금붕어를 키운 적이 있어요. 그런데 어느 날 금붕어가 어항 밖으로 뛰어나왔죠."

나는 천천히 입력했다.

"음… 그래, 기억난다. 엄마가 말씀해 주셨지."

"금붕어를 구하고 싶었지만 그럴 수 없었어요."

그때 전화벨이 울렸다. 나는 깜짝 놀라 팔다리를 휘저었다. 브이 아줌마가 전화를 받았다.

"네."

아줌마의 목소리가 가늘게 떨렸다.

나는 통화 내용을 듣기 위해 귀를 쫑긋 세웠다.

"오, 안 돼요!"

브이 아줌마가 말했다.

심장이 털컹 내려앉았다. 브이 아줌마는 오랫동안 수화기를 든 채 가만히 듣고만 있었다.

"아, 다행이에요!"

마침내 아줌마가 말했다. 그러고는 눈물을 흘리며 전화를 끊었다.

"죽은 건 아니죠?"

내가 물었다. 온 세상이 빙글빙글 돌고 있는 것 같았다.

브이 아줌마는 눈물을 훔치고 나를 쳐다본 뒤에 숨을 들이마셨다.

"배 부분을 약간 다쳤고, 다리가 좀 심하게 부러졌대. 그래서 수술을 받았지. 목숨에는 지장이 없단다!"

브이 아줌마가 감정에 북받쳐 눈물을 쏟아 내며 말했다.

평범해지는 것 따위는 하나도 중요하지 않다는 생각이 들었다.

32.

월요일이 돌아왔다. 오늘은 학교에 가야 한다. 기온이 뚝 떨어져서 하늘에서 내려온 햇살이 공중에 얼어붙은 보석처럼 반짝거렸다. 아직까지도 요 며칠 동안 일어난 일이 믿기지 않았다.

엄마는 주말 내내 간이침대에서 밤을 지새우며 페니를 돌보았다. 모든 것이 뒤바뀐 이후로 난 엄마를 만나지 못했다. 엄마가 나한테 화가 나 있는 건 아닌지 걱정이 됐다.

엄마가 없는 동안에는 브이 아줌마가 집에 와서 옷을 입혀 주고 끼니를 챙겨 주었다. 버터스카치는 내 무릎에 손을 올리고 처량한 눈으로 나를 바라보았다. 페니를 그리워하는 것 같았다. 하지만 버터스카치를 도울 방법은 없었다.

아빠는 엉망이었다. 포크나 열쇠 따위를 계속해서 떨어뜨리고, 자신이 무슨 말을 했는지 금방 잊어버렸다. 면도도 하지 않았다.

"정신 좀 차리세요, 멜로디 아버지."

결국 브이 아줌마가 나서서 말했다.

"뜨거운 물로 씻고 차가운 오렌지 주스를 마시면 기분이 좀 나아질 거예요. 그 모습으로 페니를 보러 가려는 건 아니겠죠?"

"그러게요. 정신을 좀 차려야 하는데…."

아빠가 대답했다.

"그럼 멜로디를 부탁해도 될까요?"

"멜로디가 학교 버스에 타는 것까지 제가 똑똑히 지켜볼 테니 안심하세요. 자, 이제 얼른 가서 씻으세요!"

아빠는 성큼성큼 계단을 올라 욕실로 갔다.

"페니는 좀 나아졌나요?"

나는 아줌마에게 물었다.

"그럼. 많이 좋아졌대. 아침에 엄마랑 통화했는데, 의사들이 벌써 정맥주사 바늘도 뺐대요. 페니는 깁스한 다리가 불편하다고 자꾸 투덜거린다는구나. 그리고 계속 두들을 찾나 봐. 그래서 오늘 아빠가 두들을 가지고 가기로 했어. 페니는 괜찮아, 멜로디. 괜찮단다."

나는 숨을 깊이 들이마셨다. 브이 아줌마가 계란으로 만든 요리를 한 숟가락 떠서 내 입안에 넣어 주었다. 여전히 걱정이 됐다.

"다리도 괜찮아요?"

"그럼. 하지만 당분간은 계속해서 깁스를 하고 있어야 한대."

"휠체어를 타야 하나요?"

"아니, 의사들은 되도록이면 페니가 많이 걸을 수 있도록 하라는구나."

나는 안도의 한숨을 쉬었다.

"머리는요?"

나는 다시 물었다.

"페니는 머리를 다치지 않았어, 멜로디."

나는 참았던 숨을 천천히 내쉬었다.

"정말이죠?"

나는 다시 한번 물었다.

"그럼. 어젯밤에 내가 직접 페니를 봤는걸. 머리는 바닥에 살짝 부딪히기만 했단다. 다치지도 않았어."

그때 학교 버스가 경적을 울렸다. 브이 아줌마는 경사로를 따라 내 휠체어를 밀고 학교 버스 앞으로 갔다.

브이 아줌마는 가방을 잘 챙겼는지 다시 한번 확인하고, 내 다리 끈이 잘 묶였는지 살펴본 다음 나를 꼭 껴안아 주었다.

"준비됐지, 멜로디? 대회에 나간 아이들을 만날 자신 있지?"

나는 고개를 끄덕였다. 지난 며칠간 내가 겪은 일을 생각해 보면, 그 아이들은 아직 세상을 모르는 철부지인 것이다.

기사 아저씨가 걱정스러운 얼굴로 나를 쳐다보았다.

"동생은 어떠니?"

기사 아저씨가 물었다.

"괜찮대요."

"정말 놀랐겠구나!"

"아니에요, 신경 써 주셔서 고맙습니다."

그 순간 나는 벌써 모두에게 소문이 퍼져 나갔을 거라는 생각이 들었다. 이 소식을 모르는 사람은 아마 없을 것이다.

아저씨가 나를 태운 뒤 버튼을 눌러 승강기를 올렸다. 그사이 나는 브이 아줌마한테 손을 흔들었다. 학교로 가는 동안 버스 안은 이상하게 조용했다. 장애인 전용 버스에 탄 친구들은 보통 때와는 달리 대화도 나누지 않고 끙끙거리는 소리도 내지 않았다.

학교에 도착하자 도우미 선생님들이 우리를 곧장 H-5반으로 데려다주었다. 교실에 들어가 짐을 내려놓은 뒤, 나는 교실 안에 있는 친구들의 눈을 바라보았다.

달에 가고 싶은 프레디.

야구 전문가인 윌리.

모두를 사랑하는 친구 마리아.

음악을 좋아하는 글로리아.

먹을 걸 너무 좋아하는 칼.

페니처럼 사고를 당한 적이 있는 질.

이들 누구도 사람을 속이거나 거짓말을 하지 않는다.

얼마 뒤 새로 산 옷을 입은 캐서린이 교실에 들어왔다. 캐서린은 짙은 황갈색의 헐렁한 바지에 검은 스웨터를 입고 있었는데, 귀엽고 세련돼 보였다.

"옷이 예뻐요."

내가 캐서린에게 말했다.

"고마워! 내가 직접 코디해 본 거야."

"언니에게 줄 게 있어요."

나는 내 가방을 가리켰다.

캐서린은 내 가방에 손을 넣어 안을 뒤지더니 카드를 꺼냈다. 캐서린은 그 자리에서 카드를 읽고 눈물을 흘렸다.

"오, 멜로디! 고마워."

캐서린이 허리를 구부려 나를 안아 주었다. 그러고는 심각한 얼굴로 입을 열었다.

"브이 아줌마가 전화해 줬어. 그래, 동생은 지금 어때?"

"좋아지고 있대요."

나는 대답했다.

"멜로디, 네가 페니의 목숨을 구한 거야."

캐서린이 말했다.

"네?"

"정말이야. 네가 소리 지르고 발버둥을 친 덕분에 엄마가 서두르지 않았던 거야. 엄마는 네가 난리 치는 이유를 알아야 했으니까."

"하지만 난 엄마를 말리지 못했어요."

나는 버튼을 눌렀다.

"아냐, 넌 최선을 다한 거야."

"정말 그런 걸까요?"

"그럼. 공항에서 그런 일을 겪고도 넌 학교에 오려고 했잖아. 혹시 그 얘기, 하고 싶니?"

"아니요."

나는 다른 곳으로 눈을 돌렸다.

마리아가 내 휠체어 앞으로 오더니 나를 꼭 껴안았다.

"너 정말 잘했어, 멜로디."

마리아가 말했다.

"정말 잘했어."

마리아가 대회 이야기를 하는 것인지 아니면 다른 얘기를 하는 것인지는 알 수 없었다. 하지만 그 순간 나도 모르게 눈에서 눈물이 흘렀다.

나도 마리아가 한 것처럼 똑같이 마리아를 꽉 안아 주었다. 덕분에 기분이 나아졌다고 얘기하고 싶었지만 할 수가 없었다. 대신 메디토커가 "고마워" 하고 말했다.

나는 프레디가 세상 돌아가는 일을 얼마나 아는지 도무지 알 수 없었지만, 오늘 프레디가 내 앞으로 다가와 이런 질문을 했을 때는 정말 놀랄 수밖에 없었다.

"멜로디, 비행기 슝 날았어?"

프레디가 부러움 섞인 들뜬 표정으로 물었다.

"아니."

나는 대답했다.

"비행기도 안 탔고 슝 날지도 않았어."

프레디는 슬픈 표정으로 얼굴을 찌푸리더니 다른 곳으로 가 버렸다.

섀넌 선생님은 다가와서 내 옆에 쪼그리고 앉았다.

"지난 며칠 동안 일어난 일 때문에 머리가 터질 지경이겠구나."

"펑!"

나는 버튼을 눌러 그렇게 대답했지만, 웃을 기분은 아니었다.

"점심시간에 선생님이랑 잠깐 얘기할까, 멜로디?"

"네."

"통합 수업은 들어갈 거니?"

"네."

나는 주말 내내 페니와 통합 수업에 관해 생각했다. 내가 내린 결론은 숨지 않아야 한다는 것이었다.

"그래, 알겠다. 멜로디, 넌 정말 대견한 일을 한 거야. 그걸 꼭 알아야 해."

새넌 선생님은 나를 향해 엄지손가락을 들어 보인 후, 자리를 떴다.

마침 고든 선생님이 학교에 나오지 않아 오늘 1교시는 디밍 선생님 수업이었다.

"정말 수업에 들어갈 거야?"

캐서린이 물었다. 나는 대답 대신 디밍 선생님 교실 쪽으로 휠체어를 운전했다. 교실에 들어서자 캐서린이 내 어깨에 손을 얹었다.

디밍 선생님의 책상 위에는 작은 황동색 트로피가 놓여 있었다. 교실 안은 보통 때보다 더 조용했다.

디밍 선생님이 목청을 가다듬었다. 선생님은 다리를 바꾸어 꼬더니 빛이 바랜 하얀 셔츠 깃을 매만졌다. 선생님은 다시 오래된 밤색 양복 차림이었다. 신발도 평소대로였다.

"안녕, 멜로디!"

선생님은 반갑다는 듯 애써 목소리에 힘을 실었다.

나는 대답하지 않았다.

선생님은 화장실에 가고 싶은 사람처럼 안절부절못했다. 나는 그저 선생님을 쳐다보았다. 발을 차지도 않고 이상한 소리도 내지 않았다. 내가 지금 놀랍도록 침착하다는 걸 느낄 수 있었다.

나는 로즈를 쳐다보았다. 하지만 로즈는 다른 쪽을 보고 있었다. 아무도 무슨 말을 해야 좋을지 모르는 것 같았다.

나는 침묵을 깨기로 했다. 나는 엘비라의 볼륨을 최고로 높였다.

"왜 저만 남겨 두고 간 거죠?"

교실은 소름이 끼칠 정도로 조용했다. 누군가 카메라를 들고 이 상황을 찍지 않는 것이 안타까울 뿐이었다.

아이들은 누군가 먼저 말을 꺼내기를 기다리며 서로 눈치만 살폈다.

마침내 로즈가 자리에서 일어나 나를 똑바로 쳐다보며 말했다.

"우린 널 일부러 남겨 둔 게 아니야, 멜로디. 정말이야."

나는 무표정한 얼굴로 로즈를 보았다.

나는 아무런 반응도 보이지 않았다. 그저 기다릴 뿐이었다.

로즈가 계속해서 말했다.

"그날 아침에 우린 모두 일찍 모여서 아침을 먹었어…."

나는 로즈의 말을 끊고 끼어들었다.

"나한테 그 얘길 해 준 사람은 아무도 없었어. 그건 어떻게 된 거지?"

내 질문에 아무도 대답하지 않았다. 침묵이 모든 것을 말해 주었다. 아이들은 내가 없는 편이 더 좋았던 것이다.

나는 재빨리 눈꺼풀을 깜빡였다.

클레어가 더듬더듬 끼어들었다.

"네가 오면 시간이 늦어질 것 같아서 그랬어. 넌 누군가 먹여 줘야 하니까."

교실 안은 내 심장 박동 소리가 들릴 정도로 조용했다.

"넌 토했잖아. 하지만 그렇다고 너를 두고 온 사람은 없었어."

"이크, 괜히 나서지 말아야겠다."

로드니가 중얼거리는 소리가 들렸다.

클레어는 아무 말도 못 하고 책상만 내려다보았다.

"누가 나 대신 대회에 나갔어?"

클레어가 내 눈을 피한 채 살짝 손을 들었다.

로즈가 역사 교과서에 있는 얼룩을 손가락으로 긁었다.

"우린 들떠서 엄청 일찍 아침을 먹었어. 그 바람에 예상보다 일찍 공항에 도착했던 거야."

코너가 자리에서 일어나며 말했다. 코너는 어찌할 바를 모르는 것 같았다.

"공항에 도착하니까 직원이 우리가 타려던 비행기가 취소됐다면서 서두르면 막 떠나려고 하는 비행기에 탈 수 있다고 했어."

몰리가 덧붙여 말했다.

"그래서 우린 탑승 수속을 밟으려고 정신없이 달렸어. 디밍 선생님까지도 육상 선수처럼 막 뛰었어."

"아무도 내 생각은 안 한 거야?"

내가 물었다.

다시 무거운 침묵이 흘렀다.

잠시 뒤 엘레나가 입을 열었다.

"나는 생각했어. 왜냐하면 탑승구 앞에 제일 먼저 도착한 게 나였거든. 비행기 표를 승무원 언니한테 보여 주는데, 그때 갑자기 디밍 선생님이 너한테 전화를 안 한 것 같다는 생각이 들었어."

디밍 선생님이 다시 다리를 바꿔 꼬았다.

"선생님도 정말 바빴단다. 인원수도 확인해야 했고, 비행기 좌석도 확인해야 했어. 짐들도 혼자 처리해야 했단다. 그래서 아이들을 시켜서 너에게 전화하라고 했지. 로즈가 핸드폰에 네 전화번호를 저장해 두었다는 걸 알고 있었거든."

모두의 눈이 로즈에게로 쏠렸다. 로즈는 고개를 떨어뜨리더니 다시 천천히 나를 쳐다보았다. 로즈의 볼 위로 눈물이 흘러내렸다.

"어쨌든 너는 제시간에 못 왔을 거잖아. 난… 난 너한테 전화를 하려고 했어. 그래서 핸드폰을 들고 아이들을 쳐다보는데…."

로즈가 말을 멈췄다.

나는 아이들이 그날 공항에서 무슨 상상을 했는지 알 것 같았다. 커다란 트로피를 들고 나와 함께 〈굿모닝 아메리카〉에 출연하는 모습을 상상했을 것이다.

로즈가 기어드는 목소리로 계속해서 말했다.

"나는 아이들을 쳐다봤어. 모두 안 된다고 고개를 저었어."

— 모두가?

나는 부르르 몸을 떨었다.

로즈가 코를 훌쩍이더니 말을 이었다.

"그래서 난 핸드폰을 주머니에 넣었어. 그리고 그냥 비행기를 탄 거야…."

모두가 조용했다. 침묵이 이렇게 커다랗게 들릴 수도 있는 걸까?

디밍 선생님이 마침내 입을 열었다.

"멜로디, 정말 진심으로 미안하구나."

로즈는 결국 울음을 터뜨리며 책상에 얼굴을 묻었다.

"대회가 시작되기 직전이었어."

몰리가 입을 열었다.

"어느 신문기자가 우리 팀을 인터뷰하려고 왔어. 근데 네가 없는 걸 보고는 그냥 가 버리더라."

코너가 교실 앞으로 나가더니 9등으로 받은 트로피를 내게 가져다주었다. 코너는 바싹 마른 입술을 혀로 적시더니 더듬더듬 말했다.

"멜로디, 이 트로피를 네가 가지면 좋겠어. 사과의 뜻으로."

코너가 트로피를 내 휠체어 판 위에 올려놓았다.

트로피는 작았고, 금속처럼 보이려고 값싼 플라스틱 위에 색을 입힌 것이었다. 심지어 학교 이름도 잘못 새겨져 있었다.

볼품없는 트로피를 쳐다보고 있자니 나도 모르게 웃음이 터져 나왔다. 나는 휠체어에서 떨어질 정도로 웃어 댔다. 손이 제멋대로 나가 트로피를 쳤다. 트로피는 바닥으로 떨어졌고 그대로 산산조각 나 버렸다.

교실에 있던 아이들이 모두 놀란 표정으로 나를 쳐다보았다. 하지만 그 누구도 내게 비난을 퍼붓지는 않았다. 그러기는커녕 얼마 지나지 않아 모두 키득거리기 시작했다. 로즈조차도 코를 훌쩍이며 웃었다.

"이런 건 필요 없어!"

나는 이렇게 말한 다음 다시 입력했다.

"쌤통이다!"

나는 계속해서 웃으며 전동 휠체어의 전원을 켰다. 그러고 나서 휠체어를 돌려 그대로 교실을 빠져나왔다.

33.

5학년은 확실히 쉽지 않은 시기다. 숙제, 아무리 쿨한 척해도 어렴풋한 미래, 부모님, 아이처럼 놀고 싶은 동시에 어른처럼 행동하고 싶은 알 수 없는 마음, 겨드랑이에서 나기 시작하는 냄새까지.

나한테도 이런 문제들이 있다. 거기에 다른 사람들은 겪지 않아도 되는 문제들까지 산더미다. 내가 원하는 것이 무엇인지 남들에게 알려야 하고, 어떻게 해야 평범하게 보일지도 고민해야 한다. 사람들과 어울리기 위해 애써야 하고, 가끔은 저 남자아이는 나를 어떻게 보고 있을지 생각도 해 본다. 어쩌면 나도 다른 사람들과 별반 다르지 않을지 모른다.

가끔은 삶이란 게 퍼즐 조각 같기도 하다. 누군가 내게 퍼즐을 줬는데, 완성된 모습이 어떻게 생겼는지는 알려 주지 않은 것이다. 완성된 모습이 그려진 퍼즐 상자가 내게는 없다. 그래서 퍼즐이 완성되면 어떤 그림이 나올지 알지 못한다. 어쩌면 빠진 퍼즐 조각이 있을지도 모른다. 뭐, 이건 적절한 비유가 아닐 수도 있다. 가끔은 공부가 퍼즐의 전부인 것 같기도 하지만, 어른들을 보노라면 꼭 그런 것 같지도 않다.

페니는 군데군데 멍이 들고 다리에 깁스를 한 모습으로 집에 돌아왔다. 새로 산 빨간 모자를 쓰고, 한 팔로 두들을 안고 있었다. 페니는 완전히 응석받이가 돼 있었다. 하지만 아무래도 상관없었다. 버터스카치마저 페니를 새끼 강아지처럼 대했으니까. 버터스카치는 자기가 좋아하는 장난감을 모조리 페니의 방으로 물어다 날랐다. 마치 페니에게 선물로 준다는 듯이.

나는 고든 선생님이 내 준 자서전 숙제에 한창 열을 올리는 중이다. 브이 아줌마는 엘비라를 내 컴퓨터에 연결해 주었다. 브이 아줌마가 틀어 놓은 클래식 음악이 잔잔하게 흘러나오고 있다. 음악에서 옅은 보랏빛이 보인다.

자서전을 다 쓰려면 아마 시간이 좀 걸릴 것 같다. 내 마음속에는 너무 많은 생각이 들어 있는데, 그걸 쓰려면 엄지손가락으로 한 글자씩 쳐 나가는 수밖에는 없다.

내 생각에 첫 부분은 이렇게 시작하는 게 좋을 것 같다.

단어들.

나는 수천 개의 단어에 둘러싸여 있다. 아니, 어쩌면 수백만 개쯤일까.

대성당. 마요네즈. 석류.

미시시피강. 나폴리 사람. 하마.

부드럽다. 무섭다. 알록달록하다.

간지럽다. 재채기하다. 바라다. 걱정하다.

단어들은 흩날리는 눈발처럼 언제나 내 주위에서 소용돌이치고 있다. 눈송이는 저마다 다르고 부드럽다. 그리고 내 손바닥에 닿기도 전에 그대로 녹아 버린다.

내 마음 깊은 곳 어딘가에는 단어들이 산더미처럼 쌓여 있다.

여러 문장과 구, 서로 연관된 생각의 산들. 기발한 표현들과 농담, 사랑의 노래.

내가 아주 어렸을 때부터, 그러니까 태어난 지 채 몇 달도 되지 않았을 때부터 단어들은 내게 달콤한 묘약과도 같았다. 나는 단어들을 레모네이드처럼 마셨다. 맛도 느낄 수 있었다. 단어들은 뒤죽박죽으로 엉킨 내 생각과 감정을 마치 눈앞에 있는 것처럼 보여 주었다.

나는 내게 끊임없이 말을 걸어 주는 엄마, 아빠 덕분에 대화의 물결 속에 잠길 수 있었다. 부모님은 어떤 때는 수다스럽게, 어떤 때는 재잘거리면서 내게 이야기를 했다. 무엇이든 입으로 소리 내어 말해 주었다. 아빠는 내게 노래를 불러 주었고, 엄마는 내 귀에 대고 엄마의 바람을 속삭였다.

엄마, 아빠가 내게 말하는 이야기를 나는 모두 빨아들였다. 그리고 머릿속에 기억해 두었다. 하나도 빠짐없이.

내가 어떻게 해서 말과 생각의 복잡한 실타래를 풀어낼 수 있게 되었는지 잘 모르겠다. 이 능력은 어느 날 느닷없이 자연스럽게 생겨난 것 같다. 세 살이 되던 해부터 내 모든 기억은 말과 단어로 정리되었다.

하지만 이 모든 일들은 내 머릿속에서만 일어났다.

나는 지금까지 한 번도 입 밖으로 소리 내어 말해 본 적이 없다. 단 한 마디도. 나는 올해로 열두 살이 되었다….